静斋笔记

贾国龙　易美珺　著

北京日报出版社

图书在版编目（CIP）数据

静斋笔记 / 贾国龙，易美珺著. — 北京：北京日报出版社，2022.9

ISBN 978-7-5477-4369-0

Ⅰ.①静… Ⅱ.①贾… ②易… Ⅲ.①散文集－中国－当代 Ⅳ.①I267

中国版本图书馆 CIP 数据核字（2022）第 137878 号

静斋笔记

出版发行：	北京日报出版社
地　　址：	北京市东城区东单三条 8-16 号东方广场东配楼四层
邮　　编：	100005
电　　话：	发行部：（010）65255876
	总编室：（010）65252135
印　　刷：	武汉鑫佳捷印务有限公司
经　　销：	各地新华书店
版　　次：	2022 年 9 月第 1 版
	2022 年 9 月第 1 次印刷
开　　本：	787 毫米×1092 毫米　1/16
印　　张：	16.75
字　　数：	257 千字
定　　价：	59.00 元

版权所有，侵权必究，未经许可，不得转载

代序

黄河知音共白首

每一个人在不同的时空、不同的生命历程中总有一方"桃花源",这"桃园"或许是"邮票般大小的故乡",或许是一方孤独的木窗,或许是一方坐忘岁月的阳台,或许是一页纸一杯茶一曲琴,正是这些空间和心境组成了贾国龙和易美珺精神时空最明亮的底色。这不仅仅是他们夫妻行吟三江源头生命之旅的集结,更是他们在黄河岸边沉思生命过往的独特表达,也是城市化进程中对乡村文明日渐式微的一曲深情挽歌。

我自认为通过多年的交往,对国龙夫妇是很了解的,他们为人热情、真诚、重义气、重情义。国龙给我的印象一直是豪放粗粝、豪情满怀的游侠,当我出于对友人的敬重,一个字一个字逐篇通读完全书文稿时,我发现我对他的认识是片面的。令我非常惊讶的是,文字世界里的他情感如此细腻,他的心里藏着一根绣花针。他对一些细节的刻画、场景的描摹、故事的叙述有极强的感染力。他以真实的笔触、细节、场景、情感,绣花针一样用极其蒙太奇的手法还原出那个时代的酸甜苦辣、悲欢离合,让一个时代的集体记忆停泊在那些早已消失的风物场景中,很多篇章中的细节让我眼眶湿润。他无意为 70 后、80 后代言,但是那些消失在光阴深处的绵密情感无形中代言了一个时代的集体乡愁,代言了一个群体青少年时代的共同情感记忆。他的文字是质朴的,有如青海高原的泥土,正是这种质朴的情怀精准打捞往事,将一幕幕乡村画面投射在

我的星空，令我久久共鸣。

一个真诚的写作者，心中没有眼泪，写不出对这个世界的爱；只有深刻体验过生命酸甜苦辣的人，才会懂得以感恩的心善待这个世界。可以说他和我的经历大都很相似，我们有着共同的心路历程。当我读到他父亲送他上大学离别的那一幕场景，到脑山地区换粮食的情景，到县城粮站交公粮受屈辱的情景，姊妹们坐在父母跟前拉家常的场景，发小们在夜晚的麦田里喝酒畅想未来的场景，刚参加工作时在花石峡单身宿舍思考人生等诸多场景，我的眼睛不由得湿润了，我仿佛看到另一个我。是的，他的真诚打动了我。我知道，这一切的一切，都是国龙夫妇对日常光阴的深切洞察，在平凡中见奇绝，在凡俗中透视生活，写出了打动我内心的文字。

国龙夫妇有颗感恩的心，对故乡的人文风物、同事、朋友、伙伴的描写中均体现了他真挚深厚的感恩之情。他以感恩之心前行，行稳致远，才有了今天的成就。一方水土养育一方人。生于斯长于斯，故乡是一种矛盾而又辽阔的心情。从版图意义上讲，故乡供养我们的肉身，也滋养了我们的初心，这个初心是什么？就是热爱这方土地，感恩这方土地上的人们，敬畏这方土地上的日月星辰、天地伦理。故乡的山川、草木、风土等都是他伟岸的文化教父。

他写出了这方土地上的诗意美好，也写出了故乡在时代嬗变中的阵痛失落，这并不仅是对田园牧歌生活的礼赞，也表达了他的忧思。我想对国龙说的是，我们并不能把对故乡的认知停留在几千年来那种"暧暧远人村，依依墟里烟"符号化的深情留恋，更应以包容开放、与时俱进的眼光审视时代发展进步对故乡带来的深刻变革，故乡不再是一种诗意的追忆，更是一种新秩序和新时代乡村文明的新陈代谢。

国龙夫妇琴瑟和鸣，他们在黄河畔将平凡的日子过成诗，是生活艺术家。两人在静斋的阳台读书听琴喝茶写作，理想的知音莫过如此，你懂我，我懂你。他们夫妻是我们同学中"执子之手，与子偕老"的优秀典范。相比于国龙文字粗犷中的细腻，易美珺的几篇文章更多的是一种倾诉式、家常式的深情书写，更细腻温婉，洋溢着女性特有的绵密温暖。"白云在天，明月在地；焚香煮茗，阅偈翻经；俗念都捐，尘心顿尽"，这契合了他们夫妇的日常。静斋是精神的道场，是他们共邀明月清风的诗意栖居地，在此修身养性，时光悠远、心灵辽阔、岁月静好，有一种美学的仪式感。

葡萄牙诗人费尔南多·佩索阿有首经典的诗歌《你不快乐的每一天都不是你的》，恕我引用："你不快乐的每一天都不是你的，你只是虚度了它。无论你怎么活，只要不快乐，你就没有生活过。夕阳倒映在水塘，假如足以令你愉悦，那么爱情、美酒，或者欢笑，便也无足轻重。幸福的人，是他从微小的事物中汲取到快乐，每一天都不拒绝自然的馈赠！"国龙夫妇就是这样幸福的人，在《生活何处无诗意》中，他们淋漓尽致地把生活的碎片经营成幸福家庭的诗意，这就是诗心的历练养成。

人与人的不同在于：你是真的活了一万多天，还是仅仅生活了一天，却重复了一万多次。总览全书，国龙和易美珺每天琴瑟和鸣，让自己过得不同，这就是他们日常碎片中迷人的精神风光带。

书中的文章有很多条线，有乡愁有亲情有友情有爱情，真挚朴素，见真情，见秉性。相比较写故乡四季风情和写人间亲情的文章，我更喜欢第五辑《山月忘机且停停》中的篇章和文字，这一辑是全书中的压轴之作，是在极其恶劣的自然环境下他对天地、自然、生命、人生最贴近本质的深刻思考，这一辑有很多出彩的段落让我眼前一亮，也倍觉震撼。很大程度上全书闪耀思想光泽的章节就在这辑。命运把他工作的第一站安排在环境最恶劣的花石峡，这是天降大任于斯人也。既来之，则安之，安的是一种苏东坡般"竹杖芒鞋轻胜马，谁怕，一蓑烟雨任平生"豪迈达观的心境，安的是范仲淹般"不以物喜，不以己悲"的澄明淡定。

好心态成就好未来，我们吃过的苦走过的路成就了我们的格局。花石峡成就了国龙事业，也成就了他文字中的高海拔。他在花石峡的书写冷峻、粗粝、见血见骨，是沙里淘金，是苦行僧在苍茫天地的对话，用庄子"独与天地精神往来"来定义一点不过。他对孤独的认知不是小孤独，而是磅礴的辽阔的冷峻的高海拔的孤独，这种孤独立体饱满，打通古今，是衔接天地的精神富矿，超越了"躲进小楼成一统"的小我，很有文化大散文的质地。

"混迹尘中，高视物外；陶情杯酒，寄兴篇咏；藏名一时，尚友千古",这是他们夫妇心性的写照。这个世界上,苍天与大地,山川与河流,故乡与赤子,丈夫与妻子,父母与子女均可成为心灵同频共振的知音。知音,就是两个不同的心脏澎湃共通的回声。

国龙嘱我为其写序,我内心是纠结的,那么多年的兄弟哥们儿,难道还不懂彼此吗?但当我真正走进他们夫妻的文字世界时,我才发现,真正的贾国龙,不在浮世绘里推杯换盏的酒桌上,而在静斋里坐拥茶香染书香的那个静虚时光里。

苇岸以《大地上的事情》这部灵魂之作给我很深的启迪。如果我给国龙一些建议,可以试着更加深入地写写黄河文明,因为他在黄河畔定居生活,有得天独厚的地理自然人文优势。黄河畔的二十四节气书写,如果写成一个系列,那将是一本更出彩的作品。

素月摇梅影,读心著我书。但愿,捧起这本书的每一个人,都成为山河知音,草木知音,文字背后国龙、美珺的知音。

马国福

中国作家协会会员

江苏省作家协会签约作家

自序

给夫人的一封信

想写一些文字，想用文字记录或纪念曾经生活的村庄，缅怀父母为之付出一生的村庄，致敬兄弟姐妹们共同的往事；想用文字留住已逝的青春岁月和即将湮没的记忆。

这个想法由来已久，算得上一个久远的梦想，而这个发自儿时的梦想，随着年龄增长越发地不可遏制。

一直未付诸笔端，原因有二：一是自己文学功底浅薄，唯恐不能准确、客观地表达自己的想法，加之生性懒散，故只是经常在思考，却未付诸行动。虽然，自参加工作以来，工作之余，尝试过诗歌、散文、小说等多种体裁，也算是笔耕不辍，但是，总觉得力不从心，未尽如心意，故常常搁笔拖延；二是想用文字留住往事，但也不愿将许多细节和隐秘公布于众、任人评说，欲以第三者角度或虚构的方式去表达，却一直不得其法、不入其门。直到前段时间，避过一些事情，用自述的方式，虚实相间，似真似假地试笔，反倒一发不可收拾，笔尖开始流淌众多的过往、回忆和稚嫩的思考，往事如影，历历在目。

你说："你写的东西我真的很喜欢，但不喜欢你把所有的都公之于众，让我们的生活无遮掩地暴露在阳光下。"

想来，你说的也有一定道理。毕竟每个人、每个家庭的生活都是私密的事情。

在我看来，生活的经历各有不同，真实而平淡，细节、叙述上是可以加以修饰和虚构的，希望你和每个看到我习作的人，都把它看成是故事，而不是对号入座地猜想和揣测。

尝试写作之初，就有了两个大致的命题构想，并日渐清晰。一是《阳台夜话——茶香琴音中摇曳的生活》，主要是自己在读书品茗时对生活的一些感悟、记录一些平淡的日常和生活成长的经历；二是《永不磨灭的村庄》系列。计划各写十篇左右，标题已拟。

在写作的过程中发现两个命题有许多共同的或相似的地方，于是，又打算合二为一，以《无事此静坐，倚窗听风雨——在回忆和茶香墨趣里的简慢生活》为题，并在网络上陆续发表。

至于后期在网络上发表的《回归的传统和人文》《静斋笔记》《青南行记》等等，起初并无打算，是在后期慢慢地积累而成。当然，所有的一切都在变化中，因了夫人和老马同学的建议，也便有了最终的文集名字《静斋笔记》和"村庄烟火寄春秋"等分辑篇目。

还有一个不太成熟的想法，就是：最终与你合写一本集子，纪念我们的往事和生活。因为，随着不断地学习、摸索写作，你也经常有许多的感悟，而你的思考往往比我细腻，就像《愿每个童年都充满阳光》一样。当然，这个想法，关键在我能不能坚持写下去。

写作的地点或思考、构思的地方基本上是在家里的阳台上，在我的茶香、你的琴音里完成的。正如自己在文中写的："初见'无事此静坐'一句，尚不明了是东坡先生所作，是读汪曾祺先生的散文集时偶然才知道。见之甚喜，觉暗合心意，恰好与我书斋之名'静斋'二字有异曲同工之效"，这是真正的共鸣，是写作的源泉。

所写的内容，主要还是回忆和日常为主。尤其是对童年、青少年时期农村生活的记忆和回味。有些是真实的经历，有些只是道听途说。不管怎样，都是对那个年代乡村生活的真实反映。记述下来，以表达对村庄，这片生命起始之地深切地缅怀和思恋。同时表达祖辈、父母以及自己深沉的乡土之情。在写作的过程中，却总觉得思考的深度不够，甚至，限于自己学识浅薄，有些想法难以准确、完整地表达出来，希望通过不断地尝试和写作，能有所改善。

这些总归只是想法，至于写得好坏，还是得留与你和其他人评说了。我会努力写下去，也希望自己不会半途而废。想来，应该不会的。

我会认真考虑你的建议，尽力做到把真实的回忆和艺术化的表达相融合，真正地为"艺术来源于生活，但高于生活"这个要求和目标努力。

选择以文字记录，除了回忆和纪念，同时也希望让看到的人，同龄人也好，年轻人也罢，都能引起共鸣，并让孩子们了解那个年代的生活和在困境中表现出来的乐观、积极的生活态度。从而珍惜当下的生活，常怀感恩之心，感恩一切美好和困顿的经历。

在真实中回眸，在平淡中体味，这是我开始尝试写作的初衷，也是希望在习作中能达到的目的。

你说："我支持你写作，却不希望因为写作而写作，因为发表而写作，不要把写作当成负担。"

我多次向家人和朋友们声明，我不是一个专职文字工作者，更遑论作家，也不想以此为目标。我认为作家至少在思想上是深邃的，在思考上是透彻的，我自认目前达不到。写作之于我，只是一种习好，是对自己略显单调乏味生活的调剂。

我只是一名交通运输系统的普通职工，只是路政执法一线的文字工作者，也只是生活的记录者，只想让平淡的生活有些意义，不想让生活掩埋了自己的同时，让记忆如风飘散。

让文字回归记录的本质，剖开生活，用真实面对，解析就完全没有必要了。毕竟，人都是有思想的，不想也不敢以一家之言误导其他人。况且，我也只能记录了，记录我的记忆和我们的生活。

是以为序。

2019 年 5 月 9 日于贵德

目录

第一辑　村庄烟火寄春秋 / 001

　　绿树掩映的村庄 / 002

　　记忆的源头——磨渠沿 / 005

　　愿每个童年都充满阳光 / 009

　　欢声笑语的饲养院 / 011

　　我的父亲 / 014

　　我的母亲 / 020

　　干涸的泳池——东河滩 / 026

　　那些年，村庄上空飞过的鸟儿 / 032

　　换粮食 / 036

　　交公粮 / 041

　　幸福的童年应该是什么样 / 047

　　夜晚，静谧的村庄 / 050

第二辑　晴耕雨读伴闲窗 / 055

　　生日絮语 / 056

　　春雨春梦 / 058

　　春日里，我又站在雨里…… / 062

　　遗落风中的田园 / 065

　　生长在田园里的爱情 / 070

　　闲话蜗居 / 072

初夏，百公里的四季 / 078

养鱼记 / 081

无事此静坐，倚窗听风雨 / 087

每个周末，都充满食物和自然的味道 / 092

飘散在歇春园的爱情 / 097

仰望篮球 / 104

一场久违的篮球盛宴 / 108

第三辑　乡野清欢至真味 / 113

端午杂记 / 114

与父亲一起守岁 / 122

在岁月中淡去的年味和人情世故 / 126

田社祭祖雪飞扬 / 131

中秋祭月 / 136

辞暑迎秋话七夕 / 141

上元花灯满夜空 / 144

2020，宅家过年话家常 / 149

宅家杂想 / 158

我的不惑之年 / 161

第四辑　生活何处无诗意 / 165

立春时节春尚早 / 166

生活需要仪式感 / 171

闲话疫情 / 175

心有欢喜 / 178

晚秋碎语 / 182

静斋适闲 / 186

在平淡的日子里沉淀 / 190

喝茶，本是简单的幸福 / 193

站台的夕阳和夜色下的较量 / 197

家乡的黄河 / 200

冬韵无色待春归 / 205

冬天的色彩 / 208

炊烟里的故乡 / 211

红红火火的日子 / 215

第五辑　山月忘机且停停 / 219

缘起 / 220

花石峡，一块孤独的石头 / 224

风雪花石峡 / 228

静享孤独 / 233

爱上孤独 / 237

传承 / 241

花石峡琐记 / 245

后记

再说习作二三事 / 250

第一辑
村庄烟火寄春秋

消失在历史长河中的,并不完全是落后的,破败的;随着时代发展的,也不完全是进步的、美好的。

消失的或即将消失的村庄,只是农耕文化对现代城市文明的让步。

消失的只是村庄的躯壳,永不磨灭的是村庄的传承精神……

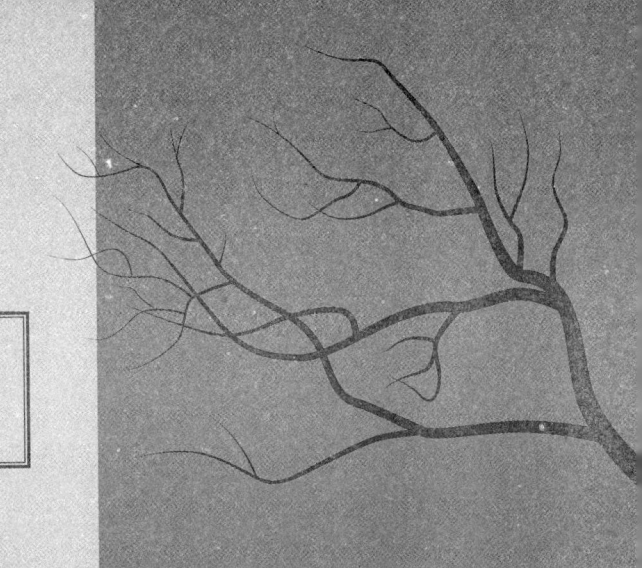

绿树掩映的村庄

河东，意即大河之东，这河并不是黄河，而是指县城的东河滩。现在，泛指河东乡政府下辖的大部分地区。

关于童年和青少年时代，大部分回忆皆深埋于此。

有段时间，本人自号"东河山人"，夫人号"东河行雨"，皆因对河东——这片生养我的起源之地难以忘却和磨灭的记忆，还有那发自内心的牵挂。

马家西村，河东乡下辖的一个不大的村子，紧邻乡政府。东西不足一里，南北兴许刚足半里。随便串个门，遛个弯，也就绕村一周了。据说是县里唯一的乡镇直属村，也是最小的行政村。

至于"马家西"这个略显古怪的村名，最大的可能是因为在太平村的隔壁。与我家一渠之隔的太平村，曾经就叫"马家"。至于因何叫"马家"这个名，我没有考证过，不敢妄言。

村子小，自然而然的，住户也少，小时候，记得全村不足五十户。二十多年过去了，现在也就六十余户吧。村里贾、祁、王算是大姓，户大人多。其余谢、白、余、赵等各姓，每姓至多二三户。

贾姓是我本家，王姓是母亲的娘家，祁姓也大部与贾姓沾亲。所以，儿时总是有点沾沾自喜地嘚瑟，以大户人家自居。真的是很幼稚且可笑的想法。

三大姓之间的沾亲带故，也许就是所谓的门当户对吧！大户也好，小户也罢，准确严格地说来都只是贫下中农而已。旧时的村子里，就算是所谓的地主，最多也就多置办了几亩薄田，根本不会有一日三餐大鱼大肉、穿金戴银的奢靡生活的。

村子虽小，但对孩提时的我们，是足够宽阔的一片天地，是完全属于我们的游乐场。时隔半生，许多人、许多事依然历历在目。

记忆中的有些地方消失在钢筋水泥的丛林里，有些东西也在与时俱进地消失了，有些人也早就不在了……只剩下村庄孤独地伫立，为远行的游子指引回家的方向，如黑暗中的灯塔，如黎明前的星斗。

过了河东十字路口，沿着笔直的通往坎布拉景区的柏油大道，掩映在绿油油的杨柳后的村庄就是马家西村了，距河东十字路口不足百米。

这条柏油路好多年前就有了，那时很窄，两边是葱郁高大的杨柳，杨柳之外是绿油油的麦田和隔着半里地也能闻到香甜气味的瓜地。直到现在，走在无遮拦的马路上，依然能闻到记忆里风中飘过的瓜香。

现在路很宽阔，两边是参差不齐的各式建筑，高原上毒辣似火的太阳能把人晒焦了、烤熟了。

柏油路的左手边向东北方有条坡，坡不长，有些陡。坡头的渠沿边上立了块一人多高的黄河石，上书"马家西村"四个大字，字很一般，就像村名一样平淡无奇。

石头以前是没有的。近几年，为了响应新农村建设的号召，政府新立的地标。这个东西很好，无论以后离家多远，也不会再走丢了。

如今的村庄与记忆中也有了一些变化。下雨天，泥泞逼仄的乡间小路全部变成了水泥路，再也见不到卷着裤腿、拎着布鞋淌泥水出门干活的村民和上学的学生了；厚实苍凉的庄廓土墙清一色改头换面成一水儿的青砖瓦檐，一副江南模样；围墙根沿路栽满了马兰、丁香、蔷薇、金叶榆等各色花草，开得好不鲜艳，好不欢喜。

新农村建设唯一带来的不便，可能就是一色的气派红漆铁门，一色的徽派青色围墙，让远行之人和出嫁的老闺女们，很难辨得清找得见自己家门。这不是笑话，我小姨就真的挨个数着找过娘家门。当然，我不会，因为我家位置很好找，就在村外沿上。

改革开放的春风，吹绿了整个村庄，西部大开发的号角，吹开了村庄尘封的大门，新农村建设、一带一路让老百姓真正地看到了光明和希望。

"绿水青山，就是金山银山"，这一点，咱农村人老早似乎就明白了。

每到开春，家家户户就砍一些老树上的枝杈，去梢，留取粗细均匀，长相直溜，一米多长，小臂粗的秃枝，栽到房前屋后、田间地头的空地里，来年几乎都能活，鲜有枯死的。没几年，就成材可用了。以前，盖房子、打家具全指望这些了。现在，木头的用途不多了，房子是砖混或者现浇的，家具是买的成品。于是，房前屋后的树木就更加茁壮了。

有个笑话：春天在贵德栽下一把筷子，来年就是一片树林。虽然有些夸大其词，但在县城，尤其"三河"地区，树木成活率相对高出省内大部分地区，是毋庸置疑的。

树木易活，各家各户也就积极了。在村里，鲜见暴晒在阳光下的庄廓。每个院子前后左右、里里外外，都种满了花花草草，桃、梨、李、杏等果树。我家老院子里还有两棵上百年的老梨树，一到夏天，那遮天蔽日的树荫，让整个夏天都显得清凉不少。

县城是群山环抱里的一片绿洲，村庄是掩隐在绿荫里的童话。

走过三百米长的上坡，沿着笔直宽阔的乡间混凝土路，在鸟语花香里经过村十字路口，再走五十米，小桥左手就是我家院子了。现在是个初具规模的农家乐，叫"四月花家园"，一个很好的名字。

县城的四月，春天比省内其他地方来得要早。四月的县城，杨柳初绽，迎春、蜡梅等早春的花开得很好；四月的黄河也很清澈碧蓝，没有辜负"天下黄河贵德清"的美誉。

过了五月，省内大部分地区的春天也姗姗而来，逢着雨季，黄河也就名副其实地黄了。

"四月花"这个名字，我真心觉得很好，总比县城里随处可见、千篇一律的"黄河""梨花"要别致温暖一些，虽然有一些直白的俗气，但仍然是不错的。

2019 年 5 月 10 日于贵德

记忆的源头——磨渠沿

昨天，是心情忧郁的一天。

清晨去了一趟河东，老家的白牡丹、紫牡丹开得很艳很繁；老梨树的树轮又大了一圈；包谷杏结得很稠密，指头肚大的杏子像绿珍珠一样沉甸甸地挂满枝头，摘了两颗，味道不错，过段时间反而会有些酸了。高高兴兴地拍了几张照片。后院里雇的工人还在修果园小径，转了转，似乎插不上什么手，也帮不了什么忙，就往回走了。

走到村口那块"马家西村"的大石头前，突然觉得有些突兀的变化，细细一打量，磨渠沿没了，被填成了路，新填的夯土还湿润着。

早晨，美好的心情瞬间凌乱。虽然知道传统农耕文化地没落和城市化进程的不断压缩，这些早已失去原本灌溉意义的渠道迟早会消失在这片土地上，却万万没有料到会如此之快。

一股莫名的忧伤把思绪拉回到我的童年。

磨渠沿，进村的第一道水渠。就是村头坡口，那道横贯南北，保证一年四季全村收成命脉的水渠。

关于村庄和童年的记忆皆源于此。

磨渠沿，是条普通的农业灌溉渠，宽逾二米，成年人也很难一步跃过，深也有近三米。至于叫这个名字，一是曾经渠上有架水磨，二来是渠在村口沿上。

据老辈人讲，在我出生前的几年里，渠上还有架水磨。那时候，渠里几乎每天有水，水势阔而清澈，水磨跨渠而建。利用湍急的渠水推动磨坊下巨大的木质水轮车，水轮车带动磨坊里两扇咬合紧密的巨大石磨盘。

真正的水磨坊，我没见过，但曾经有架水磨，在浓郁的树荫里，清澈见底的渠水带动巨大的木轮，"吱呀、吱呀"地轻快转动，洁白如雪的面粉从磨盘缝隙里飘落……这是肯定的，因为随意散落在渠沿上的磨盘就是见证。直径约二米五，厚约五十厘米的石磨盘，确实是巨大的。虽然，现在只剩下孤零零的一扇，躺在树荫里让我凭吊。

磨渠沿东面就是我成长的村庄，西面就是全村大部分的高产田，无忧无虑的童年时光就隐藏在磨渠沿的草丛里、树荫下、田垄旁……

整个村里和我同龄的不多，但对于儿时的我们来说，二三岁的差距是可以无视的，甚至上小学时，教室里六七岁的孩子和十二三岁的孩子在一起读一年级。

每个天蒙蒙亮的清晨，母亲和村里人一起下地，我和小伙伴们就跟在屁股后边，磕磕绊绊地在半梦半醒中下地去玩耍了。据村里老人讲，我自小就在"六大畦"（村里最好的田地的统称）的地垄上长大。刚满月，母亲就把我放在后背的背斗里下地了，既不耽误挣工分，也方便照料我。于是，我就晃晃悠悠地在母亲的后背上、在泥土的芬芳里慢慢地长大了。

等我开始光着屁股满地跑时，母亲的背斗里还背着家里沉重的生活。而乖巧的我，也在玩耍游戏的间隙里学会了第一件农活——捡柴火。

关于捡柴火，我是有记忆的。傍晚的时候，太阳的余晖即将散尽，黑夜即将笼罩大地。劳累了一天的母亲和乡亲们拖着疲惫的步伐踏上回家的路，我抱着一捆刚好合抱的干柴火，踩着母亲拉长的影子跟在后面，大部分柴火在母亲的背斗里插成旗帜。

柴火，大都是在玩耍前后一根一根捡的掉落满地的枯枝，码整齐放在渠边、渠底，然后边玩边等母亲回家。柴火不是很多，勉强够家里烧一顿饭。

那会儿，父亲的病情不是很严重，勉强支撑着他高大瘦削的身体来往于单位和家里。哥哥姐姐们都在上学，家里唯一的壮劳力就是母亲了。穷人家的孩子早当家，哥哥姐姐们那会儿已经会挑水做饭、洗衣喂猪了。我这个小屁孩，也在一天天的成长中，自然而然地学会了一件件农活：捡干柴、剁鸡菜、挑水、割麦、交公粮……

那会儿的磨渠沿，早就没有长流水了，只有浇水时到三渠口分水或电灌站抽黄河水时才有。磨渠沿一带绿树成荫，依然是田地和村庄之间最清凉的地方。一帮十来个男孩、女孩，每天就三五成群地在磨渠沿爬上爬下、在渠底疯了般地打闹。

最喜欢分成几帮，玩"官兵捉贼"的打仗游戏，记得那会儿我老当官，被小伙伴们十字交叉拉着手抬着，好不威风；或是玩"娶亲"游戏，总是歪着脑袋畅想着什么时候能真正当新郎？是娶尕花呢？还是小青呢？虽然不明白入洞房是个啥意思，却也知道叠个衣服充当孩子，继续有模有样地玩过家家。就连那两扇废弃的石磨盘，也成为我们玩弹珠、玩狼吃羊、玩挑棍的绝佳去处。

炎热漫长的夏季，疯玩了整个上午的我们，回家从笼屉里捞俩馒头，就去磨盘上抢午休的地盘，经常为此吵得脸红耳赤，却绝少动手打架，到了最后，一般还是以游戏决胜负，定归属。

吵累了，也玩累了，面带着得意的笑容，满足地躺在绿荫遮蔽的磨盘上，看着星星点点、如丝如线、珍珠般从树冠撒落的阳光，照在疲倦的身体上，暖暖的，如在母亲的怀抱里一样安心。

哦，那真是一个惬意甜美的午后。

夏天的午后，太阳很毒，我在磨盘上沉沉睡去的时候，母亲应该又在自留地里、果园里干活，那汗水一滴滴掉落，融入地里，落在青苗上，一切长势喜人。

那时，村里的孩子不怕丢，不怕饿，甚至不用去关心吃饭的问题。只需等天完全黑了之后，回家睡觉就行。谈不上夜不闭户，虽然因生活所迫，偶有偷鸡摸狗的，但绝不会发生拐卖小孩等伤天害理的大事。

几年前，我租赁了村里的集体用地，在磨渠沿边上的王德园子搞牛羊养殖，干活之余，闲暇之时，最喜欢的事，就是坐在那扇孤单的磨盘上看书。也曾想在磨盘上小憩，但那坚硬的磨齿硌得我实在难以入眠，阳光依旧在树冠流淌，小伙伴们的欢笑和身影依旧在渠沿边回放。

村里唯一的同龄人——强子，几年前走了，死于一场意外。儿时玩耍的同伴都在外面努力地打拼，渐行渐远，慢慢地失去了联系。磨渠沿也渐渐失去了往日的地位和喧闹，直到昨天，完全消失……

童年，就像一部老胶片电影，模糊而清晰。

村庄里掩映着的童话在午后的阳光明媚里生根发芽，在记忆里茁壮成长，最终长成一棵参天大树。

2019年5月9日于西宁

愿每个童年都充满阳光

文 / 易美珺

记得结婚前，我和先生总是在晚饭后的斜阳里，一起坐在果洛公路总段职工宿舍的封闭阳台里说话、打扑克，夜晚一起坐在单位院子的草地上看星星。这也使得寂寞难挨、与世隔绝的牧区生活美丽生动了起来。

那时候，牧区的通讯、交通等等不似现在这般发达便捷，娱乐更是几乎不可能有的事情。没有电视，没有电脑，没有手机，能陪伴自己的只有书本。就连空中乱飞的苍蝇，都舍不得打死它们，因为，那是除了我之外，屋里唯一活着的生灵。

单位四周除了辽阔的草原，就只有皑皑雪山。唯一的一条街道，不时有藏族牧民和牛羊经过，空中充满了青草和牛羊的气息。在这个相对陌生的环境里，我们，尤其是女职工，很少走出单位的大门。

在那个离天空很近的高原，空气是稀薄的，时空是凝固的，仿佛不在地球上。无边无尽的孤独使我多想变成一只小鸟，飞离那无形的樊笼。

就在自己无法继续坚持下去的时候，先生大学毕业分配到了我的单位。也许，这就是缘分吧！

最喜欢和他一起眺望夕阳西下，揣测云彩变幻出的世间万物；最喜欢和他一起仰望群星璀璨，寻找北斗星里最亮的那一颗。

就在那些平淡而温暖的日子里，先生总是给我讲他小时候如何在村子里和伙伴们玩耍的场景。随之，我脑子里就会出现一幅幅他和一群小男孩爬屋顶、钻草垛、趟小河，玩得灰头土脸不亦乐乎的画面，使我时常想起语文课本里的《社戏》。

我生长在西宁，没有大都市的繁华骄奢，也没有农村的质朴随意。

城市里的生活，如鸽舍般拥簇林立的狭小空间和从小母亲过于严厉，甚至不近人情的严苛，让我的童年极少有什么深刻的回忆，更加没有多少和同龄人玩耍、打闹、游戏的经历……这多少给我留下了一生无法掩去的遗憾。

童年，对我而言，最多有些模糊地和姐姐哥哥打打闹闹的片段。我也在母亲限定的规矩里，逐渐长大，长成了一个胆小怕生、乖巧听话的女孩。

真的，非常羡慕先生那个无拘无束、无法无天、调皮捣蛋、惹是生非的童年。不过，还好，现在，我可以和他一起，编织中年以后属于我们的"童年"……

我深刻思考着我们应该给儿子一个什么样的童年，使他在成年之后，有一个快乐而充实的回忆。

儿子的童年有着我俩牧区工作的特点——像迁徙的候鸟一样，往返于两地之间。夏季，我们离开家，他便随奶奶在贵德老家；冬季我们回西宁，他便跟着我们去西宁。儿子的幼儿时期，每年会上两个幼儿园，陌生和熟悉交替往复，儿子也很懂事，从不因为面对陌生而哭闹，但愿他的童年是快乐的。

祝愿每个人都拥有快乐的童年记忆，愿每个童年都充满灿烂的阳光。

2019年5月9日于西宁

欢声笑语的饲养院

饲养院，当然是养牲畜的地方。就在村十字口东北角那块，占地大约三幅庄廓地，也就不到二亩吧。原址上现在恰好住了三户人家。

饲养院不大，分前后两院。前院是"场"，秋收打场晒粮的地方，后院是大大小小，各式的牲口棚和占了后院一多半的草房。

饲养院是人民公社的产物。那时，各家各户的马、牛、羊，鸡、鸭、猪都归了集体所有，于是，也就有了饲养院和饲养员。

记得那会儿，我大概有四五岁吧。饲养院没几头牲口了，饲养员是我外公还是老余叔，也记不太清了。只记得经常大敞着门的后院里，散发着混杂了各种牲口粪便和麦草霉变的异味，零散的堆放着几架破旧的马车，石碌碡、木质车轮、废弃的车辕、辕犁等物品，还有二三匹骡子（其实，也有可能是马，分不太清楚，想来，村里穷，应该不会是马吧）。那会儿，已经是人民公社，吃食堂饭的最后一两年。

饲养院最热闹的时间，应该是秋收时节。

天刚蒙蒙亮，全村老少爷们儿就都上"早工"了，满脸洋溢着收获的喜悦和期盼。

小伙子们一车一车不停地拉回田间地头的麦捆，女人们把麦捆解开，均匀地摊在"场"面上，男人们就开始牵着牲口，拉着石碌碡大声地吆喝着，一圈一圈地重复碾场，未得休息的女人们又开始用木杈（俗称杈扬，大都是二杈或三杈的树枝削砍而成，也有钢筋做的，很少），一杈一杈，不停地翻场。碾场和翻场，同样的动作至少要重复三四遍，麦穗才基本脱粒干净。

秋收时，是最闷热的时节，家乡称为秋老虎。全村老少顶着火热毒辣的太阳，在麦场上重复着年复一年的动作，那种娴熟和老练是对赖以生存的土地的敬仰，是对美好生活的渴望。

每逢此时，就连天天只知道玩耍的我们，也要下地捡麦穗，虽然我们依然把劳动当作玩耍。

那会儿，家乡机械化程度低，人活得和牲口一样累，没日没夜地从还算肥沃的人均仅有八分地的田地里刨食，却很少会有人去抱怨。尤其到了秋收，每个人都是欢快的。饲养院里时常传来大人们久违的爽朗笑声，甚至经常出现平时难得一见的，大家伙嬉笑打闹的场面。

秋收，也是我们最期盼的，除了能吃到新麦面粉的白馒头，更因随着打场的开始，我们的游乐场也开始建造，并很快就会完成了。

游乐场，其实就是饲养院的草房。

田里的麦捆一天天少了，草房里的草垛子一天天厚实了，我们的童年也更加有趣的丰满起来了。

游戏从碾场之初的踩草开始。发霉的麦草，牲口吃了不长膘，还易坏肚子，就连烧火做饭，也没有什么热量和劲头，所以打草垛必须要踩压得紧实，以防雨水渗透进去而发霉。

起初，大人们往草房里装草、打垛，嫌小孩子闹腾碍事，老往外驱赶，脾气差些的，兴许还会赏俩巴掌。可越不让玩，我们在散发着麦香的草堆里翻腾得越欢，也无意间让草堆紧实了些。大人们一看，也好，还能省俩人工，干脆都出来挑草或干其他事，踩草就交给熊孩子们吧。

半大的孩子皮实，折腾一天也不知累，在草垛子上玩得欢天喜地。其实干过打草垛的人都知道，那活很难受，主要是闷热和痒痛，特别是汗水浸泡着麦芒划伤的凸起红痕，那是种万蚁噬身般又痒又痛的感觉，让人难以耐受，但我们依然欲罢不能。直到晚上回家，母亲用热毛巾帮着擦拭身体时，寂静的村庄的夜晚里，不时传来杀猪一般的号叫。那疼痛是刻骨铭心的，真的很痛，到现在，每次看到金黄的麦浪，都不由自主地感觉到很痛。

虽然痛彻心扉，我们依然乐此不疲，几乎每天耗在草房里玩耍。记忆最深的要数"地道战"了。虽然是贫苦年代里专属于我们的游戏，但真和影片《地道战》有关。区别是影片里的地道在地下，而我们的地道在麦草里。

草房里的麦草压得相当紧实，近四米的厚度，完全不用考虑塌陷的问题，况且，就算塌了，也不会压坏人的。从草房门口开始，借着帮饲养员铡草的由头，一把一把，撕扯出一个刚好能钻进去最胖最大的小伙伴的洞口，然后，小伙伴们轮流上阵，每天掘进一段，不到十来天，密密麻麻、纵横交错，状如蚁穴、如迷宫一般的地道就建成了。里面有转身的"交通站"，稍大一些的"作战室"，还有许多防止过度闷热的换气口，作为"观察口"，真是麻雀虽小，五脏俱全。

游乐场全部完工，剩下的就是钻在草洞里面玩闹了。每到吃饭时，草洞口就会传来大人们此起彼伏的无奈的叫喊声和生气的呵斥声。因为假想敌之一的大人们，没有办法钻进草洞里，就算进去了，也会失去方向。

那时候，在家受了委屈，或闯祸之后，伙伴们都不约而同地躲在草洞里，直到万般无奈的父母们央求其他小伙伴来找。

就在这样的痛并快乐里，从秋天到冬天来临之前的日子里，我和伙伴们每天大部分的时光都在麦草堆里度过，这种情形一直到上了小学。

快上小学前，村子里购买了脱谷机、筛选机等必要的大件农机，碾场便成了历史，秋收也成为各家各户自己的事情了。完全失去作用的饲养院拆了，草房也拆了，均分给了三户，做了宅基地。我的童年也接近了尾声。直到现在，每次回家，在村十字路口我总能记起那些热火朝天的劳作场景，想起伙伴们天真的笑声和熟悉的面孔。也清楚地记得打穿草房的后墙，钻在草里，偷吃伯父家的沙果子的味道，还有被逮住后，伯母的跳骂声……

2019年5月11日于西宁

我的父亲

父亲走了二十多年了。我大学即将毕业那年的春节，父亲离开了这个世界。他没等到我成家立业，结婚生子的那天。

直到现在，每次去老家的老院里，总是无法遏制地去碰触一些记忆，无法抑制心底埋藏的思念。有段时间，住在老家的西屋里，晚上经常被父亲的咳嗽惊起。

父亲很高很瘦削，身高近一米八，年轻时应该还能超过一些；颧骨到下颚突兀地如刀削斧砍似的，让整个脸颊愈显瘦长；两颗有些外露的大门牙，让父亲大部分时间看上去充满微笑和阳光，当他抿着嘴不说话时，却也显得异常的严肃和威严。

父亲直到去世前，也几乎没有驼背，人前人后，总是抿着嘴，身躯挺拔，微昂着头，似乎从来没有想着向生活的苦难和病痛的折磨低头，和他倔强、耿直的性格一样。唯有在生病的时候，在炕上蜷曲着高大的身躯，使劲地咳嗽，艰难地喘息。

从小就记得，父亲总是卧病在床。我只知道，父亲得了慢性支气管炎，大夫是这样诊断的。实际上应该是很严重的肺心病和哮喘并发症，这种病很缠人，尤其是春、冬季节。

每年春暖花开的时候，父亲就不停地咳嗽、咳痰，他紧皱着眉头，蜷曲着身体，一只手撑着，一只手捂着胸口，伴着剧烈的咳嗽声，身体颤抖着，面部涨得通红，那双平时明亮有神的眼睛里泛着泪花。仿佛缺氧的鱼一样，拼尽全身的力量去呼吸，用尽全力去吐出如鲠在喉的一口浓痰。好些时候甚至喘不上气来，只能通过我们不停地捶打他的后背，才能得到一些缓解。很多年以后，我才明白，春天的花粉会引起哮喘过敏反应。冬天,也是很难挨的,因为冷空气是刺激发作的诱因。所以,到了冬天最寒冷的日子里,父亲会减少出门活动的时间。不得不出去时,也会围着厚厚的围巾,戴着厚实的白口罩。这种情景,在当时的农村是很少见的。

哮喘发作时,父亲基本上就没办法下床去干农活了,只能在炕上辗转反侧、夜不成寐,或靠或坐、或趴或跪地寻求相对舒适的姿势,以求安稳和缓解。所以,我的记忆中,田间地头、屋里屋外,大多数时间只有母亲辛劳的身影和父亲佝偻着身躯咳嗽的声音。

父亲的一生,应该还是很丰富多彩的。虽然生前,从未系统地给我们讲述过过往的经历。但从一些只言片语中我摸到了一些脉络。

父亲年轻时,在省城公安队伍待过,曾经见过他穿着稍显宽大的老式草绿色警服,单手拄着一把步枪,帅气地站在公安局门口的照片。照片上的父亲,大概二十来岁,意气风发,朝气蓬勃,充满了阳刚之气,微笑着平视远方,眼里只有对工作的热爱和对未来的憧憬。照片可能是被二姐收拾走了,已多年未见了。

我从公路养护部门考到路政部门之初,穿的制服也是草绿色的,也在单位门口照过相,那时的我和父亲很像很像。

父亲还在锡铁山矿务局工作过一段时间,应该是全国人民最困难的那几年。听他讲,饥饿难耐的四叔,从家里跑到他那儿讨吃的,赶上大灶吃油饼,饥肠辘辘的四叔在狼吞虎咽里差点被哽噎致死的悲凉情景。

父亲也有过修筑公路的经历,应该不是合同制或临时职工。而是那个年月,类似于以工代赈的方式参与公路建设的,可以换得比干农活较高的工分的,算是份好差事。父亲的病根就是在这时落下的,并伴随一生。

记忆中,父亲最后的一项工作是在县农业技术推广站,当园艺工人。父亲对嫁接、修剪等一些简单的园艺技术很娴熟,他能将家里的果园打理得井然有序,与这段经历是分不开的。那时候,我最喜欢在秋天的凉爽里,坐在父亲的自行车上,和他一起上班,然后就爬到摘好的水果堆上,拣最大最鲜艳最美味的果子吃,我能几乎不停歇地吃一整天,惹得站里的同事们经常会提醒父亲:"老贾,去照顾一下孩子,会吃坏肚子的。"奇怪的是，我从来也没因此闹过肚子。那会儿，站里的水果，只要你能吃，管够，但不兴拿回家里。又过了几年，父亲病情愈加严重了，只好辞去工作回家了。

那会儿，父亲总会在推广站忙到很晚才回家，我和母亲躺在炕上，一边听母亲讲故事，一边等父亲。"吭吭吭"，从院子外面偏西的地方，估摸着应是在二伯或四叔家门口传来一阵咳嗽声。于是，我一骨碌爬起来，跳下坑，在母亲不停的"慢点，慢点"的叮咛声中，光着脚就兴高采烈地去开门，不到一分钟，父亲准会出现在门口。

虽然很多时候，说到农村干农活的场景，总是先提到母亲而极少提到父亲，主要是因父亲生病时，母亲操持居多。实际上，父亲只要身体状况稍好一些，也总是在田里、果园里忙碌着。无论是行动上，还是精神上，父亲始终是家里的那片天，是家里的顶梁柱。

我的体重从参加工作之初的一百零八斤，在短短几年里，迅速增加到过度肥胖的程度，我不得不承认本人是懒惰的，这种懒惰是自小就潜藏于心的。

听二姐讲，我从小很懒，懒得不走一步路，总是哭闹着让人背，她上学前，在家带我，很辛苦，一天到晚十指相扣地背着我，手指关节都肿大变形了。

这一点，我是深信不疑的。因为记事起，我就非常贪恋父亲并不厚实的后背，不论是农闲时的夜晚，走很远的路，跟着放映队去看重复了一遍又一遍的电影；还是春节期间，走街串巷地跟着一支支队伍去看"社火"……在路上，我总是缠在父亲的后背上，不下来。直到父亲在剧烈的咳嗽声里，喘息着说"尕娃，下来走半截，阿大乏了"，于是乖乖地出溜下来，可没走百来米，又喊："阿大，走不动了。"无奈的父亲，弯下腰，背上我，艰难地在"咳咳"的咳嗽声里起身前行，或者把我抱到一段矮墙上，然后再将我背起。

就这样，我在父亲的后背上度过了我的学前时光。

长大上学后，慢慢地和父亲有了一些隔阂，因为始终觉得父亲过于严厉，也就慢慢少了交流，逐渐地刻意疏远了。也许这是儿子的天性，不似父女感情那般细腻悠长。这就是所谓的父子之间的代沟吧。

直到我大学毕业前的那个春节的夜里。

在我上高中和大学的那几年，随着哥哥姐姐们陆续参加工作、成家立业，尤其是大哥大嫂持家有方，加上姐姐姐夫们平时的照顾补贴，家里的境况好了许多。在全家人的悉心照料下，父亲的病情也有了极大的好转。

那年的寒假很短，正月初九就要返校，正月十五，注定要在学校过了。虽然在家人面前会表现出恋恋不舍的样子，实际上，心中却对宿舍哥们儿约好的元宵聚会充满期待。

年初八的晚上，吃完晚饭，哥哥姐姐们都回各家去了，家里只有父亲、母亲和我。边看电视边聊天，桌子上还有瓜子、花生和母亲切的一盘卤肉、一盘凉拌腐竹。忽然，父亲从柜子里拿出一包烟和一瓶酒，放在了桌子中间。

"明天要上学去了，今晚你喝两盅，到学校尽量少喝，要好好学习。"

我从上中学时，就一直抽烟喝酒，父母其实是知道的。逢年过节也在家喝酒，但从未当着他们的面抽过烟。于是，微微有些脸红的我，拿过烟盒，放到一边，又把从西安带回来的"黄桂稠酒"拿出来，给父母各斟了一碗，自己倒了杯白酒。

"来，阿大、阿妈，碰一个。那酒没啥度数。"我笑着说道。

父亲因病，戒烟戒酒很多年了，据说年轻时烟瘾很大，酒量也很好，我是见过他喝酒的。母亲酒量也很好，去世前还能随便喝个半斤多白酒。所以我想，我们姊妹们都好喝酒，也比较能喝一些，是有原因的。

那晚，聊了很久，也聊了很多，从家里、家族里以前的一些旧事，一直聊到关于我毕业后的去向。

父亲淡淡地说："毕业后啊，尽量回来，以后干啥事，兄弟俩好互相照应一下。但也不要太近，最好是去果洛、玉树那些地方，虽然苦点，听说工资高，也好帮帮家里，减轻你哥和自己的负担。安家呢，也安到外面，别回村里，以免以后兄弟们有矛盾。"又说："你哥性格急躁，脾气暴，嘴碎些，但比你有责任心，你要记在心上，以后成家了，把你阿妈带上，一块儿过。"我说："还有你呢，我这大学啊，就上两年，快啊。"

对于那晚父亲谈话的缘由，我是了解的。是起于他那一辈，兄弟之间一些多年难以调和，且伴随一生的纠纷和矛盾。庆幸的是，我兄弟俩至今没有走上那条纠结的老路，而且永远不会。我想这也是父亲、母亲最大的心愿。

也许是缘于那场谈话，也许是机缘巧合。毕业之后，我的轨迹完全重复了那场谈话，并有幸与夫人在果洛相识相知，相伴至今。也许，所有缘分的起点就源于那个难忘的夜晚。

那晚，有许多破天荒的事情自然而然地发生。

在父亲难得的絮絮叨叨和母亲不时的叮嘱里，不知不觉地酒已见底，夜已很深。我破天荒地在父母面前点燃了香烟，破天荒的，平常对香烟的味道特别敏感的父亲没有咳嗽一声。

"尕娃，我想洗个脚。"父亲忽然破天荒地说道。一般情况，都是母亲倒好洗脚水，父亲才会洗的。于是，我也破天荒地为父母倒了一次洗脚水，第一次给他俩洗了一回脚。

第二天晌午，父亲破天荒地送我到村十字路口，最后说了句"尕娃，好好学，到学校了，来电话"。"嗯，你回去吧，注意别感冒，六月份我就毕业了，可能五月份实习就会回来了。"我笑着招手说着。

走了几十米，回头，父亲还在十字路口望着。我扭头向前，没来由的，泪流满面，却不知道为什么流泪。

我万万没想到的是，那是父亲给我的遗言，那是最后一次的回眸，那是最后一次凝视，那是最后一次父子长谈……父亲，在我走后的第五天就走了，那是正月十五的头一天。

据说，走时很安详，也和母亲、二姐聊到很晚，聊我和小外甥女的事情，让二姐给洗的脚。

父亲走时，我还在八百公里以外。回来时，已是"百天"。这是我终生无法弥补的遗憾，是我一生的痛。

二十多年过去了，我还是会被咳嗽惊醒，有时是父亲的，有时是自己的。

现在，我也为人夫，为人父，儿子也上了高中。总觉得又回到了从前，我似乎趴在父亲的肩膀上，目光的尽头是我的儿子，我用父亲曾经对我的担忧那样，担忧着我的儿子，是否在好好学习？有没有在学校谈恋爱？会不会和别人打架？我深深地体味到父亲昔日的艰难和那夜的心情，却始终无法再次看清父亲的后背和容颜。

生命是一场生老病死、爱恨情仇的轮回，生命是一浪高过一浪的汹涌波涛，生命更是一套始终滚滚前行的车轮，而父亲，就是轮回的原点，海上的灯塔，掌辕的车夫，始终引领着家的方向，我们始终踩着父亲的影子前行。

但愿天堂里没有咳嗽，只有欢乐……

但愿来生，我依然承欢膝下，在您的后背长大……

但愿天下的父母都能健健康康，共享天伦之乐……

2019 年 5 月 12 日母亲节于西宁

我的母亲

今天是母亲节，昨天是母亲的四周年祭，又是一个没有母亲的母亲节。

周年祭，我在省城住院，未能和哥哥姐姐们一起去给母亲上坟；母亲节，母亲在地下微笑，我在地上写文字。

母亲身材不高，一米六左右，偏胖。即便是在那个衣食匮乏的年代里，母亲也稍显丰腴。等我们都成家后，就愈加发福了。我们姊妹几个身高都像父亲，偏高；身材像了母亲，偏胖。近几年，一个个更胖了。

母亲很注重人际交往的礼仪。可能与出身于大户人家有关。虽然是已经没落的大户人家，却也传承了一些生活、待人接物等方面的经验、礼仪等。

周作人在《生活之艺术》一文中引用斯谛耳博士在《仪礼》序里的一段话："礼节并不单一是一套仪式，空虚无用，若后世所沿袭者。这是用以养成自制与整饬的动作之习惯，唯有能理解万物感受一切之心的人，才能这样安详的容止。"周先生以此来论证"生活之艺术"这个名词。而我认为这恰好是不知何为艺术，更遑论生活之艺术。下里巴人最原始、质朴的礼仪观，是真正来自生活，自然积累和沉淀的或传承有序的良好生活习惯，并最终成为自制的约束力和整饬的动作。

从小，就在母亲整天念叨的"与人为善、吃亏是福""远亲不如近邻""笑不露齿""食不语"等谚语、俚语里长大。就像她要求我们一样，她一生待客以诚、与人为善。甚至从来不会单手端茶倒水，也从不会在客人面前转身离去，以背示人，而是微躬着上半身，缓缓侧身退去。时间久了，我们也从母亲的唠叨和行动里，自然而然地打开了礼仪之门。

如果说，父亲是家里的天，掌控着家和家风的方向，那么，母亲就是织女，在用心地编织着家和家风的细节、纹路。父母用一生的心血共同编织着朴素大方但不失精致的充满泥土芬芳的梦想家园。

母亲的一生是辛劳的，是任劳任怨的。

18岁就嫁到贾家的母亲，在家庭和生活上历尽磨难，身体力行地践行着"吃亏是福"，以此慰藉自己困苦的一生，并将希望寄予子女和后世。也始终教导我们"吃亏是福"，正确地面对困苦、坎坷、不平事。

许多年以后，我们兄弟俩先后顺利考上大学，村里许多老人们都说："你阿妈，年轻的时候，为了支撑你们这么一个多病四个张嘴吃饭的家，没少吃苦受累，现在老天有眼，终于可以扬眉吐气了！"我也经常听隔壁王婶和村里人，还有亲戚们说："你们这个家，要不是你阿妈能吃苦受累地撑着，可能早就撑不下去了呢，你阿妈是这个家的顶梁柱，要没有你阿妈，你们的家就倒了。现在你们都这么好，都是你父母修的路好啊。"于是，我在想，"人在做天在看"这句话，其实也是有道理的。但是，这天却不是满天神佛，而是自己的内心。

因为父亲久病，母亲几乎承担了抚养我们兄弟姐妹四个的大部分重担，当然，还有大部分的农活和家务。庆幸的是，父亲几乎陪伴着她的一生，并给予精神上的扶持。"你阿大（方言，父亲）虽然病着，但幸好还活着，就是你们出息了，他却一天福也没享上。"父亲去世后，母亲经常这样念叨着。

除了母亲和我们在省城、县城楼房里生活的日子外，母亲每天都起得很早，似乎已经将生物钟定格在了凌晨五点。起床，先扛一把大扫把，把整个院子打扫一遍。春天扫浮尘，夏天扫残花，秋天扫落叶，冬天扫积雪，一年四季，风雪无阻。其实，在我看来，那院子本就极干净的。然后扫屋子里，把正在睡觉的懒虫都吵醒，在懒虫们嘟嘟囔囔的牢骚声中去收拾早餐。等家里人洗漱完，开始吃饭，母亲才开始简单的洗漱，然后在大家的埋怨和催促里，笑着过来吃点桌子上剩下的饭菜，中途还经常会搁下饭碗，去忙点忽然记起的其他事情。一日三餐，母亲总是最后一个拿起饭碗。时间久了，我们也看出来了，她是怕大家不够吃。因为家里没人吃剩饭，母亲做饭总是恰好，又担心正在长身体的我们不够吃，所以故意拖延着。虽然大家埋怨了多次，她却依然如此，久之，也就成了习惯。

农村里总有干不完的活，春天要翻地种地，夏天要浇水施肥，秋天要打场收粮，冬天稍闲，却至少也免不了扫落叶。扫落叶，主要是为了解决柴火不够烧的问题。特别是公社生活刚结束的那几年，家家户户连个烧火的木棍都没有，麦草也没多少，要生火做饭，要煨炕取暖，于是就把目光放到了落叶上。

从秋末到初冬，母亲经常会拉着哥哥姐姐们去扫落叶、捡枯柴、打瓦柴（就是到很远的山上或河滩地，砍伐捡拾干枯的朽木、灌木等）。听大姐讲，打瓦柴，很难很累很苦。我没干过那活，我只陪着扫过几次落叶，记忆犹新。

扫落叶，要起得很早，天很黑，母亲一个人怕黑，就会让我们轮流陪同她去。去晚了，一是担心别人抢先扫光了，二是担心要走更远的路。

深秋或初冬的凌晨，天气已经很冷了。母亲拉着架子车，上面放着扫把、木杈、铁锹、麻袋等必要的工具，我哆哆嗦嗦地打着手电照路。运气好的话，出村子不远，到东河滩的小树林就可以，运气不好，就得多走一两里到黄河边上的树林子里去了。找见一处别人未到的地方，看着铺满树林的厚厚的树叶，总是会难以抑制激动和欢喜。那时候的人们，幸福感就是这样简单、纯净，而这种简单的幸福感在如今，是不可想象的。

放下车子，取下工具，"你先在架子车上眯会儿，我先扫着堆哈，你最后帮我撑袋子。"母亲对我说。"这一大早的，天没亮，冻死了，还不如我也扫，还热乎些。"我这样想着，找一块地势稍高的地方，放下手电筒，就着微弱昏暗的灯光，东一下、西一下地扫着，母亲动作很快，不一会儿就扫了好几堆，而我扫的，最多只够装一麻袋吧！母亲估摸差不多够一车，就让我撑着袋子，用铁锹往袋子里装，不时还要用手使劲挤压，就想着多装点。七八个大麻袋装满了，把剩下的装到车厢压实，再把袋子撂上去，用绳子捆结实。母亲在前面弯着腰，肩膀上套着拉绳，佝偻着腰背使劲拉车，我在后面一只手照明，一只手使劲推着。遇到上坡或者坎，母亲在前面喊"加把劲，推一下"，我就在后面双手推、双肩扛，有时候，甚至得用后背靠着使劲顶。

我到现在，也不知道那一车看似轻飘飘的树叶具体有多重。只记得，上高中时，最后一次陪母亲去扫落叶，逞强的我，比平常多装了两麻袋，摞不上去，只好横放在车辕上，拉车时，一抬辕，不但没抬起来，还差点趴倒。那时节，随父亲去粮站缴公粮，我能扛着一麻袋一百八十多斤的粮食，踩着摇摇晃晃的脚手架，上到第三层粮囤里。孰料，却差点被一车落叶压倒。无法想象，母亲矮小的身体里蕴藏了多么巨大的力量，而这股力量充满着生活的勇气和做人的骨气。

母亲是个极好面子的人，也是很要强的人。

母亲的遗照很严肃，只是眉目间表露出淡淡的笑意。这其实和她生前是不符的，但这是母亲自己生前选的照片，也不可更换了。

母亲生前一直是微笑的时候居多，尤其是在外人面前，即便是在那个生活困顿的年代，也是把一切辛酸和苦楚掩藏在笑容后面，那是给人以光明和希望的笑容。照她的话说，"就算家里揭不开锅，也不能让人家看'笑谈'"，即不让别人看笑话的意思。因为母亲总是面带微笑，从小到大，同学们极喜到我家玩耍做客，照他们说："你妈脾气好，爱笑，好像没有烦恼，在你家玩，我们很舒坦，无拘无束。"其实，母亲的微笑是来自于骨子里流淌的善良和佛心，就像她在每年的春节前，总是尽可能安排大姐、二姐去帮四婶早逝的四叔家洗洗涮涮，尽可能照料俩侄子的缝缝补补一样，是很自然、自发的事情。

母亲对自己穿衣要求不高，却在每逢过年，只要手头宽裕，必先给父亲做一套蓝色或灰色的中山装，母亲说："你阿大要经常到人前头去哩，不能让人笑话。"我们姊妹几个，就算是旧衣服，她也会清洗干净，给我们穿戴整齐。母亲总担心惹人笑话，这其实就是对生活负责、对家人负责，不甘贫穷，不屈服于生活压力的表现，是多年以后，我们以及我们的后代不甘平凡、积极进取的精神源头。

母亲是个细心细腻的人，也是个心灵手巧的人。

印象中，小时候，我的衣服很少有粗大的补丁，虽然都是亲戚们的旧衣服改的。但是都很干净，偶有缝补的小补丁，针脚也是细密平整的。

在那个天天上树掏鸟、下河摸鱼的年代里，村子里男孩子的衣服能天天洁净，没有大片补丁的是很少见的。

对母亲而言，白天的时光是短暂而珍贵的，有许多事情要忙碌，而事关全家老小穿戴的针线活，只能放到夜深人静的夜里。那时，家里虽然有电灯，但为了省电省钱，瓦数极低，母亲经常就着昏暗的灯光，抬着头，斜眯着眼，费力地穿针引线，低头缝补或纳鞋底。遇到绣枕套等较精细的针线活时，不得不重新收拾日常不用的煤油灯，放在炕桌角上，增加一些光亮。母亲的针线活是极好的，没有学过美术，却能在牛皮纸上画出惟妙惟肖的鸳鸯和活灵活现的牡丹等各式花鸟图案，然后一针一针绣制枕套、鞋垫等物品。我对画画最初的兴趣和现在的爱好，皆源于此。

再过几天，又到端午节了。犹记当年，最喜欢过端午节。清晨，在胸前挂满母亲彻夜赶制的香包，有石榴、各式生肖、莲花、鱼虫、绣球等等，在一路"叽叽喳喳"的鸟叫声里，昂首挺胸地去上学，像极了一只骄傲的大公鸡。然后在学校老师、同学们一致的赞叹和羡慕嫉妒里沾沾自喜。

母亲，没多少文化，只上过扫盲班，却能认识不少字，能看懂电视剧的字幕。我的学前启蒙老师，就是我的母亲。

上小学前，母亲不知从谁家找来本一年级的语文课本，在每天烧火做饭的间隙里，一个一个教我认字，虽然她不会拼音。而我在厨房里拉风匣的"扑嗒"声里，基本读完了人生第一本书，认识了人、口、手……我的乘法口诀表在班里是背得最好的，也是母亲在我上学前教的。

每一个母亲都是平凡的，每一个母亲都是伟大的。

母亲没有什么可歌可泣的壮美历史，母亲只是在平凡的日子里，用平凡的身躯，写就一幅平凡的田园水墨，而我就是画里浓墨写就的绿芽，最终成长成树，为她遮风挡雨。只是她看到我成长，却最终未等到我长成的一天。

关于人生，你只能看到开始，永远也猜不透结局。母亲也一样如此。唯一能做的，也只有认真地创造过程，享受过程。我也必将如此。

今夜，注定无眠。脑海里满满的往事，翻腾不息，心中只剩下无边的思念和难以掩抑的愧疚。

母亲，您在天堂还好吗？您也该好好歇歇了！

2019 年 5 月 12 日母亲节于贵德

干涸的泳池——东河滩

父亲带我打浆洗的那个夏天
东河滩清澈的河水刚好及腰
我带儿子去打浆洗的这个夏天
只有干河滩裸露的脊梁
记忆可以在片段的拼接中重现
逝去的水就像逝去的时间
无法再现

——《逝去的记忆和水——干涸的东河滩》节选

东河滩，即县城东河水流经现在的一号桥附近的一小段流域及滩地。河西岸是河阴镇城东村，河东岸就是我们村，上下毗邻周家、下罗家两村。河道东边是一整片绵延的小树林，不知其始，终至黄河岸边。树林东边是村里的麦地。

所谓的"打浆洗"，其实就是游泳，但也不完全是，因为，少年时的我们，约伙伴们"打浆洗"，还包括了玩尿泥、玩沙、玩捉迷藏等游乐项目，也包括了偷土豆、烧地锅等简单欢快的野炊。所以"打浆洗"应该是到水边玩耍的泛指，但主要还是以玩水为重头戏。

"打浆洗"，这词比游泳、戏水等词语要鲜活形象了许多。"浆洗"，原意是用米汤、淀粉水等浸泡，用清水漂洗的古老洗衣方法。与我们经常在裹满泥沙的河水里打滚翻腾的嬉戏有异曲同工的相像。

那时，东河水和县境内的黄河水一样，春冬季节极为清澈碧透，而夏秋，则经常泛黄，这跟雨水多少有关。那会儿，打浆洗的记忆里，河水清少而浊多。

那是个难以忘却的童年，那是只能追忆的过往，那是只有在梦里翻滚着或清或浊的河滩地。

小时候，七八月份的村庄，是充满活力和激情的，到处一片忙忙碌碌、热闹非凡的丰收景象。黄澄澄的麦子熟了，沉甸甸地弯下腰，随风摇摆；田间地头，豆角也饱满了，张着裂开的嘴巴，"噼啪，噼啪"欢快地叫闹着；果园里，树枝挂满脆甜诱人的水果，引诱着难填口腹之欲的我们。最开心的是，地里的洋芋（土豆）秧尽显枯萎之态，洋芋可以开挖了，打浆洗、烧地锅的季节到了。

高原的夏天，没有知了烦躁的鸣叫，天气闷热的好似蒸笼，毒辣的阳光连同紫外线，没有任何遮蔽的洒向大地，刺痛我们的身体。草丛里、麦地里所有不知名的虫豸，都难耐酷热地发出各种急促尖厉的叫声，这叫声，混杂着热风的滚滚麦浪，让我们愈加难以抑制的狂躁不安，觉得天更热了，急需一场酣畅淋漓的疯狂。

随着巷子里一声声熟悉的口哨声，此起彼伏地响起，一帮小伙伴，迅速地聚合了。在女孩子们羡慕、委屈的目光里，围成一圈，不到两分钟，谁去挖土豆，谁来望风，谁捡装土豆；谁弄土块垒锅、谁捡柴……一切行动安排，井然有序，绝无遗漏。至于望风，是因为土豆肯定是别人家的，伙伴们都不会去挖自家地里要留着过冬的土豆，所以只能委屈别人家的地了，往往会选择下罗家村的，谁叫两村的土地挨得近呢？况且前几天他们还挖了我家的。

那会儿，从来不说偷土豆，把一切当成很自然的，理应如此的事情，就像孔乙己认为的"窃书不谓偷"一样理所当然。

烧地锅是打浆洗的前奏，吃饱了才能玩好。我有时也在纳闷儿，为什么现在却经常教育儿子，吃饱了才能安心学好，而忘记了玩耍是孩子的天性。"时代不同了"，我只好这样给现在的自己随便找个借口，却忘记了"己所不欲，勿施于人"的古训，也忘记了自己曾经拥有过的快乐童年是在玩耍中度过的。

确实，时代真的不同了。自从儿子出生，家里只有他一个小孩儿，院子里也找不到玩耍的孩子。就算有，现在的小孩也比较自私，很难玩到一起。即便回到乡下，村子里也没有多少孩子在外面玩耍。不是在家里埋头学习，就是在外面兴趣班学习，或者沉迷于电视手机。现在的孩子相对于儿时的我们，眼界宽了，获取知识的渠道也宽了，他们的玩具趋于更加精致时髦的工业化。他们远离了泥土，远离了乡音，他们的童年也未尝不是幸福的。但是，至少比我们的童年少了一些无拘无束的欢乐。他们的幸福是约束了自由的天性，在各种约束和限定的框架内，被规范了的可以预知的幸福。而这种幸福和快乐的差距是时代的缩影。

大家伙儿迅速地在小树林和河滩中间的空地上，烧上地锅，"石头、剪刀、布"，输了的垂头丧气看守地锅，赢了的在输了的小伙伴们嫉妒喷火的目光注视下，三下五除二，剥光自己全身上下仅有的几件衣服，以胜利的姿态，赤条条，"嗷嗷"地叫着冲向平缓流淌的东河滩。"扑通、扑通"接二连三地扎进东河滩的怀抱里，瞬间被久违的清凉包裹。

伙伴们欢快地在或清或浊的河水里翻滚着，大些的，在稍深处用笨拙的姿态练习"狗刨"，小一些的，在稍浅处躺着、趴着、跪着，扑腾着脚丫，激起片片四溅的水花，溅到旁边的伙伴，立即引来一连串的报复。

寂静的东河滩瞬间热闹了起来，充满了勃勃生气，填满了孩子们的笑声。玩腻了，就到沙滩上把自己埋在细柔绵软的河沙里，来个美美的沙滩日光浴，却难免被捣蛋的伙伴们踩醒，紧接着就又是一场你追我赶，沙子纷纷扬扬的"抢滩登陆战"了。

跑去看看，地锅还有一会儿才能烤熟。那么，游戏继续，一排站在沙滩上，面朝刚刚爬出来的天然泳池，扶着"小鸡鸡"，铆足了劲，比比看，谁能尿得最远最高。然后，赢了的人，趾高气扬地双手叉腰，挺着疲惫的"小鸡鸡"，得意地炫耀一圈，以示自己是真正的男子汉。要不然就玩"孵小鸡"，跪在地上，用沙子掩埋"小鸡鸡"，然后尿尿，再从最外层一点剥离干沙子，露出被尿液湿润、凝结的沙球，相互比试沙球的大小和浑圆程度，来确定输赢。真是可笑而不可思议的游戏，特别是"孵小鸡"游戏，我从来没听说其他地方的人玩过。

游戏的时间过得很快，太阳已略微偏西，在地锅里焖烧了许久的土豆终于熟了。在推推搡搡地嬉笑里，大家很平均地分吃外焦里嫩、香喷喷的土豆。冒着热气，烫得无从下手的烤土豆，狼吞虎咽地三两下就下肚了，只剩下一圈黑乎乎沾满黑灰的面孔和十来只黑手，大眼瞪小眼，傻傻地互相笑骂着。当然，作为补偿，守土锅的会多得到一颗完整的土豆。

把浸湿的衣服拧出水，浇灭柴火，再盖上厚厚的一层沙土。既保证不会复燃，以免点燃树林闯下大祸，又可以完美地毁灭现场，小伙伴们奸计得逞，露出会心的笑容。

那时，掩埋并确认野外的火种是否完全熄灭，是下意识的自觉、自主行为，是从小从父辈们言传身教里继承的质朴原始的环保和安全意识，是深入骨髓，发自内心深处，对家园、对自然的爱戴和保护。不像现在，动辄就是人为疏忽引发的森林失火、草原失火。在这个处处讲环保、讲安全、讲人与自然和谐共存的年代里，到底我们的文明和传承遗失在了何方？

引以为豪的是，直到现在，每次到野外烧烤或踏青，儿子都能自觉地帮我主动承担起灭火、防火的重任。

也许再过几年，找一片宁静的河滩地或小树林，去悠闲地享受周末或假期，春季踏青和烧烤也会成为一种极致的奢求。因为通往河滩地的所有岔道口都被封闭了，或被如雨后春笋般林立的商业化采青点、农家院堵死了，黄河沿线的树林更是挂满了"严禁烧烤"的牌子。其实，堵不如疏，一堵或一禁了之的做法，我认为过于简单粗暴了。

每当我给儿子讲童年打浆洗的故事，他总是双手托着下巴，扑闪着大眼睛，静静地听着。偶尔，羡慕或疑惑地问着："真的吗？""有那么好玩吗？"直到儿子上小学二年级，暑假的一天，他问我："你打浆洗的故事真的假的？爸爸，你能带我去玩一次吗？"于是，我决定带他和夫人去观瞻我们曾经的战场、我们的泳池，共同去追寻缅怀我的童年、我的过往。

开着车，往好几年没有路过的一号桥进发，远远望见桥头时，心里一沉，因为眼界里本应葱茏苍郁的小树林不见了，代之以稀疏的几幢建筑，有些还未完工。有些心慌的我，把车匆匆停在路边，拖着儿子，几步赶到桥头。目光里，整个东河滩看不到一滴水的痕迹，哪怕是一汪积水也没有剩下。干枯的河滩，裸露的河床上到处是挖沙取石后大小不一的坑洞，就像刚刚被炮火蹂躏过一遍又一遍……

"老爸，你不会是骗人的吧？小树林在哪里？河水在哪里？我怎么没觉得有多美？你玩过水吗？"儿子在旁边小声地问我。

我赶紧抱起他，边指边解释："你看，那块河滩沿就是我们经常玩的地方，旁边，现在工地那块地，一直往下，到黄河边，都是树林。以前，这里水好大，下雨后，肯定能没到你脖子，站在水里，什么也不要做，安静地站着，鱼儿在腿上蹭过来蹭过去，痒痒的，真的，不骗你，我还抓过鱼，浑水摸鱼，真的可以做到的。"我略显着急，用苍白无力的语言解释、辩解着。"你怎么哭了？""我没哭，眼里吹进了点尘土。"我回答道。成年人为什么总用这个粗糙的谎言欺骗小孩呢？"为什么树被砍了？水又去了哪里呢？"儿子又问。天真的小孩总是有太多的问题。"我也不知道。"我有些烦躁，心不在焉地说着。聪慧的夫人，很有眼色地带孩子在旁边说起了别的话题。

是啊，树被砍伐光了，因为县城里有许多树，也不缺这几棵。为发展经济社会腾点地方，也无可厚非。可是，水上哪里去了？

我去上大学前，河滩里还有满河床的水在欢快地流淌。一九九七年夏天的那场暴雨，洪水甚至冲垮了我脚下原来的大桥；几年前，我上果洛时，河滩里依然水波荡漾，我还看到过一群光屁股的小孩在打浆洗，我还笑着对夫人说："看，那就是小时候的我。"可为什么，短短几年，水就不见了，只剩下干涸的河滩，裸露的河床呢？我们可是在三江之源，在黄河的源头，在中华的水塔上啊，怎么可以没有了水？我有些悲怆地望着与我的记忆远去的现实，魔怔般站着，喃喃自语。

午后，灿烂的阳光下，桥上川流不息的车辆不能代替消失的河水，身边来来往往的人们，对我的悲伤浑然不觉。

"爸爸，起风了，到处是土，我们回去吧。"百无聊赖的儿子稚声稚气地喊着。"我来开车，你爸陪你。"夫人开着车，在儿子的吵吵闹闹里，我有些心灰意冷地回家了。

此后的好多年，我再未向夫人和孩子提过关于东河滩的任何往事。沉默并不是最好的躲藏方式，至少可以用沉默掩藏自己的悲伤，逃避无法承受的现实。

前两年，听说县上的南灌渠水利工程即将完工，也看到政府在下大力气积极地整治河道，也许在不久的将来，东河滩应该又有水流淌了。甚感欣慰，期待之。

　　人是万灵之长，但人永远不会也不可能成为自然的主宰。大自然慷慨地养育了全人类，就像父母无私地养育子女一样，不计任何回报。我们不能，更不应该索求无度，变本加厉地去伤害他们。而是应常怀感恩之心，感激之情。

　　万事皆有度。我们应该对大自然始终有所敬畏。以破坏自然、牺牲环境为代价，过度地追求社会、经济的发展的梦想，早已被现实所击破，大自然的报复接踵而来。难以想象一颗蔚蓝的星球变成枯黄会是怎样，也无法想象重回冰川时代是多么的可怕。

　　万幸的是，大自然也许还留下了许多修正的机会。"绿水青山就是金山银山"，这个说法真好，美好的就像儿时的梦境一样。

　　站在南海殿的最高点，我在菩萨的目光里俯视，那一块块难看的伤疤不见了，只看见树木葱茏茂盛，只看见绿树掩映的村庄，袅袅炊烟，在微风中飘散……

2019 年 5 月 8 日于贵德

那些年，村庄上空飞过的鸟儿

大清早，县医院眼科主任东主就再三告诫我：近期要远离手机和电子产品，甚至纸质书籍的阅读也要尽量减少，让眼睛得到充分的休息，下周再来复查。听完稍感抑郁，本周的阅读和写作计划看来不得不停止了。但是，眼睛出毛病，不是小事，当慎之又慎。正如相交多年的文友东主大夫说的，"不急于一时，就当沉淀、酝酿"。

百无聊赖的我，吃过午饭，只好躺在超限站的宿舍里，在午后的阳光暖暖醉人的怀抱里沉沉地睡去了。

迷迷糊糊中被一阵清脆的鸟叫声惊醒，仿佛在耳边，又觉得远在幽深的黑暗里。努力睁开眼，循着声音望去，宿舍窗外，两只麻雀在金色的阳光里追逐嬉戏着。"叽叽喳喳"叫个不停，在二楼的平台上忽停忽舞、忽急忽缓地盘旋打闹。

思绪在不停地"叽叽喳喳"里慢慢被拉长。

老院里的每个清晨，最早听见的声音，总是窗外老梨树上传来的鸟叫声和"扑棱"声，令每一个清晨，都透着一份空灵的清新和勃勃生机。

记忆中，村里各家各户的院落里、房前屋后、渠沿村道两旁，只要有树木和树荫的地方，总是被各色的鸟儿们此起彼伏、犹如歌唱比赛般欢快的叫声包围着。大多是麻雀、喜鹊和乌鸦，偶尔，也有布谷鸟、啄木鸟、燕子、臭鹁鸪等。布谷鸟当然是春季的鸟儿，啄木鸟和燕子似乎春夏见得多一些。臭鹁鸪，却只见于谷雨至立秋前后。

不大喜欢乌鸦和啄木鸟。乌鸦象征着死亡和黑暗，啄木鸟发出的声音单调而乏味，毫无乐趣可言。虽然，有些从小接触的教育和自己的看法明显是偏见。但是，个人喜好与科学或者它是否有益是无关的。

老同学牛文华在《二十四节气歌·谷雨》中写道"鸠梳其头思仓颉，百谷滋生戴胜聆"。据我考证，戴胜应该就是臭鹁鸪。小时候，听人讲，这种鸟很笨，听见响动，就会找洞钻，如果有人脱下鞋子，朝天空惊起的臭鹁鸪扔上去，就会抓到它。一直想搞清楚臭鹁鸪到底是不是臭的，于是，经常能看到我傻傻地脱下鞋，扔上天空，然后傻傻地期待着。我觉得，臭鹁鸪一点儿也不笨，比我还是要聪明不少的。

夏天，也经常能看到燕子，村里人称之为"沙燕"，到底和北京故宫的雨燕和"旧时王谢堂前燕，飞入寻常百姓家"的家燕有无区别，不得而知，想来，应该是一样的吧。燕子是天空飞翔的精灵。身型优雅流畅，舞姿轻盈灵动，是鸟儿中最耐看的。老人们常说："燕子是嫌贫爱富的，非大户人家不筑巢。"我想应该算得上是经验之谈，是有些道理的。因为我几乎没能见到燕子衔泥筑巢的情形，至少我家屋檐下是没有燕子筑巢的，倒是每年会住一两窝麻雀。

当然，我所说的麻雀，可能也包括山雀、百灵等小型鸟儿，县城里是有这些鸟类生存的。那会儿，分不清楚，直到现在，似乎也不大能拎得清，只能把所有体型差不多的都统称为麻雀了。

在各种雀鸟的伴唱声里起床、洗漱，在各种雀鸟的和鸣声里蹦蹦跳跳着上学，在各种雀鸟优美的舞姿和歌唱里，渴望着教室外明媚的阳光和自由的飞翔，在各种雀鸟的歌声里长大。

日子一天天过去了，慢慢地，先是花喜鹊少了许多，随后，麻雀也少了许多，却偶尔能看到一些以前不常见的灰喜鹊。再慢慢地，各种鸟儿陆陆续续都少见了，最后，好像忽然间都淡出了我们的视线，集体逃离了我们的世界。

为什么鸟儿们都不见了呢？是叫人赶走了吗？我曾经这样问过父亲，父亲说："以前大家种田用的是家肥，农药少，环境也好。现在化肥用得多；再说了，种田光景不好，大家都改种蔬菜或其他，用的农药也多；盖大棚，修房子，砍伐的树木也多，树林子也少了，鸟儿也就少了。"

咱们农村人从来不打鸟。种田打粮，不管你怎么护着、怎么驱赶，成群的鸟儿总能从农民手里叼走一些粮食。俗话说得好："只要庄稼成，雀（读俏音）儿吃多少呢！"所以，村里很少见大人或小孩拿个弹弓整天打鸟的。农药残留多了，可能会影响鸟儿的繁殖和迁徙；树林子少了，鸟儿们栖息和赖以生存的环境改变了。父亲想要告诉我的就是这个道理吧。

好多年，我似乎再也没有听到过鸟儿们熟悉而轻快的歌声，也很少看见鸟儿们熟悉的身影。而这段漫长的时间，至少应从我上高中时算起，直到2009年夏末秋初的一个清晨。

那时我住在省城西区，早晨从美丽家园步行去交通巷，途经海晏路中段时，被路两边行道树上密密麻麻停息的雀鸟和"叽叽喳喳"的吵闹声惊呆了。那种场景在记忆中，是未曾出现过的，甚至，我也从未见过那么壮观和密集的鸟群，也从未听过那样纷繁嘈杂的鸟群合唱。

那个早上，我坐在人民公园门口的石阶上，傻傻地仰望着，仔细地聆听着，想从鸟群里找见熟悉的身影，想在繁杂的鸣唱里分辨出熟悉的声音。

偶尔，被行人和车辆惊起的雀鸟成群结队、遮天蔽日，在天空中不断变换成各种巨大的奇形怪状的图案。时而，倏然而逝，飞向天空；时而，一个集体俯冲，瞬间归寂于林。从极静到极动，是那样的自然而和谐，毫无矛盾冲突和违和之感。

其后的几年直到现在，我经常往返于省城和县城，也经常能看到城市和乡村上空有成群的鸟儿飞过，可是再也未看到过那种壮丽的场面。甚至，所见到的鸟群无论数量，还是规模远逊于儿时所见，更遑论那次奇景了。

可喜的是，现在总算经常能看到熟悉的鸟儿了，也能听见熟悉的鸣唱了。县城境内的黄河沿线还时常能看到灰鹤、大天鹅、海鸥等大型鸟类，也时常能寻觅到许多不知名的、翼展巨大的鸟儿在空中缓缓飞翔的身影。

鸟儿虽然多了，不过以前常见的花喜鹊、布谷鸟、啄木鸟、燕子、臭鹁鸪等，我却从未看到。也许，只是我未曾注意或发现吧。也许，再过几年，就能看到了吧。

村庄上空飞翔的鸟儿们回来了，青山绿水的田园也在逐渐的回归。那些自由的精灵们，再次对这片土地有了一丝眷恋。儿时的许多美好，只能留在记忆里，化成只言片语的文字，甚者，只能散落在苍茫宇宙的尘埃里。

2019 年 5 月 16 日于贵德

第一辑　村庄烟火寄春秋

换 粮 食
——最后的以物易物或夕阳西下的农业文化

如果记忆没有欺骗我,应是上小学五年级的那年夏末秋初,我头一次出了趟远门,头一次跟着二舅去换粮食,头一次体味生活的艰辛和不易。

二舅头天就到家里来,告诉母亲,次日要去东山哇里村换粮食,驴车上还能拉些东西,问家里有没有什么能换的东西。母亲高兴地说:"菜地里菜吃不完,都长老了,树上李子、杏子也掉得满地都是,我还正想着改天问问你和老三呢。"二舅闷头抽着烟,笑着说:"那行,你先收拾一下。""青儿,明天星期天,你干啥呢?"忽然,二舅扭头问我。"我?写完作业就没事干了。""那明天带你换粮食走,玩一天。""行。"我欣然应允,还寻思着:反正作业不多,出去散散心,顺便也能帮二舅和家里干点儿活。

换粮食,就是农村里用自家菜园、果园的剩余出产,用驴、骡等牲畜车载着,去较偏远的脑山里(即偏远山区),换取一些粮食、菜籽、胡麻等生活物资的一种交易行为,是属于传统农耕文化遗留的以物易物的原始交易的缩影。交换的东西是双方必需而又短缺的东西。

我们村在县城三河地区,地势平坦,水源充足,物产丰富。当然,人均耕地也是全县最少的,人均八分地。虽然全是水浇地,高产田,无奈,家里劳力少,大姐出嫁了,剩下我们姊妹三个都在上学,加之,我还当过多年没户口没地的"黑户",家里粮食一直是有些紧张的。但是,菜园、果园的收成相当不错,并总有些剩余和浪费。而那时的山村,天高皇帝远，人口总数较少，可开垦的山坡地和可利用的荒地有许多，粮食富足，却受限于交通、农业技术、气候等多方面的原因，蔬果稀缺。于是，换粮食这种简单的交易就应运而生，并有了长期存在和发展的土壤，各取所需，皆大欢喜。

实行包产到户后，简单的农业机械化已开始慢慢地在乡村普及开来，养驴、马、骡、牛等大牲畜的人家已经很少了。村子里三舅家有头毛驴，没隔几年，也就卖了。二舅倒是一直养着奶牛、骡子等牲畜，直到前两年，他家里还有只奶牛和三五只羊。可是马、驴、骡子等大牲口，我已经很多年没见了。机械化和城镇化地不断蚕食，这些失去了实际存在意义的动物们，就像许多原生态的老物件一样，早已完全退出了乡村农耕文化的舞台，淡出了人们的视线。

扯远了，还是继续说换粮食的事儿吧。

事实告诉我，我把换粮食这件事看得过于简单和轻松了，实际上这是一件辛苦受累的苦差事。一来，走的路很远，至少在二十公里以上。除了返程和小半截平路，为减轻牲畜的负担，几乎是要靠双腿走路的。二来，驴车很慢，要起很早赶路，回家要到半夜了。何况路上遭遇河滩、坎坷，还要人来推搡。往常这种苦差事，大都是我哥去的，而我只是恰巧碰上，被抓了壮丁罢了。

早晨不到五点，母亲就擀好了面条，把我从被窝里叫醒。我睡眼惺忪地在母亲"多吃点，路远着呢"的提醒声里吃过早饭，整五点，就把母亲连夜收拾的几袋子东西装上了二舅的驴车，在母亲的叮咛和二舅的憨笑中出发了。

天刚蒙蒙亮，出门，一路向东。

我听二舅说过哇里村，却根本不知道路。

夏末的早晨还是凉爽的，路也平坦，听着毛驴"得儿得儿"的轻快的脚步声，对前路还是充满希望和憧憬的。接过缰绳和鞭子，和二舅换了位置，坐在车辕上，"驾驾"，不停地吆喝，鞭策催促着毛驴加快脚步。"要悠着点，路还长着呢。"二舅在旁边提醒着我。玩兴正浓的我，直接忽视、省略了他的提醒。

天慢慢亮了，鸟儿们在清晨的阳光里歌唱。路两边蓝色、紫色、黄色、粉色的野花依然在盛开着。"这是什么花？那是什么草？"我不厌其烦地提着各式各样的问题。二舅尽可能地解释着，遇上实在不知道名字的，也大体能说出可以用来干什么。可惜，到现在，我也不能明确地说出乡村里纷乱繁杂的原生植物的名称，更遑论分清什么科属类别了。

　　天气一点一点闷热了，高悬的太阳毫无遮掩地洒向大地，没有一丝风，也听不见鸟叫，蔫头耷脑的我和蔫头耷脑的野花一样，没有了清晨的神采飞扬。早已失去赶毛驴兴趣的我，躺在驴车的蔬果上，脸上遮盖着草帽，从缝隙里无聊地数着天空变幻的云朵。"这个像条大鱼，那个像是哮天犬，那个像是一尊神仙……"时而幻想着自己是一条悠闲徜徉在天空的大鱼，时而幻想着自己是大战群仙，誓要推翻压制、挣脱束缚的孙大圣。偶尔，从袋子里摸出个水果或者萝卜什么的，有一口没一口地啃着。

　　渐渐地，路越来越窄变得难走了，毛驴车也慢了下来，不时还颠簸着。"别躺了，前面路不好，下车帮忙推车。"二舅在前面喊着我，然后抬头看看天，"十点多，就能到有树荫的地方了，到时歇一会儿，顺便给驴饮点水。"我极不情愿地跳下驴车："哪有树啊？一片干河滩，路也没有。"我嘴里嘟囔着。"一会儿就到了，到那儿，我俩吃瓜，车里还有西瓜呢。"好吧，看在有瓜吃的份儿上，往前走吧，再说了，这破地儿一点树荫都没有，站一会儿，晒得后背发烫。

　　接下来的时间，让我真正领教到了什么叫"拽着不走，打着倒退"的犟驴脾气了。

　　河滩里本就没有路，大大小小的石头，星罗棋布，驴车几乎是走一下停一下地艰难行进着。二舅在前面牵着，时不时地吆喝一声，而我在后面不时地弯腰推搡着。

　　"咯噔"一声，后轮卡到两块大石头中间，二舅在前面使劲拽着缰绳，"驾，驾驾"，大声地急促喊着，一面用鞭子抽打着驴背。可怜的毛驴低着头，伸长了脖子，蹬直了后腿，努力徒劳地向前挣扎着。试了好几次，既辗不过去，也倒不出来。折腾了半天，人也累了，毛驴也累了，再打也不使劲了。干脆合力抬车轮吧，可刚抬起一点，不听话的犟驴往后一倒，又卡住了。接连试了二次，均是如此。有些疲惫的二舅骂着

"这个驴日的",操起鞭子就想打驴。"别打了,再试试或者想想其他办法吧。""那行,你去前面,一手拽缰绳,一手使劲压着车辕,我一个人抬车轮。"我压车辕和二舅抬车轮的力量形成向前的惯性,还真管用了,一下子驴车就窜了出来。我刚想坐地上,二舅看看我,说:"还能坚持不,要实在不行,就原地歇会儿。"我抬头看看毒辣辣的太阳,像头犟驴似的赌气说:"走吧,反正也不远了。坐这儿累不死,热死了。"

虽然还是坎坷的石头路,所幸,已经能看到不远处亭亭如盖的大杨树了。一路磕磕绊绊,有惊无险地到了树底下,旁边还有一眼泉水,汩汩的泉水在旁边汇聚成一汪小水泊,水很清澈,周边长了许多半人高的席箕草,这儿可能是村里人畜饮水的水源。"这儿叫'一碗泉',往前过了那个山嘴,就到村子了。"二舅拿出干粮,一边切瓜,一边对我说。我躺在树荫下的草地上,累得说不出一句话,只觉得浑身像抖散了架的癞皮蛇,酸痛不已。

青海的本地原生杨树有很大的树冠和奇古虬然的树形,远观如松如柏,煞是好看。如今,已经几乎看不到了。前两年,我经坎布拉地质公园去刘家峡的路上,在山坡上,倒是见了不少,希望不会因旅游开发或其他原因而消失殆尽。

进了村庄,村子里是完全不同于农耕乡村的气息,空气里弥漫着青草清新的气息和浓烈的牛粪味道,两者混杂的异味让人难以接受。用大块片石或干脆用干牛粪堆砌的院墙,随处可见码放得整整齐齐,散发着松柏气息的柴火垛子。三三两两,或光着屁股或赤裸着上身的小孩子"叽里哇啦"用听不懂的藏语互相喊叫着、追逐打闹,看见我们之后便迅速地消失在村口。

寻了一处开阔地拴好驴车,也不用吆喝,陆陆续续的就有藏族妇女拎着袋子出来了,二舅用蹩脚的藏语,吃力地交流着。所幸,他是这儿的常客,不需要太多的讨价还价,不到两小时,一车货全部换成了青稞、胡麻、油菜籽、席箕草、羊毛等生活物资,分量当然会比来时要少一些。

回程,相对要轻松许多。躺在松软的粮食袋子上,也比躺在疙疙瘩瘩的蔬果上舒适很多。一路无话,到家时,母亲做好饭,还在等我们。

卸完车,吃晚饭时,二舅说:"阿姐,尕娃今天攒劲啊!一路上也没闹，还帮了忙。"我不禁赧然。"那就好，不添乱就好，多吃点，今儿可能乏了。"母亲脸上洋溢着幸福和满足，自豪而爱怜地摸了摸我的头。

　　这是我为数不多的三次换粮食的经历之一，也让我明白了生活之不易和艰辛，并在许多时候，成为我在困难和苦难面前不退缩的理由和动力。

　　在那个物资相对匮乏的年代里，在父辈们不甘贫穷的努力和日常的一言一行里，我也老早就学会了付出和感恩，逐渐学会去观察农耕社会的细节和乡村文化的内涵，并学着开始考虑人生的价值和意义。

　　农村生活的波澜不惊，农村人的不温不火和慢条斯理以及发自内心的质朴礼仪和热诚，还有仿若与生俱来，与血脉相连地对土地、对生活的热爱，对幸福生活执着的追求和永不屈服于命运的勇气，成为我一生最大的一笔精神财富，成为我生存、生活的脊梁。

　　乡村在一步步地退缩，乡村文化一点点被城市文化蚕食融合着。可是，城市化的进程不会让乡村完全消失在人们的视线里，更不会从记忆中抹去。

　　乡村，依然是内心深处被照耀过、刺痛过的那片出发的地方，也是梦中回归的地方。

2019 年 5 月 25 日于贵德

交 公 粮

　　出身贫寒，你我无法抉择，这种苦难是天生的。所以，不得不过早地品尝生活的不易和艰辛，以至于一生都是这样备受煎熬。

　　既然我们不能改变自己的出身，那么就勇敢面对吧。相信——苦难是人生最好的老师，苦难是人生的一笔财富，苦难是流动于地底的地火。苦难磨砺你我的品格，让你我的思想升华；苦难是人生，将会为你我描绘出一道壮丽的风景线。

　　7月的高原，虽然被称作避暑胜地，但依然是炎热难当的，而且是刺痛的、无遮掩的燥热，就连偶尔吹过大地的风，除了带着泥土和麦子的芳香外，也是燥热的。

　　高原的7月，也是收获的季节，充满收获的喜悦，黄澄澄的麦子，在人们疲惫忙碌的身影和欢欣感恩的笑容里颗粒入仓。从冰雪初消的春季，就开始的农忙季节算是告一段落了，确切地说，是可以稍微清闲一些了。

　　在这个收获的季节里，憨厚的庄稼人的笑容里就只有感激和欣慰，感激老天爷的照顾和恩赐，欣慰于一年的耕耘没有付之东流。剩下的修渠铺路、收获瓜果蔬菜等事情，与繁重的农事相比，已算是旁枝末流，微不足道了。毕竟，这些事情，相对而言，只是为农事或生活服务辅助的，而不是生存和生活必需的。

　　传统的庄稼人，对农事和其他劳作是有相当严苛的划分的。农活，只是麦子地里所要操持的劳作；修渠铺路叫"出杂工"；种菜、做生意即称"副业"。从他们朴素直白的称呼里就可以看出来，种粮食、收粮食才是生存的根本，是乡村的"主业"。

地里的粮食收回家，并不意味着就可以高枕无忧了。还是得看老天爷的脸色和心情。只要天色放晴，艳阳高照，庄稼人立马眉开眼笑地从南墙根的库房里，将一袋一袋粮食像蚂蚁搬家一样，搬到院子里，摊在地上。头顶个草帽，搬个小凳子，坐在屋檐下的阴影里，听麦粒在阳光的炙烤下发出零散的"噼啪"声，然后一边"嘿嘿嘿"莫名地憨笑着，一边用木锨时不时翻动着。满脸沟壑、饱经风霜的脸上挂满丰收的喜悦，还有发自内心的、难以抑制的憨笑。倘若，天空飘过大片的乌云，立马着急地叫上全家人，手忙脚乱地把粮食堆到屋檐下，盖上防水布或纤维袋，然后望天兴叹、愁容满面。若运气好，麦子三两天就晒干了。如果遇上阴雨天，就得提心吊胆地把麦子晾在屋子里，不停地翻动着。幸好，收麦子的季节，县域内气候相对干燥，麦子少有发霉的。

至于着急晒粮，除了怕粮食发霉外，还有就是怕误了"交公粮"的日子，或因晾晒得不够干燥，筛选得不干净而降了等次。这项秋收后繁累重复的工作，在实行包产到户后，没几年就慢慢地被筛选机等机械替代了。

说到"交公粮"，其实就是国家当时的农业税政策，只是老百姓俗称"交公粮"而已。

从小跟着家里人去粮站"交公粮"，刚开始是跟着去玩耍，后来是帮忙"当眼睛"，照料车马。只有一次，机缘巧合，成了"交公粮"的主角。可是从小耳濡目染的经历，让我打心眼里对"交公粮"是很有意见，或者有抵触心理的。有意见的不是这项姑且称之为理所应当的政策，而是粮站有些工作人员的嘴脸。

好像是在1995年的夏天，父亲病着，大哥也不在家。头天放学吃晚饭时，父亲告诉我："明天和你舅他们约好一块儿上粮，合雇了云松家的手扶（拖拉机），你请个半天假吧。"那会儿我上高三，学习上松松垮垮，但成绩还不错。托村里的同学给老师带张假条，就在母亲的指导下开始准备了。

家里有四亩多上等的水浇地，就在村外。还有十几公里外，村集体在麻巴滩开荒造田所分的一亩多地，一年的粮食所产，在四千斤左右，当然这是遇上好年景的时候的收成。在我模糊的记忆中，上粮需要七八百斤，人均一百五六十斤，应该差不多是这个数吧。

上粮，这词好。村里人都把"交公粮"简称"上粮"。"上"有高高在上、恭敬之意，等同于纳、供、贡等字。同时，"上"也有等级、品次高的意思。"上粮"，不仅是向国家纳税交粮，而且交的都是一等一的好粮，经反复地晾晒、筛选，每一颗麦子都饱满迷人，散发着淡淡的麦香。

第二天，早饭吃得很早，六点钟就装车出发了。

粮站距家约六公里，也就不到半小时路程。到那儿，还算幸运，上粮的人不是很多，停了十来辆手扶、骡马车等，看似杂乱地停放着，其实都是按到达时间排好次序的。憨厚的庄稼人，不会因为有空地而随意加塞，也不会蜂拥而上的乱成一锅粥。

夏天的早晨，还算是凉快的，就算是没有一片树荫遮蔽的粮站门口，也是清爽怡人的。人们三三两两地聚在一起闲谈当年的收成，或小声地嘀咕着，等待粮站上班。偶尔传来牲畜的叫声和路边草丛里时高时低的虫鸣声，不时会打破平静和谐的气氛。

"哐啷啷"，粮站大铁栅门打开了一半，有人抬出了桌椅，有人推出了笨重的台秤。一个看上去约三十多岁的年轻人，随意地披着一件上衣，随意地把自己放到椅子上，嘴里吐出一串漂亮的烟圈，略微地一抬头，大声喊道："排好队，按顺序交粮。"那喊声，一下子让人回到了故宫的清晨，有个尖刻刺耳的声音回响在红墙黄瓦的宫殿上，"上朝——"。真的，那些年，每次上粮，我总会在恍惚间听到这个声音。

"一会儿，你少说话，你舅找了个人，说妥了，应该能评上一等。"父亲在旁边忧心忡忡地提醒我。那个时候，年轻气盛爱打架、不懂什么人情世故的我，最讨厌和看不惯的就是社会的不公平和黑暗。虽然，到现在，我依然不懂也不愿意懂人情世故。但是，对于公平和黑暗，却有了更加深刻的理解：不要奢求绝对的公平，生活只会残忍地践踏你最后的尊严，直到残酷地剥去一切有形和无形的伪装，也不要企望没有黑暗。

大约十点钟，总算轮到我们了。云松帮我们把粮食卸到台秤跟前，然后腼腆地笑了笑，就把手扶拖拉机开到路口去等我们了。

"这是你们家的？""是，是我们家的，麻烦您给验验。"父亲微弯着腰，一边双手递过粮本，一边不停笑着点着头回答。平时，就比父亲活泛的舅舅立马上前小声说："就是刚才给您说的，我姐夫家的。"顺手就往验粮员兜里塞了两包"红塔山"烟，脸上神情极不耐烦的验粮员，顺手拿起一把放在桌上近尺长的锥筒，"我看看，打招呼归打招呼，还是得先看粮"。不等你打开扎麻袋的口绳，动作流畅，似行云流水般，"噗嗤"一声，已刺穿麻袋，抽出一锥筒黄澄澄的麦粒，随手倒到手里，拨拉两下，拈几颗到嘴里，"嘎嘣"的清脆咀嚼声，清晰地传入我的耳中。同样的动作，流水般划过我家所有新买的麻袋，最终散落在验粮员脚下。在父亲和舅舅卑微的企盼中，慢条斯理地说："这粮食选得不太干净啊。"边说边用两根手指拨拉着手掌心的麦粒。"对面小卖铺放了两瓶酒，不好拿过来，这是条，您中午解解乏。"二舅赔着笑脸小声地又说道，双手赶紧递过一张约三指宽的小纸条。"公粮一等，纳购粮一等，过秤。"验粮员声音平淡地向记录员和过磅员报着。

　　天地良心，明眼人都能看到那一把粮食里别说有一丝麦糠，就连一丝尘土也没有，那是金子般的澄黄。如果，不是我不想在生病的父亲面前闹事，加上父亲事先的提醒，我真想抓起他脚下的麦子，让他仔细品尝一下有土的麦子是什么味道。甚至，想把锥筒插在他的屁股上，问问他，一斤粮食八毛钱，一条麻袋也要五六毛钱，他吃着农民纳的粮，知不知道"汗滴禾下土，粒粒皆辛苦"。当然，我知道，蛮干和鲁莽于事无补，只会让事情变得更糟。可是，年轻气盛的我，依然很想去狠狠地踩他的脸。虽然，最终，我还是无奈地放弃了我的幼稚和莽撞，只是默默地把几麻袋粮食装上推车，转身离去，但那愤怒的火焰始终在心底升腾着、燃烧着。

　　进了粮站大门，剩下的就只是力气活。可是，当我抬头望见高近三层楼的粮垛，还有颤颤巍巍的竹排搭起的上粮行道，瞬间觉得即将崩溃了。我的天呐！一麻袋粮食少说也在180斤到200斤之间，只背麻袋，肯定没问题，在家经常干农活，力量还是有一些的，可是上那竹排，实在是让我有些胆战心惊。"不行，把粮食倒成小袋子，多上几趟？"以为我在犹豫麻袋过于沉重的父亲问道。"没事，可以的，你搭把手，我能背上去。"我咬了咬牙，在父亲剧烈而粗重的喘息声中，我背着麻袋向粮垛走去。

之字形的竹排架子总共四层，看上去，第一层就有些陡峭，有些心虚的我，踩上一只脚，试了试，还算稳当。"小伙子，第一次吧？没关系，重心放低，尽量低头，踩稳脚步，别害怕，上吧！"后面传来一声略显苍老的声音，回不了头，也不知道是谁，随口"嗯"了一声，硬着头皮，就上去了。上去后，才发现，那竹排搭得还是很稳的，除了第一层有些摇摇晃晃，让人心底发毛，浑身发冷外，其余几层底下几乎都垫了粮食袋子，没有我想象的那样艰难。

咬着牙，背着似乎比平常重出许多的袋子，走到粮垛上，打开袋口，看着金黄的麦子翻滚着倾泻而下，我有些想念我的教室，想念我的课本。回头，想对鼓励和教导我迈出第一步的老伯说声谢谢，可是垛子上人来人往，早已分不清、辨不明了，只能在心里说声谢谢了。

有了第一次，后面就没有什么可害怕和值得担心的事情了。陆续把家里的粮食全部背上了粮垛，舅舅们也都完成了背粮上垛的活计了。拖着酸痛的双腿，在父亲赞许欣慰的目光里，得意地听舅舅们的表扬："尕娃戴（形容各方面比较有能力，做事情更出色的意思）啊！攒劲！我们刚弄完，还想过来搭把手，没想到你们也干完了。"听着，瞬间有些飘飘然，不知所以了。

说实话，我很感激这次上粮的经历。因为，它让我第一次有了明确的理想和目标：长大后当一名粮站的站长。虽然我并不明了怎么才能当上粮站站长，最终从事的工作更是南辕北辙。但是，这毕竟也是我痛改前非，发愤图强，并最终考上大学的原因之一。

2006年，国家取消农业税，种地纳租纳粮的历史终于结束了。种地的庄稼人，不用纳粮上税，还能得到国家的种粮补助。这对咱们亿万农民，真是个天大的喜事，是值得浓墨重彩地载入史册的。那一年，社会迈出了一小步，人类文明迈出了一大步，庄稼人的脊梁都显得比往年直了。

许多年后，我终于有些明白，当我天天坐在教室里唠叨着学习之苦时，真正的苦难却远没有开始。比起阳光下受苦受累的父辈们，我是舒适、安逸的。我也经常把这个故事讲给儿子，并希望他能在应该学习的时候享受学习的快乐，在应该直面生活的苦难和坎坷时能够坦然面对。

我们的成就和生活不仅仅是个人的，也是社会化的。我始终是农民的儿子，乡村是我唯一的血脉之根和精神家园。

　　努力地工作、幸福地生活、快乐地学习或写作，应该勉强算是对父辈们、对乡村、对社会最大的感念和回报了。虽然，他们并不需要或要求过我们什么。

2019 年 5 月 27 日于贵德

幸福的童年应该是什么样的

文 / 易美珺

交公粮，曾经在电视上看到过，在先生的回忆里见到过。虽然我们是同龄人，但我的童年时代，以及学生时代的生活，相对而言要轻松很多。所有的记忆都是在钢筋混凝土的"鸽笼"里，孤独而寂寥、乏味而无趣，没有先生玩到极致的童年，也没有先生在田间地头辛苦劳作的经历。

从小到大一直到参加工作之前，我是温室里的小花，被母亲严密地保护着，总以为全世界都跟家里一样，没有太多风霜雪雨的坎坷、没有太多尔虞我诈的混乱、没有太多人情世故的炎凉、没有太多怀才不遇的颓废，更没有太多黯然神伤的绝望。

后来，我独自一人外出求学，独自一人远赴果洛工作，才真正明白了：原来这个世界上所有的艰难困苦，对每个人都是公平分配的，无论你拥有怎样的家境和童年。先苦后甜抑或是先甜后苦，谁都无法逃脱。

儿子渐渐长大了，小小的他跟其他同龄人一样，被周围所有的亲人宠溺地包围着。像我们一样，几乎每个正常的家庭都会把最好给孩子，而孩子们往往连什么是饥饿、什么是寒冷都无从知晓。可是这一代人还是有很多不如意。

有一次，老师布置了一篇作文，题目是《我的童年》。儿子咬着笔杆，冥思苦想了半天也没写出来。他问我：妈妈，我没啥可写的，咋办呢？我很奇怪地看着他："这篇作文，我和你爸小的时候都写过，谁没有童年呀？怎么就没啥可写的呢？"儿子说："我爸当然有写的，他那会儿玩得多美，我长这么大，从来没有那么多朋友，从来没那么玩过。我要么上学，要么回家写作业，要么吹萨克斯，我就写这几个字？我实在是想不起来我还有哪些记忆深刻的快乐往事。"

看着儿子懊恼的神情，我愣了半晌。突然意识到：儿子的童年到底有什么？我们给儿子的童年真的是幸福的吗？幸福的童年到底应该是什么样的呢？

时代变了，人们的生活方式也变了，孩子们的童年也随之改变。

先生那样的童年已经一去不回了，只能存在一代人的记忆里。生活在城市里的儿子，无论如何，也是无法再拥有玩得无拘无束的童年了。

物质生活提高了，人们对精神的追求显得越来越重要，对于子女的教育更是刻不容缓。除了学习成绩不断地提高，几乎每个城市里、农村里的孩子都在学习特长、爱好。不管他们喜欢不喜欢，接受不接受，都得去学、学、学。

我们恪守着"玉不琢不成器"的教育理念，不愿给他们的童年留下遗憾，不愿让自己的孩子从童年起就输给其他孩子。我们负责着他们的一日三餐、锦衣华服，负责着他们的家庭培养。社会、学校负责给他们提供着取之不竭的教育资源。

但是，有谁，能负责给予他们童年的幸福？

我带着这个问题，努力地修正着对儿子的家庭教育。

之后的周末或者假期，尽量抽出时间，与先生一起陪伴儿子。也许，我们的陪伴并不能弥补他没有同龄人一起玩耍的遗憾。如今别说小区院子里了，就是老家村子里也很少有在外玩耍的孩子们了。就是让他出去玩，也是没有同伴的。我们更是想不出，在生活富足的今天，除了学习上的苦，儿子还有什么苦可吃。

常常想，如果我也吃过先生小时候的那些苦，现在的我也许就不是现在的我了。回想自己的学生时代，那可真是无知兼不开窍。因为没吃过生活的苦，所以觉得学习苦若黄连；因为没吃过生活的苦，直到勉强上了个大专才明白，不吃学习的苦，该有多后悔。

如今，儿子读高中了，可谓喜怒哀乐、五味俱全。儿子在小学和初中都表现极佳，同事朋友亲戚不断夸赞。我一直沉浸在儿子乖巧懂事、成绩优异的无比欣慰和喜悦中。高中，一个善变的年纪，一个懵懂的年纪，一个含苞待放的年纪。儿子也不例外，有了自己的秘密，有了更多的想法。有时候，我问自己，也问先生：生活中没有任何磨炼，没有任何苦难，对他来说是否是好事呢？答案，肯定是否定的。

　　他们这一代人，没到成年，大多就会有了住房、存款（虽然还不在其名下）；出门有车代步，回家没有家务。大多数家庭中根本没有任何艰难困苦让他们去体会，所有的困苦磨难必将会被社会赐予，而到了那时候，他们是否有足够的准备和能力去承受呢？

　　这幸福的一代人，将来会真的幸福吗？

　　在各种矛盾交织中，我们俩和儿子一同成长着、一同快乐着、一同忧愁着……

　　不知道，两年后会揭晓怎样的答案。

2019 年 5 月 27 日于贵德

夜晚，静谧的村庄

村庄的夜晚是深邃的、深沉的，是幽暗的；村庄的夜晚也是宁静的、沉寂的，是安宁的。

每当黄昏的斜阳拉长了晚归的身影，袅袅炊烟升起一处处呼唤的旗帜，并一点点笼罩整个村庄时，朦胧的夜色也就一点点拉开了序幕，很快，暮色笼罩的村庄，就在男人的叫骂声、女人的唠叨声、小孩的哭闹声里渐渐地沉寂了下来，就连偶尔传来的一两声狗叫，也如隔世般遥远而空旷。

小时候，村子里，夜晚的生活是相对单调乏味的，没有电视，也没有什么额外的娱乐。吃过晚饭，家家户户早早上了炕，点亮炕桌上的油灯，围着炕桌坐着。男人、女人们聊一些家长里短、柴米油盐的事情，或泡壶酽茶，或喝两盅小酒，以解一天的困乏疲累。孩子们在旁边缠闹着玩耍，然后就在父母的催促声里慢慢睡去了。夜色也就更加的深沉了，纷繁忙碌的村庄也彻底地归于宁静和虚无。夜晚的村庄犹如母亲的怀抱一般甜美，如风雨后的港湾般静谧安逸。

那时候，好多人家都会在睡觉前点油灯或蜡烛。因为，虽然已经有了昏暗的电灯，但经常会因电力不足的闪烁而弄坏灯泡，同时，也是为了能省下不菲的电费，所以点油灯的时间居多。依稀记得，直到我快上初中时，村庄里许多人家的电灯才完全取代了油灯。

村庄的夜晚那极致的黑暗，不仅仅是夜色的深邃，还有那浓郁苍翠的各式树木。到了夜晚，那摇曳的、静止的各种奇形怪状的阴霾，更增加了夜的深沉，使夜色更加幽然，充满了光怪陆离的幻想和恐惧。

村庄的夜晚，黑夜是静谧的黑夜，黑暗是纯粹的黑暗。可是，在风清月朗的夜晚，星空依然不乏美丽，令人向往。

童年，虽然没有在诗情画意里彻夜仰望星空的经历，但是，晴朗而忙碌的夏日夜晚，还是有很多机会躺在母亲的怀抱里，倾听母亲讲述道听途说的神话故事。仰望星空，倾听母亲似是而非的讲解星空，虽然大多数时间里，只是在很形象地描绘星星的形状，她是不明白什么是星座的。

村庄的夜空，繁星点点，没有雾霾和高楼大厦的遮蔽，如撒落的珠宝一样铺满整个天空，清晰可见，唯不可数。那时，最想的事情是数清楚有多少颗星星点缀夜空；最大的梦想是做一颗星星，挂在天上。那时，母亲是我的守护，星星和月亮是夜的守护。

人之于自然，是微不足道的，是渺小的，是谦卑的。我们仰望天空，河汉无声，昼夜轮替，看日升月落，只有"寄蜉蝣于天地，渺沧海之一粟"的感慨，鲜有"欲与天公试比高"的豪情壮志。

对于夜晚，我是怀有敬畏的，准确地说是有一种深深的莫名的恐惧。而且，直到现在，我依然对黑夜独居有着难以抑制的恐慌和不安。即便如此，我也有过几次为数不多的夜游观星，论酒高歌，畅想人生的经历。

1995年，我和强子、星子都上高三，马上面临着高考。

那年的冬末春初，天气依然料峭，远山的积雪和地头渠边的冰雪还未完全融化。不知道是谁先提议，想来应该是我，因为那些年，所有发生在我身边的不太着调的事情，到了最后，都会被大人们定性为是我牵头或组织的。总之，就是一个简单的提议：最近压力有点儿大，晚上结伴出来夜游，放松一下。

吃过饭，估摸着时间差不多，悄悄加穿了厚实的衣服，往书包里偷塞了一瓶白酒，谎说去星子或强子家写作业，晚上不回家，就背着书包，在父母的叮咛声里出门了。肯定，星子和强子也是一样的谎言，反正，父母不会去求证。

出了门，走到村十字路口，就看到强子在前面晃悠着。打了个口哨，强子回头喊着："星子也在门口等，快点儿。"果然，不远处，星子正站在自家大门门口的树下张望，还在不停招手。三人会合，很快就到了村口磨渠沿。强子说："我带了一瓶酒，还有点儿卤肉。"星子接过话头："我直接拿了家里小卖铺的钥匙，给我妈说了，今晚去守铺子，晚上就在铺子喝。""算了吧，天色还早，也不冷，干脆先到磨盘那聊会儿，等天黑了，就到麦地里夜光下喝，整点浪漫的。"俩人一听，顿觉此议甚好，便依言而行。

夜色初升，三人离开磨渠沿边的大磨盘，到星子家的铺子里拿了点瓜子、花生，又拿了两瓶酒，聊天聊到八九点钟，就急不可耐地出门，向村子旁的麦田里出发了。麦田离铺子很近，不到五分钟的路程。夜晚的乡村，路上已经没有什么人了，偶尔，会看到不远处的马路上，一两个骑着自行车，匆匆忙忙经过的晚归者。

那晚，天公作美，月圆星灿，马路两边，田地两头的白杨树耸立如高傲威武的士兵。鸟儿们已经回巢休息了，只有偶尔传来一两声猫头鹰的叫声，仿佛在宣扬着它是夜晚唯一的王者。

我们找到一块地，离公路边不到三十米。地的一半可能前段时间被渠水淹过了，结着一层薄薄的晶莹剔透的冰层，在满月的映照下，泛着明亮的光芒。另一半是寸余高的冬麦苗，刚开始返青，坐上去略显柔软而不潮湿。整块地，就像一个专门为我们三人天造地设的舞台。当我们无意看到时，都满心欢喜，仿若置身梦境，已是"酒不醉人人自醉"，流连难舍了，遂又决定，今夜无归。

我们仨，虽然一同度过童年，从小学到高中，一直同校同级，却总不同班，在学校也很少见面，只是偶尔相遇在放学路上。但是发小的感情还是真挚的，没有隔阂的。你一口，我一口，仨人席地而坐，拎着酒瓶小饮着，几口下肚，话匣子就开了，互相倾诉着在那个年纪对家人和学校的各种不满和牢骚，学习和生活上的压力，以及对懵懂的爱情和自由的向往。

月影西移，夜色更深了，整个天地只有絮絮叨叨的我们三个。谈到高兴的过往和遥远的理想，情不自禁地敲击着酒瓶，放声高歌；碰到伤心处，则放浪形骸，抱头痛哭。惊起夜栖的鸟儿们不满的抗议声。

那是属于我们另类的放松和放纵，也是最后一次敞开心扉的夜晚。是对自己从内而外剖析的夜晚，是清晰的认知自己的夜晚。

这一年的夏天，三个人都落榜了。这是显而易见的，也是那晚已经可以明确的事情。

后来，星子，正如那晚所说的，高中毕业，就选择了就业，走向了社会。而我和强子通过复读，后来，也算是圆了大学梦。

随后的那些年，我们仨，虽然有过几次小聚，但是直到前些年强子因故离世，却再也没有像那天晚上一样席地幕天、邀月共饮、畅所欲言的聚首。似乎，那个夜晚就是分道扬镳前的决绝。不知道是年龄和生活拉远了我们的距离，还是现实的距离让我们逐渐脱离了情感的轨迹。

那是一个难忘而优美的、抒情的夜晚。许多年过去了，我每次经过那条物是人非的马路，总会不由自主地想起那个夜晚的月色和发生在那个夜晚的荒唐和纯真。

时至今日，我依然非常喜欢在夜晚的清辉下读书、喝茶，偶尔也自斟自饮，却只是想图个清静，让心灵得一刻宁静，也使读书、喝茶等诸事，在夜晚的阳台上显得有些记忆中的意境。却总是被窗外明亮如昼的灯光所迷惑，浑然不知月之阴晴圆缺，也不知子丑寅卯的交替了。只是在偶尔抬眼仰望时，方觉夜已深沉，月已过半。

有时，关了屋里的灯光，拉上阳台窗户上的珠帘，点一截昏暗如珠的蜡烛，在烛火的明灭里品茶、喝酒，幻想着"对影成三人"的美妙，回忆那年的夜晚，那年的狂放。却始终觉得少了一份自然天真，多了一份人造的矫揉。夫人戏言："你是否还需点一盏烛台，独自临窗夜读，静候狐仙叩门呢？"我是真心没有那种渴望和希冀的，我害怕夜晚。再说了，如果真有美艳不可方物的狐仙光临，我或欢喜或惊恐，就未尝可知了。不过，以我的胆气而言，自当是"叶公好龙"的荒唐可笑了。

城市的夜晚混沌了昼夜，彻夜不熄的霓虹灯，川流不息的车流忽高忽低、忽远忽近的灯光，还有明暗相异的万家灯火，让星光羞涩的退隐，让月光无地自容。

天空依然是那片天空，夜晚却已被城市点亮，村庄也只剩下记忆中遥不可及的触摸。我只能在明艳混乱的城市夜空下，让思绪尽量地延伸，直到被记忆刺痛，并用心地在灯火和星火的交织中用文字记录。

2019年6月1日于贵德

第二辑
晴耕雨读伴闲窗

　　每个在阳台上度过的夜晚,是我始终渴望和梦想着的自由且随性的夜晚,是月影清辉中,摇曳在茶香琴音中的生活……

生日絮语

本来，明天是我四十二岁的生日，中午突然决定改到今天下午过，主要是考虑到了儿子。

周五，也就是前天从省城西宁的第十四中学接上儿子回了趟贵德，办理一些拖而未决的事情，周日晚上儿子还要返校。虽然时间还是有点紧，但依然仓促地决定改到周日，也就是今天下午。似乎觉得明天过生日的话，一家三口，儿子缺席，会少了一些意义和乐趣。再说等高中毕业，生日缺席一类的事情，会越来越频繁。

于是，紧紧张张地在县城买了个小蛋糕，担心周末路上拥堵，到了西宁没时间去买。收拾了一下他的作业和换洗衣物，在他妈妈一会儿一声"有没有落手机""有没有戴手表"的啰唆中出门了。虽然只是住校五天，但还是像往常一样，大包小包拎了一堆。下了楼，便驱车赶往西宁。

这个周末，一路上车出奇得少。不像上周，来贵德旅游的人很多，周末返程的车也很多，平常一个小时的路程，我开车走了近两个半小时。

和每个赶路的周末一样，三个人，在偶尔说说窗外风景的空闲里聊得最多的，还是他近期的生活和学习。今天主要是针对他上周的考试作文《羊群效应》，从破题、立意、论述等各方面，发表了下我和他妈妈的意见建议。他也不嫌烦，时不时会回答一声。似乎天下父母几乎都是如此，有点时间就想说教一下子女。我和夫人好一些的是很少强制要求，或者严厉批评。他一直有点怕我，怕和我交流，更愿意和他妈妈交流和亲近。其实我是一直把他当朋友看待的，毕竟他比我上学时要努力和乖巧许多。

到了西宁的家，刚好四点出头，离他到校还有近两个小时，时间还是很充足的，窃想老天还是很给力的。说是家，其实是为了方便他上学临时租的，房子里面虽然很简单，却也布置得温馨而又温暖。

由于没有提前准备，只好利用冰箱里现有食材：切一份上周五熟食店买的卤肉、用一小撮芹菜和两个青椒合炒了热菜，切了变蛋和一份水晶肘花。只用了十分钟，就新鲜出炉了简单的生日菜品。最后，下了三小碗挂面，当然少不了从小过生日必不可少的象征圆满的煮鸡蛋，我们一家人的生日小宴会就这样开始了。

儿子和妻子，从各自的碗里给我捞了几根面条，意喻"添寿"，点了生日蜡烛，兴高采烈地让我许愿。

许什么愿呢？想想无外乎顺利、平安、进步一类的。为了大家高兴，默默地祈祷。说真的，我对许愿的态度其实和拜佛、卜卦的态度是一样的，只求心安，并给自己行动以借口、勇气和动力而已。

许完愿，吹完蜡烛，准备切蛋糕时，妻子才想到没有唱生日祝福歌。我想，过生日，祝福到了就行，重要的是一家人在一起就好。他俩不愿意非要补上，于是我在幸福的歌声中品尝甜美的糕点，一口一口慢慢咀嚼，细细回味我四十二年的生活。

吃饭时，回想起孩子昨晚问我和妻子工资收入和支出的问题，昨晚忘了回答他，就在吃饭的间隙和他随便聊了聊。平常，我是不主张，也不喜欢吃饭时说话的。为此，还和她们两个人发过几次脾气。不过，现在想想，孩子也长大了，开始关心家庭收支，心中其实也是暖意融融，颇感欣慰。也许，再过上许多年，我也会在饭桌上，询问他的收支情况。不知道那个时候，我又会想些什么？

过不过生日，生活依然在平淡中一天天逝去。我却一直惦记着今年的生日，不是因为前两年老忘了过。而是因为，前两天偶然发现自己的胡子白了，不是一两根，而是有许多。于是，想过个生日，纪念一下自己过早步入老年，同时想对儿子郑重宣布：你爸老了，儿子，靠你了。

絮絮叨叨写了这么多，也不知道究竟要表达一个什么样的思想和心情。也许，这就是生活吧，由无数个碎片组成，零散却不失美丽吧。

2019 年 4 月 21 日于西宁

春雨春梦

2019年的第一场透雨，在春风里、在盛开的桃红柳绿里、在绽放如雪的梨花里淅淅沥沥，像极了情人的眼泪。

一

上学时，就很喜欢雨，特别是在小雨中漫步，让雨滴顺着发梢滑落，慢慢地、慢慢地沁透心脾，觉得那时才是思绪通透、念力通达，与天地万物和谐的时候，是最适宜思考、思念和拽文拈酸的时刻。

那是一种类似于高原春时雨，别样江南情的惬意心境。当然，下滂沱大雨时除外。大雨时节，我也外出，撑一把大黑伞，去观赏奔流不息的黄河，站在贵德的吊桥上俯瞰黄河或远眺东山烟雨。那又是另一种"大江东去浪淘尽""云深不知处"的万般豪情和玄妙。

我总觉得，下雨时应该撑一把乌黑锃亮的桐油木伞，或者干脆穿一身蓑衣，在细雨斜风的杨柳岸徜徉或在烟波浩渺的黄河芦苇荡里垂钓。可惜，到现在也没有实现这样的梦想。

二

春风似剪，春雨如油。干枯冻结了一个季节的大地，如饥似渴地饱饮恰逢其时的甘霖，在马蹄般滚动的春风中苏醒。沉寂了整整一个冬天的万物，开始争相登台露面，就连万物之灵的人们，都舒展僵硬的腰身，萌动着求偶的春意。

春天的风雨，总是有一种北方高原难得一见的灵秀和妩媚，绿色也不似夏天那般油腻和厚重。一天天吐露新芽，一朵朵绽放花蕾，和远方坚守最后阵地的皑皑白雪一寸寸争疆拓土。用稚嫩的新绿衬托着北方雄浑的山脉，显露出难得的清新和秀丽。

三

谷雨那天，接到电话，自打一年前交了订金后，便如石沉大海般渺无音讯的那家房地产公司要开盘，请我和夫人去看看。

出门时恰逢小雨淅沥，雨虽不大，却恰到好处、恰逢时节，让四野的葱郁更显厚重清新——白的梨花、粉的碧桃、黄的迎春，还有各色的郁金香都凝水欲滴，更加动人美丽。好像黛玉永远的蹙眉凝眸、双目含泪的似哭似笑，让人更是对春雨有道不尽的怜爱欢喜。

鸟儿在将息的雨中轻快地吟唱，娇懒的柳枝在轻风中舞动，一滴雨顺着油纸伞的脊梁，慢慢滑落，湿润了远方的心灵，惊起城市的繁杂。

天还是灰蒙蒙的，雨已经渐渐远去，蛰伏的人们陆续走出家门，走上街头，穿着各色各式的衣服，有短袖露脐的，有风衣飘飘然的，当然也有穿棉衣的。这就是高原上的春天，完全取决于你对他的态度和欣赏程度。

雨完全停了，路上还是湿漉漉的，不滑也不泥泞。偶尔还能听到街角卖酸奶、卖水果的吆喝。街道上慢慢地繁杂起来，春意也显得更加盎然，我和许多人一样，也渐渐地春心萌动。过不久，大街上就都会是清凉养眼的风景了。春天更应该是做梦的季节，春天的雨是梦想的开端。

四

下雨时，最宜去的地方和最惬意的事，总觉得应该就是在河边堤岸上散步。一个人独自走走，让思绪漫漫随风，和飘落的雨滴一样随意和奔放。或者，约两三个知己，不做刻意的交流，只是偶尔应答几声，那都是极美的。年轻时读诗词，就特别向往"青箬笠，绿蓑衣，斜风细雨不须归"的恬静闲适和隐逸。

人到中年，更是如此。

雨中站在黄河岸边上，远方的丹霞群山，还有更远处依然顶着凛冬残雪的拉脊山和东山，在沉沉的雾气和升腾的水汽里只是依稀可见。或急或缓、或大或小的雨滴打落在河面上，激起层层不绝的涟漪，激起或浓或淡的烟霭，让一切显得烟雨朦胧。

近处的各色植物，特别是叶如燕尾的垂柳和低矮的滩柳，被雨打湿后更显清新翠绿。好一幅自然天成、鲜活灵动、浓淡相宜的水墨山水。王维那句"渭城朝雨浥轻尘，客舍青青柳色新"也应当是在雨中送别元二时所得吧？我想，大致如此。

下雨时，除了远山，所有的东西都是厚重的、是浓郁的、是清晰的。

街道两旁亭亭如盖的洋槐、平日里蔫头耷脑的叫不上名字的景观花、就连那沾满灰尘的各色招牌也都显得无比清新。特别是玉皇阁以及周边的古建筑群，平日里在阳光下反射出刺目白光的残破屋顶和破落的墙垣，在雨季里，被雨滴打湿后的锃亮明光里，更透出历史的沧桑厚重。打落飞檐翘角的雨滴、随风而动的声声角铃，似乎是来自大明王朝，甚至更早更远的时空喟叹。

五

下雨天，特别是大雨天，不宜也不想外出时，那么，时间应该归于书房。当然书房，不一定是一间房，可以是阳台，甚至只是一张书桌或茶桌都是可以的。关键是要有书和茶。

譬如我，在贵德的家有些窄小，书挂在墙上，琴、筝皆在客厅，于是阳台就成了书房和茶室，虽陋不简。开灯，拉上阳台珠帘，焚一炉香，遵照自己当下的心态，选壶择杯煮水，再选一本适合心境的书，就可以观雨听琴，怡然自得了。

琴，当然是要听现场版的。夫人自学弹筝，已两年有余，虽不敢言技法娴熟，表现力丰富，却也可即兴而弹，弹奏时也是极富诗情画意，旋律流畅，淡雅清新。对于我这个门外汉来说，已经算得上是天籁之音了。

高原上的雨本就稀少，只有夏秋较多，至多也就是平均每周见一次雨，超过两三次的也有，极少。所以，我认为，下雨的时间，应该完全留给自己，恣意地享受雨季的清净和安宁，其他的都可以暂时放一放。

去年下雨的时候，我刻一方玲珑方章"行雨"送给夫人。料是一般的青海冻石，字是自己写的汉隶。印意取自《昭明文选》所载的"旦为朝云，暮为行雨"，代指美女。当然有讨好拍马之嫌。孰料，夫人极喜。

六

这枚小方章，勾起了夫人无限的回忆——

小时候，我喜欢下雨，撑着一把大伞，伞下就我一个人。喜欢把伞打得很低，直到感觉把整个人包裹住，听着雨落在伞上面的沙沙声，我只想一直这样躲在这属于我一个人的世界里。安静而又温暖。长大了，知道无论多大的伞也不能让我躲着。于是，我就成了一颗行走的雨滴，从烟雨的江南一路走到现在，还将走下去……

听完夫人的故事我突然有些心酸，不禁多了一份当多多疼爱之心。

一个人的心境和成长的经历休戚相关，同样的雨却因有了不同的人，就有了万般的心境和体味。行云布雨之人也好，行走的雨滴也好，适合的其实是最好的。于是，我也另刻一方闲章给自己，即"山人"，只当自己是如山之人，也不管出处，也不管原意如何了。只愿下雨时，能用我的肩膀让你倚靠，直到一起老去。

多年后，当你我老了，有一方不大的小庭院，种点爬藤和绿植，挂满风铃。不种花，因为你不太喜欢。

下雨时，我煮茶看书，你弹琴吹笛，让时间慢慢在精致的诗意里流淌。或者什么也不做，只是依偎在一起，听风吹风铃的声音，听雨打枝叶的声音，静静地等云开日出，静静地等夕阳西下。

2019年4月13日于西宁

春日里，我又站在雨里……

"早上好！"愉快的周末，从一声问候开始。

外面的雨下得很大，早晨六点出去送儿子上学，天还未亮，不一会儿就淋湿了衣服。最不喜就是节假日前的倒班、倒日子，让一切的日常生活变得凌乱，幸好接下来的"五一"小长假，能舒缓愉悦一下糟糕的心情。

夫人在医院里的睡眠检测室做封闭检查治疗，儿子去了学校，百无聊赖的我，躺在宾馆的床上望着窗外。天阴沉沉的，雨依然下得很大，路上的行人、车辆慢慢多了起来。喇叭声、风声、雨声慢慢嘈杂起来，人行道上各式的雨伞、雨衣让这个阴暗的周末有了一些生气和色彩。哦，这是一个正常上班的周末。

老大昨天发来几张老家的照片，母亲生前种下的丁香、牡丹、川草开得十分娇艳灿烂。父亲的果园应该也结满了稠密的杏子、李子、长把梨吧？今年应该是个丰年。

听说贵德县城今天也在下雨，这样美丽的早晨是应该去老家观雨赏花的。

就在这样的雨天里，突然想起昨天手机上保存的几张照片。照片是去年"五一"抽空带夫人和孩子去老家院子里赏花弄草时拍的。

"嗡嗡嗡"手机在床头柜上颤动着，是老大打过来的电话："怎么又住院了？"口气有点生硬，但我知道他还是关心我们几个弟弟妹妹的。随口撒个谎，没说是夫人住院，只说是做个常规检查，唯恐大家过于担心。然后在电话里，东拉西扯地随便聊了两句，知道他在老家里干活。

下雨时，娇艳的花朵挂满雨滴，在清风中摇曳得更加欢快，娇艳欲滴这个词，我想，形容的就是沾满雨珠的花园吧？只是有些担心老家院子里的牡丹，会不会如白居易诗里写的"惆怅阶前红牡丹，晚来唯有两枝残""寂寞萎红低向雨，离披破艳散随风"一样呢？毕竟天晴牡丹犹待雨，冷雨凄凄花亦残。希望回去的时候，还能看到晚开的几朵吧。

这个早晨，父亲的果园应该是极好的。连绵雨线拉起朦胧雾幕，让各种景象越加清晰——绿的更绿更翠，红的更红更艳。心中的记忆也更加清晰如影，浮现眼前：父亲修剪每棵树时的关注和身影，母亲在每棵树下劳作的背影，当然还有秋季，兄弟姐妹们，喜笑颜开摘果子的场景。

"前人植树，后人纳凉"，这话真不错。父母如伞，父母如山。

记得从宾馆到医院的途中，有家陕西小馆。早点、面点、小吃、小菜皆全，价格实惠，口味地道，以前我住院时常去。

起床，洗漱，出去买早餐时，雨依然没有要停的样子。正值上班的点儿，人行道很挤，不时疾步如飞的和慢条斯理的人因抢道而挤到一起。但都很有礼貌，最起码会互相点头致意，而非横眉冷对。这一丁点的文明就足以表明社会越来越好了，文明在发酵、在进步，生活总是在向光明出发。

一早上，听到了太多的早上好——酒店大堂的侍应、医院楼道的保洁、医生、护士，等等。于是，在这个温馨的早晨，我也变得文明礼貌、和蔼可亲，面带微笑地点头问声"早上好"。多么亲切温暖、和谐友爱的问候。希望每个风霜雨雪的清晨都是如此。

雨很大，我没打伞，也没穿外套，只身着深蓝的短袖。在这个清晨，我与环境似乎不大融洽。鲜见如我一般，在晚春的冷雨中，穿得如此清凉的。我依然觉得很是舒心，雨打在赤裸的胳膊上，清凉如丝，沁人心脾，让心思澄明通透，恰似洗去了往日的浮躁、尘埃，平心静气凝神，像一滴雨、一缕风一般融入天地之间。

正前方，走过一个赤裸着双臂的阿卡（藏传佛教僧人），裹着暗红色的僧衣，脸色安详，无悲无喜。是他沉浸在佛国的宁静里难以自拔，还是看透红尘、超然于物，抑或是习惯了青灯古佛、诵经打坐的清寂呢？我无从感知。但我知道，在这个飘雨的早晨，他手中有念珠、心中有佛祖，必定是欢喜的。

地很湿滑，心情也异乎寻常地潮湿，无关悲伤。雨，莫非是苍天感念万物之伤的眼泪？雨，莫非是苍天有情的真实写照？

雨一直下，地面的积水处激起一朵朵涟漪，像烟雾般飘散。匆匆忙忙的行人，依然如行军蚁般有条不紊地行走在雨中的街头，又慢慢融入各个角落。

这真是一个美好清新、温馨婉约的早晨。

喜欢雨，喜欢雨中漫步；喜欢下雨时的慵懒；喜欢下雨时泠泠七弦伴雨声；喜欢下雨时用一杯温润醇厚的普洱，回味平淡而真实难忘的岁月……

春日里，我又站在雨里，思绪如雨……

2019 年 4 月 28 日于西宁

遗落风中的田园

  一口气读完贾国龙先生和他夫人的作品，心情久久不能平静。经历了人生四十多年风风雨雨的我，自认为早就看淡了儿女私情，明白了世态炎凉。然而，这些普通的文字、真挚的情感，却濡润我的眼眶，击碎了我铁石般的心肠——是啊，感动我们的亲情、爱情，不是生离死别、不是感天动地，却是相濡以沫中的真实、是举手投足间的默契……

——祁万强

一

  经常在阳台上喝茶，闲着的时候大部分时间会耗在这里，久而久之，阳台就自然而然地成了我的茶室。种了一棵紫檀、一盆君子兰，水培了几株绿植，都是好打理且易活的。培育了几根竹子，有紫竹、绿竹、金玉竹等，有二三枝枯了，有些还在努力地活着，虽然给人的感觉总是要死不活的挣扎，却一直不舍扔掉，就都留着，权作枯山水，也另有一番意境。

  因为是在阳台，读书品茗之余，就多了凭窗远眺近观的机会。透过窗户能看到较远处的南海殿，高耸的金身观音像，在清晨的袅袅烟雾里、傍晚的血色晚霞里，是庄严肃穆的；西久公路上飞驰的各色车辆，忙碌得就像时下这忙碌的社会，毕竟所有人都是要解决生计问题的。就像我在阳台上，能清晰地看到小白农庄的车水马龙、迎来送往，好不热闹。有时突然会恶作剧地想：如果纪检监察部门设在我家阳台上，可能会寻到一些线索，也许吧？！

二

临窗的小区院子里，除了配电室、两间违法修建的车库外，就只剩下小区的老人们利用小区光秃秃的花园开垦改造的一大片菜地了，按出力大小分成若干小畦。地收拾得很平整，种了各式家常菜——韭菜、菠菜、萝卜、青椒、茄子、番茄等，间或种一些草本、木本的寻常花草。一目了然，当知弄菜地的老人们肯定是曾经侍弄庄稼活的好把式。之所以说是老人，是因菜地里尽乎全是白发横生、尽显老态的老汉、老太，鲜见年轻人，甚至中年人。只有周末和假期，偶尔看到帮闲的笨手笨脚的年轻人和捣蛋的小屁孩们。

每当独自一人或与夫人一同凭窗揽翠时，不时会指指点点，说说哪家是勤快人，地里不见一棵草；哪家是严谨的人，地垄齐整，菜也一丝不苟的整齐；哪家又是有情调的人，花草多于菜，依然杂而不乱等等诸如此类的话语。

当然，我们纯属站着说话不腰疼的闲人，是没有什么资格评论的。之所以说这些，是羡慕田地里自由劳作的田园风光、欣欣向荣的生活气息和收获季节的喜悦及满足感，是因为总会想起求学时期在菜园劳作的情景。

三

对于农活，尤其是种菜，最初的记忆是在贵德河西中学。当时，不求上进，中考无望的我，被刚从贵德县新街乡中学调到河西中学当英语教师的老大，提溜到他眼皮子底下学习生活。那时候除了自行车，就只有走路了，没有其他交通工具，条件好些的人家会有辆摩托车，我们是没有的。我只有和老大住在学校教职工宿舍，拼块板子挤一张单人床。那会儿住校的教师，还能分到两块菜地，地不大，十来个平方，就在自己宿舍门口。

每到春天，兄弟俩就准备一些底肥，其实就是经过一冬天发酵的家粪，别的老师都用化肥，他们嫌家肥脏。当墙根、地垄沿上的第一棵野草开始冒出新芽，或者冰冻的大地有了泛潮的迹象时，就在某个春日冷峭的清晨，一锹一锹地把地翻个个儿，然后，强忍着发酵后的恶臭，把家粪均匀地摊撒到地里，再次让地翻个身、整理平整，隔个两三天就可以下种了。

我自始至终认为庄稼活里，翻地是个技术活，要掌握高低走向、取舍得当。因为田地平整是第一要务，会影响到后期的下种和浇灌。我一直未能掌握这一技巧，每次翻地，都需要父亲或母亲来做平整这件事。但我却因当年在果洛公路总段一次翻地的经历，而获取夫人芳心，最终喜结连理，是我万万没有料到的。

过了几天，抽个早晚的休息时间，就下种了。所谓的下种，不过是把各式的菜种撒到提前分区的地里，再用锄头翻下去。由此可见，虽然是土生土长的正经农村人，我兄弟俩是不会种菜的，以至于被旁边种菜的化学老师笑话，笑话我们不会种菜。他们都是很细心地用木棍把种子一颗颗地塞进松软的泥土里，而不是像我们一样撒进土里。奇怪的是，我兄弟俩的菜地出奇地长势苗壮而茂盛，那粗壮的青萝卜、肥厚的大白菜、翠绿的青菜，总是惹来围观者一声声赞叹和感慨。

那年，这片菜地无论长势、收成都是三个教职工小院里的榜首，没有之一。甚至觉得比母亲的菜地收成还好。现在想来，可能是底肥施得够肥、够臭的缘故吧。

四

上了高中，我也会每年帮家里种菜。那时候，跟着母亲种菜可是个很精细的活。地面要整平，只是个最不起眼的小事，在种菜的过程中都不值得一提。细心勤快的母亲只让我干最粗鄙的活，细节之处皆不让我插手。比如：把新起的田垄、挑好的沟行，收拾得笔直如线；抹得几近光滑的点种的坑洞深浅几许，放籽几粒，上面覆沙多少等，几乎都是母亲亲自干的。因为母亲知道我是个只会施蛮力，不耐长力的粗枝大叶的人。直到现在我依然如此，所以偶尔选择临摹书法、绘画、篆刻，只是想人到中年，磨磨心性。当然这是后话，暂且不提。

母亲的一生都是操劳的，像大部分中国妇女一样，任劳任怨。在她去世前的十几年里，只有跟我在西宁住的几年远离了那片土地，短暂地告别了那片倾注她一生心血、承载了她的青春梦想和生命的土地。也许从未离开过，至少，她的心从未离开过。

母亲有老寒腿的毛病，所以我想尽可能地让她少劳作。曾经因为她经常从县城打车回乡下家里，侍弄她的菜地花草而红过几次脸，争执过几句。后来母亲回去得少了，即便去，也是趁着我们上班时，偷偷去又偷偷回。但明显地，白发一年比一年多了，满脸的沟壑更加纵深，如丹霞群山，干瘦粗糙的双手像极了松树的鱼鳞老皮。

直到2014年的春天，老大要在乡下院子里盖楼，她用希冀的眼神看着我，用祈求的语气跟我说："我想去河东家里，帮老大当个眼睛，照看着点。"突然，我心里阵阵发痛，也许我错了！我完全无视她的愿望，让她远离她深爱的土地和故园，来享受我认为算得上优越的生活，这不是爱，是一种无言的深深的伤害。

第一次，我感到自己是自私的，并为之羞愧不已，虽然我一直认为我是极孝顺的。当天，我高高兴兴地陪母亲回了老家。车上，她很开心，我说："去了少干点活，天热了，自己悠着点；累了，想休息了，我把你接回来住几天。"她一一回应，接着就说起了以前和父亲如何起新房的事情，又说："你兄弟俩争气，你阿大走得早，没享上福，等楼房起来了，这下就长脸了！"

一瞬间，泪水浸满了我的双眼。我给母亲撒谎说要去抽根烟，便将车停在路边后下了车，颤抖的双手始终点不着那一根烟。原来，母亲贪恋的不仅是那片土地，还有她和父亲平淡朴实的爱情，还有村庄的风风雨雨，还有交织着酸甜苦辣的回忆……

五

"长脸"，这是农村老人常常提到的，也是最希望看到的事情。在这片土地上，与天争、与地斗的庄稼人，一生最大的盼头，也就是儿女有出息、子孙少磨难、老宅换新颜，不外乎如此，这也许才是真正的光宗耀祖吧！

楼房竣工之后两个月，母亲走了。走得很突然，很安详。走时，只给家人说"我想吃点馍馍,尕干粮(外皮烤得焦脆的小馒头,她喜欢如此称呼)"。吃了几口,平静地走了。有时,我在想母亲一生的至理名言"吃亏就是福",也许质朴如她,今生所修的福分就是"去时不遭罪,福留后人享"吧。

　　窗外,互相搀扶着流连在夕阳映照下的菜地里的老汉、老太,望着长势喜人的蔬菜,脸上写满了喜悦和满足,捶着背、揉着肩、互相擦拭着额头的汗水。其实,幸福就是这样简单而随心。

　　天堂里,父亲的哮喘应该是好了吧?母亲和父亲的庄廓里,肯定长满了鲜花,种满了蔬菜,今晚的晚饭应该是豆面旗花或者油搅团吧?

　　说点题外话,一口气写完这段文字,其实我是悲伤的。甚至没有时间去思考和感伤。只是用模糊的泪眼,尽可能地追逐疾书的笔尖,我并不明确自己想写什么,或者想要追逐什么!

2019 年 4 月 25 日于西宁

生长在田园里的爱情

文 / 易美珺

先生出生在青海省贵德县河东乡马家西村，是土生土长的农村人。他是家里最小的孩子，和我一样。应该说从小吃的苦并不多，我与他相比，虽不能说是温室里的花朵，但也是十指不沾阳春水的那种女孩子，更别提什么农活了。和先生结婚之前，长在地里的韭菜和草是分不清的。

很羡慕先生的家庭。其实，这应该就是中国最传统式的家庭，这种传统，现在也只有在农村还多少保留着一些，城市里已不多见。我们结婚的时候，公公已经去世两年了，我不曾见过。婆婆，在生前一直和我们同住，就是传统的中国亿万农村妇女最典型的样子：结实的身体、精明能干又十分恭顺。在与婆家人的接触中了解到：公公在时，以公公为大；公公不在了，以长子为大。

对于这种典型的"三从四德"式的规矩，起初，我是很不适应的，甚至是抵触的。先生还有一个长兄和两个姐姐，也是十分标准的：长兄是家里的顶梁柱，说话最有分量，也是最操心最劳累的一个，两个姐姐也是很和善的。公公年轻时就重病缠身，长兄承担着父亲大部分的责任。而姐姐们都继承了婆婆一切优秀的传统，茶饭、针线样样出色。

最重要的是一家人虽有长长短短，却十分和谐。聚会时，大的小的十几口子，围着一个严肃絮叨而又热心肠的长兄，真是享不尽的人间天伦。母慈、子孝、男孩顶天立地撑门户、女孩勤劳善良操持家。以我婆家人为镜，我也在不断修正自己为人妻、为人母的言行。希望通过自己的努力，能创造一个属于自己的和谐幸福的家庭。

先生写《遗落风中的田园》这篇文章，是借贵德家中窗外的景物和居民们的劳作而回忆往事，并借以怀念辛勤劳作的早逝的父母。而文中这些描述的片段，也使我不由得想起了一桩往事。这桩久违的往事，成就了现在属于我们的一切，是我和先生幸福生活的起点。

婚前，我俩都在偏远的果洛牧区工作，先生晚我两年来到单位。一次，单位组织职工在刚刚建好的温室里种菜。那鬼地方别说菜，室外就连树都不长，单位院子里除了茁壮的大黄外，只有低矮的黑刺在艰难地生长，所以菜只能种在温室里。所有人，每人一副手套，一把铁锹，十几个人站在菜地边，不知所措——竟然没人会种菜。就在所有人茫然四顾时，先生脱下外套，卷起裤脚率先走进地里，一锹一锹翻起土来。那次，他几乎是独自一人干完了所有翻地施肥播种的活。旁边的人有的夸奖他，有的嘲笑他。我看着他的动作，虽不知道农活该咋干，但感觉还是挺耐看的，手脚配合挺顺当、麻溜。当时，心里暗想：这个憨憨傻傻的小伙子，又有文化，又会干活，这辈子托付给他，应该不会错吧？于是，在最后浇地的时候，我留下来陪他，他给我讲了他的家，还有他的家人。自那以后，便有了现在的我们和我们幸福婚姻的结晶——我们可爱的儿子。

我喜欢先生的习作，更喜欢习作的先生！

2019 年 4 月 25 日于西宁

闲话蜗居

2012年，终于结束了在县城租房的日子，在长期工作、生活的地方，我生于斯、长于斯的老家县城买了一套房，从实际意义上完成了从农村走向城市的转变。也算是真正意义上，在家乡有了真正属于自己的家，也让"家"这个字眼变得更加圆满。

那时母亲还在，还依然健朗，和我们仨生活在一起。儿子十岁，在读小学四年级。

一、蜗居的变迁

结婚之初，就把家安在了省城。前后也折腾了两三次，租房结婚，儿子出生前，我们买了套二手旧房。然后旧房换新房，从租到买，从小到大，房子的事让人身心俱疲。毕竟，国人心中，某种意义上家等同于房子，有了房子才算是有了自己的家。

2005年工作变动，离开荒凉高寒的果洛地区，回到家乡。2007年夫人也从果洛调到我的家乡。我们夫妻、儿子和母亲四个人，先在乡下老宅住了一年。

几年的城市生活和单位上远离劳作的闲适，竟然让我极度地难以适应乡下的生活。譬如土炕太硬，冬天的土炕烫屁股；卫生间太远，尤其是夜晚太麻烦；上班太远等等这样那样的问题着实让我烦恼，更不要说是从未在农村生活过的夫人了。

于是，在儿子上小学一年级的那年，决定搬到县城，既方便接送孩子也方便上下班。

那年头，县城的房价真的不高，每平方米一千多点儿，但手头上确实没有足够的钱支付首付。那会儿，省城的房贷还没还清，购买能力严重不足，这是现实。无奈之下，就又去租房。

许多同龄人戏称为"苦逼的70后"，而我幸也不幸的正是这一代。

刚参加工作时，房子还是公家分配的，只需要论资排辈。等我结婚时，房子是需要自己掏钱买的。等你从牙缝里抠出一些钱，才发现你永远赶不上时代进步的步伐，就如你的工资涨幅永远赶不上房价、物价的涨幅一样。幸好，还有政府的各大银行做后盾。

可以说银行是老百姓的救命稻草，虽然这根草有些沉重，但决不可否认。拿着现金买房的年轻人也不在少数，家里应是从政或从商且家境殷实之辈，想来应是如此。咱老百姓，除了梦想成真——中个双色球头奖，但这可比做梦的难度更大了不知几许。

当下这个社会，给年轻人，特别是从农村走向城市的农转非第一代年轻人的压力，不仅仅只是房子、赡养、抚养等经济方面的，更多的是来自精神层面的。如工作，就算有一份相对稳定、收入不错的工作，但你永远无法掌控和预知下一步的命运，无法决定明天在哪上班，也无法抗拒上级出于青睐或不满而随心的调动，那一页加盖了至高无上权力的A4纸，成为最终决定你前进方向的船舵。

那会儿我还年轻，现在我自觉依然年轻，并庆幸至少还能享有两年可以珍惜和挥霍的青春。因为就在昨天，听闻世界卫生组织发布消息称四十四岁以下，仍然是青年。

租的房是亲戚的闲置旧房，距我俩单位很近，离孩子学校也很近，走路也就五六分钟的路程，去菜市场、超市也很近。关键是房租便宜。于是，这一租，又是近三年。

房子是六楼，顶楼，所以租住的几年也吃了些苦头。每堵墙面都有大窗户，阳台是通阳台，四季光线都很好。可是，冬季保温、供暖很差，真的是冬凉如窖，夏似温棚，苦不堪言。

在相对艰苦的日子，虽然沙发、床都是单位拾掇的淘汰报废品支起来的，但一家人显得更加的和谐团结，没有太多的抱怨，只是在波澜不惊的日子里平静地工作、学习、生活。在明媚的阳光下期待着新房和新的生活。

2012年，县城的房子终于交房了，交了钱，经过简单的必要的装修，急匆匆就搬了进去。房子不大，只有八十五平方米，二室二厅，四个人挤挤也够住了。

终究是自己的房子，自己的家，还是新的。母亲和儿子很高兴，我和夫人也是欢喜的。

买房时，一件可气可笑的事情，让我记忆犹新。

鉴于购房的人很多，开发商定了条奇葩的规定：所有购房者要在开盘三天内一次性全额交款，必须是现金。好不容易等到从朋友处借的二十多万元到账，立马赶到银行取款，孰料，银行支取的全是小面额的纸币，最大面额二十元。记得很清楚，整整装了四个银行装钞专用袋，然后给派了一个胖乎乎的女保安负责押送。从农行到邮储银行，几百米忐忑的路上，频引路人回眸。我笑着对夫人说："也算是当一回款爷。"那是唯一一次张扬地公开拎着数额不大，数量不少的钞票充大款的经历了。

搬进新家时，兜里的钱包几乎又空了，家具什么的相对少而简单，搬过去的几大箱书，随意地摞在地上。

时间还没过去多久，房间里就开始慢慢地拥挤起来了。每月工资到账，今天买个厨房用的，后天买个客厅用的……大大小小，林林总总，不一一列举。

总之，房间里的东西明显多了，生活的气息也渐渐浓了，就像人生，在不经意的沉积和渐变里丰满、成熟。

在渐渐安稳和相对满足的日子里，一种思想开始无法抑制地蔓延，并且不断地发酵。让你无时无刻，无法不去想他、不去为之努力和拼搏。

我想有个小院，简简单单一排几间，完全中式的木房子，院子里种点青菜，养一池锦鲤，在清晨的雾霭里诵读，在午后的慵懒里独酌，在斜阳西下时弹琴拂筝，在细雨纷飞时悠然品茶。让时光在琴棋书画的自娱中停滞，让岁月在烟酒茶饭的熏染中静候。

我想让自己回归儿时的田园，想让自己的生活回归魏晋的飘逸自如，让我们的生活充满唐宋的诗意。虽然我一直不是一个儒雅的人，但我深切地、发自内心地渴望着。

人总是在欲望的道路上追逐，最终却渴望着早已消失的一切，梦想着回归儿时的怀抱和原生的家庭。

　　这种远去的生活就像消失在尘埃中的历史一样，遥不可及。据说，政府严禁公职人员在农村购置产业。于是，我向往的生活，还未开始，就夭折了。

　　那么，好吧，再辛苦努力一下，换个房子吧，至少在退休后，有一间自己的书房，书房墙上挂满了书，还有一张宽阔的书桌，一把古色古香的椅子；至少让夫人有足够宽敞的地方弹琴，而不是挤在角落里拨动琴瑟和谐的雅致。

　　有人说这是"典型的享乐主义"。其实不然，对美好生活的向往只能是推动个人成功和社会发展的源泉和动力。当然，如果非要说成享乐也未尝不可，因为我真的很享受传统。我享受一切遗失的、被遗忘的优秀传统文化；喜欢烙印在骨头上、流淌在血液里的一切的优秀传统。

　　我甚至，不时地怀念孤独地倚在老宅柴堆旁那扇陈旧的花格木窗；也不时地追忆倔强地长在老宅房檐上那些低矮的卑微的杂草。

　　时已夏至，昨夜下了一夜的雨，远山上新覆的积雪和四周的苍翠形成鲜明的对比。天确实有点凉，薄衾单衫不胜寒，适合切几片生姜，煮一壶老白茶，阅读几页书，纪念乙亥夏至最后的氤氲清凉。

二、蜗居的成长

　　县城的楼房里变化最大的应该就是餐厅了。餐厅见证了这个温馨的家庭日渐丰满的成长历程。

　　最初，餐厅是空旷的。正对着入户门的墙上，挂了一幅自己亲手绣的十字绣：白石老人的《对虾》图，几乎就没有什么了。许多人惊讶感叹于我的绣工，因为他们觉得我的形象似乎过于孔武，不应会做那细腻的事情。

　　吃饭时，有客人的话，则在客厅茶几围坐。其他时间，弄四张小马扎，围着一张折叠便携的小方桌在餐厅里。小方桌真的很小，四小碟菜、辣椒罐、醋壶之外，也就勉强能放下四个碗了。

　　一日三餐，围着小桌，局促地坐着，谈些与吃饭无关的事情：母亲关心的天气，儿子的学习和周末计划，我俩的日常工作，等等。日子，一天天过去，简单的甚至有些简陋的生活却无比充实而温暖如馨，就连拘束的小马扎也让人无比舒适。直到现在我依然喜欢坐在低矮的小马扎上，将我肥腻的肚腩挤压成横向的山川，听雨喝茶。

餐厅里的第二件家具，是个碗柜。本想买鞋柜，由于测量失误，买回的原计划放在入户门口的鞋柜，竟然长了十多厘米，但放在《对虾》图下方，正好。且样子朴素新颖：亮白漆面，左上、右下有对应的青花缠枝莲纹饰，甚合我意。于是，灵机一动，就做了碗柜。反正是新的，没放过鞋，家具嘛，里面放什么自然就叫什么了。

至于为什么做了碗柜，是因家里碗碟甚多，贵德，大部分恪守传统的人家都是如此。

豪放好客的贵德人每年要在家里招待许多次重要的客人。尤其是过节期间，如春节、清明等。但碗碟的多寡与招待次数关系不大，主要是招待的程序、菜肴种类上，有些非常传统的大同小异的讲究和要求。

招待的头一天，就做好了充分准备。客人一进门，让到沙发上，先上茶。以前主要是熬茶，现在主要以清茶为主。稍坐寒暄几句，就开始流水一样的吃喝。先吃"实茶"。其实就是土火锅或几个炒菜，外加各式馍馍。实茶毕，凉菜起。凉菜一般四至八份，这几年，大家生活好了，人多则菜多，凉菜至少十份。凉菜要求的是荤素搭配、不可成单。随凉菜之后就是上酒，老家喝酒一定是按长幼辈序，先由主人敬酒，一般是端一酒碟，放四个、六个不等的小酒杯，主人一边说着四季发财、步步高升、八福长寿的祝词，一边限定和希望客人喝相应的杯数，而每位客人在不断的谦辞声中，最后也会喝完主人希望喝的杯数。当然，喝酒的杯数多少，取决于双方的口才和酒量的大小，八杯酒只有年长的爷爷辈们才有福享受，且无论是敬酒还是喝酒都是双数，随后，客人再依次回敬。其后，上压轴的热菜，象征年年有余的鱼、步步高升的鸡、团团圆圆的丸子，还有照顾老人小孩的甜点等，皆不可少。客人一边大快朵颐，夸赞评论主妇的茶饭手艺，一边猜拳喝酒。

酒毕，上主食，取长长久久之意，大部分人家都会选择手工家常拉面，浇上红绿相间、汤肥味美的臊子，即解酒疏寒，再满口腹之欲。

显而易见，贵德的家庭主妇是艰辛而不易的。除了日常的辛劳，仅是一趟流水席也是身心俱疲的。遑论酒足饭饱的客人和主家大老爷们对"茶饭"的公开评价和议论。

"茶饭"，即厨艺水平。贵德人很看重"实茶"。一则"实茶"的色、香、味，食材搭配和多少，最能反映主妇的手艺和主家待客的诚意；二来是为了让客人养胃养身，为接下来尽情地不醉不归的豪饮打基础。

这是一种细腻入心的实诚，是一种长在泥土里在高原发芽成长的待客之道，兼有粗放豪迈的塞上风情和江南雨巷的温润如意。

贵德的这种长久以来形成的待客之道，在那些贫困的年月里，似乎也没有太多的变化。这种习俗，也真实地反映出当地依靠黄河谷地的相对富足，反映了农耕社会朴实大方的文化和性格。

餐厅的第三件陈设，依旧不是餐桌，而是冷冻柜，是为了解决冬季招待而存放食材的。于是，碗柜就退让到阳台一角。

贵德的冬天虽比不上南方的温暖如春，但并不太冷，上冻期晚而短。加上楼房都供暖，居住还是要比在农村里舒适些，但食材存放就比较麻烦了。所以每家都会有大容量的冰箱或冷柜，或如我般二者兼备。

千呼万唤始出来。儿子上了初中，学业较忙，身体较胖，小方桌吃饭实在憋屈得很。于是，顺理成章地，餐厅有了它的原配——一张配六把高背餐椅的餐桌。

一日三餐，餐桌在一丝不苟地尽守本分，碗柜退居阳台，沐浴风尘。其他时间，餐桌则华丽地变身成附庸风雅的书桌、画案，以满足我这个随性多变、一事无成的主人的喜好。在沾满油盐酱醋的间隙里沾满书香墨渍。

生活从来都是绚烂的，充满酸甜苦辣；生活也无关贫富贵贱，只是按部就班地在日月沉浮里轮转，在四季交替里流淌。但生活至少在一日三餐这一点上是公平的，谁也少不了，离不开。

"鹪鹩巢于深林，不过一枝；偃鼠饮河，不过满腹"（《逍遥游》）。做人是必须要有追求的，基于改变现状的合理适度的追求。

2019 年 5 月 7 日于贵德

初夏，百公里的四季

又逢周末，儿子该离校了。按部就班地收拾好去西宁需要带的大包小包，搬家似的和夫人出了门，驱车一路向东。

县城里连续多日的阴雨天，难得在周末放晴，空气里到处弥漫着湿漉漉的气息，让每一次呼吸清新而舒畅。想着下午又可以一家三口团聚，心情就如雨后的阳光般灿烂。

打开音箱，听着巫娜悠远空灵的箫声和古拙清幽的古琴曲，在午后懒懒的春光里，一路风驰电掣。

沿着西久路，两旁的村庄在成片的绿树掩映里忽隐忽现，杨柳早已经完全舒展了叶片，显得油绿厚重，沙枣树泛着银白的叶子，让连绵的沉沉的绿色有了一些和谐的变化和层次。

端午节快到了，沙枣花也将怒放了，那时，浓郁的花香会充斥整条公路、整个村庄、整片河谷。沙枣花开时，来贵德旅游的人也会逐渐多起来，路边上也会多一些沿路卖花的人，大多是小孩和女子，一大把十块、二十块钱不等，努力地和半开着车窗、露出头的游客们讨价还价。

公路中央的隔离带里，种了许多丁香、小榆树、松柏等，还有成排的金叶榆。时至五月，丁香花还没有完全败落、凋零，花期也是蛮长的。金叶榆很高，光秃秃的主干上挑着稀疏的金色黄冠，没有多余的枝杈，突兀地像极了列队出征的士兵。

千姿湖，大大小小的湖泽，星罗棋布，躺在丹霞群山的怀抱里，渴望着近在咫尺的母亲河的接济和恩赐。湖水清澈如镜，时而波光粼粼，在清风斜阳里流光溢彩。不久，芦苇也该长高了，荷花也将开了，螃蟹也该肥了……那时，千姿湖是最美的，适合野钓，适合游船，适合静静地仰望星空。

　　转过几道弯，上下几道坡，村庄渐渐稠密了起来，路两边的树明显少了，房子离公路很近，随意堆放在公路上杂七杂八的建材和垃圾随处可见。不由地踩了刹车，放慢了些车速，因为我很清楚，这儿经常有老人、孩子横穿马路，甚至把公路当成自家停车场。这是这条旅游黄金线上难以根除的顽疾和最大的疥癣，希望能够在美丽乡村建设的春风里有所改善。

　　地质公园的广场上停了许多车，有许多人，旅游旺季快到了。

　　有几滴雨掉落在车窗上，天空阴暗，心想，要下雨了。忽然，一阵狂风吹过，瞬间，疾风裹挟着豆大的雨点，"噼里啪啦"击打在车上、玻璃上，激起一片朦胧雨雾，瞬间视线模糊。减速、开雨刷。"唰、唰唰、唰唰唰"，急促摆动的雨刷难以彻底及时地刮走如注如泼的雨水。雨水打在路上，溅起尺许高升腾的雨雾，远山已完全隐入雨雾和阴云里。近八十迈的车速，依然明显感受到车外风雨的暴虐和阻滞。睡得有些迷糊的夫人，喃喃问道："下雨了？""嗯，阵雨，没关系，睡吧。"

　　前行三百多米，风势骤减，雨依然很大，"噼啪、噼啪"的雨声连绵而清脆。

　　已经可以看见公路左边的沟底，几乎已经废弃的"英雄桥"了。风息了，雨也完全停了，准确地说，这块儿，根本没下雨，路上完全是干的。太阳依旧明媚，连天上游荡的几朵云，也是淡淡的浅墨色。

　　过了群加岔路口，天上的云慢慢厚重了，连成一片，遮天蔽日地从山顶压下，淅淅沥沥的小雨又开始落下，不到一分钟，就变成了碎冰雹。"噼噼啪啪"，惹人心烦地扑向我，扑向大地。路边的树枝、草叶都谦卑地弯下了腰，低下了头。远处的雪山已完全消失了，被乌云笼罩，被雨雾遮掩。

　　在风雨、冰雹里继续前进，突然我看见路上，一些穿着沾满泥水的橘红色工作服的养路工，在肆虐的风雨中、漫天的冰雹里，辛苦地重复着养护作业。放慢车速，响了一声喇叭，担心雨水溅到他们，并向他们致敬，因为曾经，我和夫人都算是养路工的一员。

　　车窗外的冰雹慢慢稀疏不见了，渐渐地飘起了雪花，并迅速地塞满了整个天空。

飘落的雪花和周围的草甸、绿树，让我有点恍恍惚惚，似乎跟着小女孩露西的脚步，推开衣柜，进入神奇的纳尼亚国度。会不会见到伟大的阿斯兰？会不会成为下一任国王？

闪着警灯的路政巡查车，从旁边缓缓驶过，闪烁的警灯把我拉回现实。下意识地摁了一下喇叭，这是风雪无阻的交通人，是我现在的同行，是守护公路的卫士。"这种天气，虽然能见度不是很好，但是，应该不会有车祸或需要路政人员提供救援的人，可能是日常巡逻。"我这样想着。

路两旁低矮的雪松和草甸依稀可见，过了立夏，也算是有了些许生命的绿意。但是，依然是一种夹杂着灰黑色的苍茫的绿，是一种濒临死亡的残绿。这里的海拔应该已经过了三千米了吧？高寒缺氧，多变无常的高原气候，让这些生灵始终在生死的边缘挣扎，但至少还顽强地活着。

已经可以看到隧道口的引桥了。阳面的群山在我的身后沐浴在明亮的阳光里，山顶的皑皑白雪反射出璀璨的光芒，就连山坡上努力活着的草甸、灌木、乔木的苍绿也似乎比刚才增添了些浓郁的绿；阴面的山脉在乌云和雨雪里依稀可辨。迎面漫天飞扬的雪花，在呼啸的山风里，铺天盖地地落下，可驾车视线比下冰雹、下雨时居然好了一些。

初夏的雪，下得比冬天更猛、更急、更密。车内的仪表盘显示，车外温度六摄氏度。雪虽然很大，落到地上或还未落到地上就已变成了水汽。

出了隧道，雨不见了，冰雹也消失了，雪也停了。天阴沉沉的，路上没有任何降水的迹象。

一路飞驰，不到半小时，也就到了儿子学校了。

从县城，到省城儿子上学的地方，只有百余公里。虽每周都要往返二三次，却第一次在初夏季节，一个多小时的时间里，领略百公里路上的四季轮替。从雨气弥漫的县城，到阴云密布的省城，经历了一场山水之间绚丽多变的梦幻般的情景剧，真正体验了"一山有四季，十里不同天"的奇幻高原气象。

这片大地是丰富多彩的沃土，在山重水复中展现高原的壮美；这片大地是变幻莫测的高原，在山峦起伏里带给我别样的惊喜。

2019 年 5 月 11 日于西宁

养鱼记

关于养宠物，我一直是反对的，在我看来，宠物只是为了填补心灵空虚或解除孤单寂寞的一些小动物，可细一思量，似乎又有失偏颇。

记得小时候我养过鸽子；年老的母亲，对家里的小土狗宠爱得近似溺爱。似乎，都不尽是因为内心空虚寂寞，也不仅仅是出于逗乐的目的。

就像有些人爱养小狗小猫，有些人在养虫养鸟；有人喜欢动物，有人喜欢植物。陶渊明喜种菊赏菊得其淡雅清高，郑板桥喜竹画竹爱其铁骨铮铮。它们，其实都算得上是宠物类。而这一切，也表明养宠是复杂的生活、心理需求或思想的外在呈现，应该除了陪伴解忧、解闷逗乐之外，还与自己的爱好、性格、性情，以及对生活、社会持有的态度有关，也是一种具象的人生观。

如此算来，实际上一直反对养宠物的我，是可笑的。不知不觉间，我也有过许多养宠经历，颇觉有趣，遂以记之。

一、养宠小记

自成家至今，陆续地养过一些小动物，诸如鹦鹉、乌龟、还养过小土狗。但最终都是有始无终、不得长久。自打旺财失踪之后，忽觉养宠物有杀生害命之嫌，故也就断了饲养动物的念头。忘了说，旺财，是我们养在老宅院子的一条黑色的小土狗。

其实，我和夫人历来对养这些小东西是很上心的，从市场或其他地方接回家之前，必先备好一应所需之物，以免小家伙们感到委屈。

养鹦鹉时，买了好看大气的鸟笼、投食罐，还用塑制花草进行了点缀装饰，买了上好的小黄米作饲料。某日，好奇的我还拿鸟食熬粥，味道真心不错。

养乌龟时，听说乌龟长时间在水里养，易患盲症，立马赶到黄河边，精心挑选一块大小适中，品相俱佳的黄河石，放在乌龟缸里，以方便它爬上爬下的运动和休憩。

养旺财时，在母亲的协助下，一家人合力砌了阔气的狗舍，铺上厚厚的干麦草，配了舒适的项圈和狗链。隔三岔五的，母亲还给犒赏一根火腿肠。

但不管如何细致入微的照料，最终，鹦鹉死了，埋在省城小区的一棵柳树下；乌龟死了，在夫人"阿弥陀佛"的祈祷声中和儿子的吟诗中水葬于黄河；旺财，最终神秘的消失，从此不知所踪。于是，我想，自由的诱惑和渴望应远远大于对美食和豪宅的追求的，仅这一点也许我远不如它们，从我始终挺着犹如十月怀胎般的肚腩就可以看到，我的懒惰和我无法抵御美食的诱惑，拖住了我向往自由的脚步。

虽然儿子一直想有一条纯种的大型犬，陪他度过童年和少年，夫人也一直想养一缸金鱼或锦鲤。但在很长一段时间内，大家都很自觉地绝少提起这些话题。

二、养鱼记

去年冬天的时候，突发奇想：在室内养一缸荷花，赏荷观花。遂兴致勃勃地立刻网购了一口荷花缸。

不得不说，如今真是网络和物流的时代。

没几天，我就收到了一口直径四十多厘米，器型优美，色泽温润的手绘荷花缸，颇喜。可在买荷花种子时，听说种荷花要用到塘泥，室内养之不易成活，不易抽箭开花，且夏天易招蚊虫。虽极想附庸风雅，但想到蚊虫在耳边"嗡嗡"不休的滋扰，便兴致索然，权且作罢。

冬去春来，忽一日，夫人指着墙角闲置的荷花缸说："这缸闲着也是闲着，放水养鱼，应该不错吧？""这是个好主意，养什么鱼？""锦鲤。"两人一拍即合，便带上儿子，驱车直奔花鸟鱼虫市场。

由此可见，在买小东西、小物件的事情上，我夫妇二人，是很随性的，这点曾被儿子这样批评："买东西要挑些精品，老是花不少钱，随心所欲地买些垃圾，要有节制。"我认为他说得有道理。但是，一直以来，都未曾改变，待有时间再去改正。

在市场转了一圈，挑了一家自认为老板长得比较顺眼的店，就转了进去。我不会算命看面相一类的，但在人际交往、交流中，始终觉得"看对眼"很重要，面相是否和善、举止是否得当、言谈是否有礼，往往一两句话、一个眼神就决定了延续交往和交易与否的可能。

果不其然，老板很好说话，也没怎么讨价还价，觉得合适，就在老板的建议下选了四条寸余锦鲤，欢天喜地地回家了。

到家，折腾一番，焦急地等待着过水时间，一会儿担心鱼会不会在袋子里缺氧，一会儿抱怨时间过得漫长而缓慢。总算挨过了一个小时，手忙脚乱地把鱼放进荷花缸里，兴致盎然地看着四条或红白相间或黑白相间的杂色锦鲤在碧绿晶莹的荷花缸里欢快地游弋，翻腾着各种花样，荡起阵阵涟漪，那灵动轻快的泳姿，实在是赏心悦目。

儿子左右看了看，打趣地说："你俩真是童心未泯，比我还有童趣。"听完不觉莞尔一笑。我认为，一个家庭的活力和和谐的气氛，基础就是始终保持共同的爱好、兴趣和欢乐。比如一起看看书、喝喝茶、写写画画或者横七竖八、随心所欲地躺在沙发上看看电视，甚至什么也不去做，只要高兴就好，这就是"志同道合"吧。

一下午，仨人什么也没干，就坐在小马扎上，围着鱼缸，谈论着与鱼有关或无关的话题。

一夜无话。次日，照常是儿子返校，我二人回县城上班。这一周是难熬的，难熬的是多了一份牵挂和担忧：鱼会不会死掉？儿子没有什么事情吧？在诸如此类的谈话和忐忑的心情里，又到周末。

鱼，还是死了。推开房门，一股令人作呕窒息的腥臭气息扑面而来。鱼缸里没有一滴水，只剩下三条死鱼在缸里，找了许久，才在地毯上找到另外一条，与地毯颜色几近一致的"干尸"。

伤心的我们，无奈地面面相觑。打开门窗，尽量让污浊的气息加快飘散的步伐，还有那份悲凉。我仿佛看到了，鱼儿在濒临死亡时的挣扎，那是人类极度缺氧的情况下，濒临死亡的表情。生命始终是脆弱和无助的，在死亡面前，所有的挣扎和努力都是徒劳的。对生存的渴望和基于对生命尊重的挣扎和希望，却也是不可被忽视，或者说是不得不正视和必须存在的，没有任何借口可以成为坐以待毙和对生命漠视的理由。就像我一样，不得不去思考鱼的挣扎和死亡一样。

周天，三人一合计，鱼还是要继续养几条，既然省城因不常住不宜养鱼，那就带回县城养吧。

买鱼前，先和经验丰富的外甥女婿通了电话，咨询养鱼之道，做了充分的准备。买了带制氧功能的小鱼缸，水培养液等一些必需的东西，再次花大价钱买了六条锦鲤：两条变异的凤尾，应是草金一类，有鲤鱼的形态，兼金鱼一样舒展飘逸的凤尾；两条黑白相间的日本锦鲤，最喜欢这两条了，我叫它们"山水"，看上去，活脱脱就是两幅浓淡相宜、布局大气的水墨山水画，在鱼缸里更显灵动活现；一条金黄色的和一条金红色的算是比较常见的普通锦鲤。买完鱼，顺道买了一套别致的竹制流水造型，打算放在荷花缸上，听听流水潺潺音，意淫鱼戏莲叶间，也算物尽其用吧。

刚进县城，离家不到几百米，一条"山水"在塑料袋子里剧烈地蹦跶了几下，就翻了白肚。虽然我一直在以违章的速度加速奔驰，却依然没能在和生命的比赛中获得最终的胜利。一周内，见证了一条又一条鱼的死亡，到周末，只剩下两条孤独游弋的凤尾。

凤尾给了我们希望和坚持的勇气，咬咬牙，再养。这次，小缸里凑足了大大小小的九条。每天下班回家，打开鱼缸顶灯，看着它们悠闲地以各种姿态在狭小的空间里灵活的游玩，倏而聚首似窃语，编队齐行，倏而追逐似闪电，各奔东西。浮游、穿梭着，以各种优雅的舞姿或疾或缓地演绎着一幅华丽的舞台默剧。时而首尾相衔，在水面划出浑圆清晰的太极。我豁然开朗，老子昔日肯定养过鱼，一黑一白，在圆形的池塘里，在老子的凝神注目里，经常呈现太极之势，遂有顿悟，明太极之理，悟阴阳玄妙。所谓的"天授圣人"，我想应是巧合或自然异象遇上了善于思考的人，应该大致是如此的。

三、救鱼记

在我和夫人的精心照料下，鱼缸里的九条鱼健康地活了两周多，直到五月初，几乎全军覆没。

五月八日，我轮休在家，起床洗漱、吃饭，投了几粒鱼食，逗了逗鱼儿们，心情舒畅地听着古琴曲，在阳台上惬意地喝着茶，看看书，写写字。"滴"一声，茶台没电了，流水摆件也停了，过去一看，鱼缸里的净化和制氧设备也停止工作了。急打电话到物业，告之，停电两天，小区门口有通告。

"鱼怎么办？"这是第一时间闪过的念头。急忙打电话求助，问卖鱼的、养鱼的，多方咨询，各抒己见，最终觉得，车载电瓶充电加氧的方法似乎较为可靠可行。便直奔同学修理厂，见面一叙，他笑言："养鱼的碰上停电，经常这样做，刚刚朋友还拿走了一套，还有一套，给你用吧。""真是有时间闲的，瞎折腾。"末了他又来了一句。我笑了笑，然后看他娴熟地连接电瓶线路，还配了一个电源转换器。这关键时刻，才明了同学多的好处。

也不用生分地讨价还价或现场拿钱，搬上车，转头就走。"急则生乱""欲速则不达"，这些话说得真有道理。前行不到半里，一个转弯，"腾"的一声颠簸，"砰"的一声巨响，从车后备厢里窜出一股浓烟，瞬间弥漫整个车内，我打了一个激灵，刹车，打开应急双闪，停在路中央，打开后备厢，一股浓烟和着刺鼻的橡胶焦煳的臭味扑面而来。烟雾散去，原来，连接好的线路因颠簸碰到电瓶桩头，短路起火，线路完全烧化了，无奈，只好返回重新接线，再次搬上车，小心翼翼地回家。

"吭哧吭哧"地好不容易搬上楼，已是大汗淋漓。先插上鱼缸顶灯，亮了，大喜，忽觉似乎也不很累了。插上制氧泵，不工作，换上小水泵，不工作。急忙挨个试家里的电器，都正常运转，唯有制氧泵和水泵不亮。折腾了一身臭汗的我，万般无奈，只好再打电话求助吧。老同学还是很靠得住的，放下手上的生意，一时三刻立马赶到，捣鼓半天，也纳闷了，"可能是电阻或其他不兼容，你慢慢折腾，我没招了"。

送走同学，正想着怎么办呢，忽闻鱼缸传来"哗啦哗啦"两声异样的水声，一看，金黄色那条翻着肚子，张大嘴巴在水面上努力地呼吸着，挣扎着，不管三七二十一，三下五除二地找个盆接满水，手忙脚乱地捞到盆里，用手扶着，帮它呼吸。我也不知道有没有用，只当尽人事听天命罢了。没想到的是，奇迹真的发生了，几分钟后，手里的鱼，略微挣扎了几下，松开手，就飞快地游走了，继而慢慢游动。瞎猫碰上死耗子，无意之举，竟然有用。赶紧把家里大大小小的脸盆找出来，接满水，一溜儿摆在客厅里，就等着如法炮制，施以援手了。

中午，夫人下班回家，先是一阵狂笑。"这下子，真是有事干了，我敲门、进门你也不知道，书也不看了，茶也不喝了，手机扔到一边，就趴那看鱼了，我还以为进错门了。"夫人进门时，我正趴在沙发角上，手撑着下巴，目不转睛地盯着鱼缸。那时，地上的水盆里，已经有两条了。

下午和第二天，依然是忙碌地救鱼。晚上夫人下班时，九条鱼依然是活着的九条，夫人戏称："今天，真是尽职尽责，值得表扬啊。"那一刻是幸福的，与表扬无关，只与成就有关。但是到晚上十一点钟，家里来电前夕，鱼儿们在我和夫人想尽办法地救援里接二连三地死去了，我们的努力和它们的挣扎一样徒劳无功。

鱼缸里，最终依然只有那两条孤独游弋的凤尾。时而静静地漂浮，时而你追我逐，鱼缸里的太极出现得更加频繁而清晰，我对"道"依然一无所知。

"这小鱼缸也许就应该只养两条，只属于它们，其余的，兴许是妨碍了它们的自由和爱情吧？"有一晚，夫人这样深情地带着悲凉的诗意问我。"也许吧，那就只养两条。"我有些漠然失意地敷衍着。

几周过去了，鱼缸里独独的两条凤尾悠闲而生机盎然，灵动的身姿，仿佛诉说着它们的爱情，编织着它们的传奇。如果鱼也有爱情，我想应该是这样的，生活还是应该有浪漫的爱情和诗意的高原，而不仅仅是"道可道，非常道"的莫名和乏味。

2019 年 5 月 26 日于贵德

无事此静坐，倚窗听风雨

初见"无事此静坐"一句，尚不明了是东坡先生所作。是读汪曾祺先生的散文集时偶然发现的。见之甚喜，觉暗合心意，恰好与我书斋之名"静斋"二字有异曲同工之妙。遂于当晚，回家铺纸挥毫，以初学拙劣的篆书，欣然书就一横轴，并悬挂于屋内。

虽然，我还没有专门的书房或书斋，只是偏于一隅，将阳台略加改造，以作读书、喝茶、写字之用。拥有一间安静的，散发着书墨气息的书房或一中式书斋，确实是心中所希冀和渴望的。因为，我和夫人都喜欢阅读，我一直还喜欢写一些文字，记录生活的点滴。儿子从小也受我们爱好的影响，爱在学习之余读一些文学书籍。

县城的房子很小，阳台自然也就狭小，但为了满足一家人阅读和我嗜茶的习好，同时也为了附庸风雅地摆弄些书、画、篆刻等自己喜欢但不擅长的事儿。遂勉强将书房和茶室集于一体，放在了阳台上。

用足够厚重的枫木打了一张七厘米厚的茶桌，一头搭在窗台沿上，一头搁在简易的柜子上。阳台上陈设不多，紧靠窗户是一方茶台，我的座位后面的柜子和墙上的储物格内放满了各式的瓶瓶罐罐，但也算得上杂而不乱。毕竟，父母的遗照也在柜子上，方便我祭拜和擦拭。其外，就是几株绿植和要死不活的竹子了。

因为茶台挨着窗户，一年四季光线充足，也方便凭窗远眺，听风吹过的声音、听雨滑落的声音、看雪轻盈的舞姿，是很惬意和诗意的事情。或者，低眉望去，窗外，小区菜地里忙碌的苍老的身影，儿时的乡村和回忆顿时活灵活现。也可以一边品茶，一边远眺苍茫群山和山顶的积雪。在高原，几乎一年四季都能看到白雪皑皑与满目苍翠相映成趣的美景，这在其他地方应该是不多见的吧！

明媚的清晨、宁静的午后或月影清辉的夜晚，安静地泡一壶普洱，放点古琴曲或在夫人的古筝弹奏里，看茶烟袅袅，品杯中滋味。可以什么也不去做，只是傻傻地望着窗外，听心底花开花谢的声音；也可以开卷钤印，品读先贤大能们的人生，沉浸在他们的喜怒哀愁和酸甜苦辣的感悟里；也可信手涂鸦，或写或画一两幅难登大雅之堂的书画；兴之所至，也可捉刀刻石，刻几方"雪中沽酒""宁静致远""得大自在"，诸如此类的闲章，钤的到处都是，直到朱红色的印泥浸红双手。甚至，可以在月光下，与夫人浅酌慢品几杯珍藏老酒，翻几页书册，聊几句家常，谈一些辛酸，在月影西移里微醺至酣。

这是悠然飘逸的精神家园，是我心灵的田地。一切与工作有关或无关的写作，基本都是在阳台，安静地抽烟、品茶里完成的。

在我的梦想里，应当是在一方庭院里，就着昏黄的烛光，读书或者写作。窗外有飘摇竹影，木格窗外，不时传来鸟儿的叫声、"沙沙"的风声或雨打屋檐的声音，至少，也应该有白杨树无风自摇的"瑟瑟"声和夫人的琴声。然而，到目前为止，陋室狭仄，无奈地在阳台上凑合着理想和生活。

说到喝茶，关于夫人的琴声，是有必要说一下的。夫人自幼喜爱音乐艺术，应是她幼时的梦想，但受限于家境和家庭教育的影响，一直未能如愿，这从她偶尔的叙述和回忆里是能清晰地感知到的。她对音乐和乐器，还是有一定天赋的，几乎有些无师自通的能力，让我羡慕不已。

她的第一件乐器是在青城山旅游时买的一把6孔陶笛，不到一周，就能娴熟地吹奏《梦中的额吉》了，于是又购买了12孔陶笛，吹一些《风居住的街道》《大鱼》等难度较大的曲子。后来又自学了电子琴，并能给儿子的萨克斯和吉他伴奏。儿子对于乐器的喜爱和天赋应该是继承自她。

2018年的冬天，她说想要学古筝，我说我也想要学古琴，于是同时各自买了心爱之物，我还另购了一杆竹箫。看着买回家的昂贵器物，我有些犯嘀咕，"那么多的丝弦，看着都头晕，看她怎么学。还是我的简单，只有七根弦。这次，我肯定能学会"。想法很天真美丽，但事实却未如人愿。

一个月后，我还在那里用右手指法拨弄生涩的《小白菜》，竹箫更是仅仅能吹响而已。她却"勾摇剔套轻弄弦""按颤揉推自悠然"了。最后，我不得不承认，我对于乐器是毫无天赋可言的。只好以"但识琴中趣，何劳弦上声"自嘲了。但能每日在她的琴声里，沉浸在茶香和诗书的世界里，未尝不是一件美好的娴静和安逸。

喜欢上喝茶，是因身体微恙，不敢也不能喝酒了。其实，骨子里我还是好酒的，即便是在滴酒不沾的日子里，也会经常开坛细嗅闻酒香，以慰辘辘馋肠。

茶如君子，其香如芝如兰，其性当如谦谦君子。喝茶，当选取适宜的心爱的器具，或冲或煮、或泡或闷，任凭自己心意，随心所欲。可独酌听风雨；可家人围坐，品茶中滋味，论家长里短，最终极有可能变成对子女的开导会或洗脑会；亦可邀二三知己佳人，畅谈风月、漫论人生。只是，人生难得一知己，更何况，是在这个大家都为幸福的物质生活忙碌着的时代，邀友畅谈共同探讨文学话题，是种不可得的奢求。当然，谈钱或与之相关的话题，还是很容易召集的，又觉得未免俗气了，怕玷污了茶的隐逸和灵气儿，也是不合时宜的。

品茶易静不易燥，对去人之火性、磨炼脾性是有大益处的，尤其是像我一般粗劣莽撞的人。品茶，是对当下城市化、经济化社会快节奏生活的调剂，是身心俱疲的我们最后的心灵栖息地，是对魏晋遗风的自由向往；是对农耕文化深深的眷恋，是对唐宋如诗如画的流风遗韵的憧憬；更是对家，这个最后的温暖港湾的牵挂和难以舍去的责任。

当坐在阳台，静静地喝茶品读时，我的世界是安静而宽广的，我的记忆是悠长而清晰的，我的思绪也是敏捷而有序的。

起早贪黑，工作、生活、子女等多方面之负累，加之社会上错综复杂的人际关系之负累，快节奏的城市生活时刻紧绷着我们的神经，踩压着我们的脊梁。回家，来一泡精致的功夫茶，用久违的文字或诗词笔墨，填补心灵的空虚；或干脆沏一杯浓浓的老茯茶，点一支香烟，看烟雾在自己的指尖缭绕，什么也不去做，完全放松自己的身心。这时候，品茶也好，喝茶也罢，家才是最后的港湾，是温馨的怀抱。

经济高度发达的现代社会，物质丰富，国家富裕，人民富足。但，随之而来的，却是高强度的更加快速的工作、生活节奏和各方面的压力。我从不否认社会发展的成果，也从不反对人们为了更加美好幸福的生活而努力和拼搏。因为，人类社会发展进化的历史就是不断地超越和进步，而不是回归和倒退。

我想说的是，除了发展，我们更应该注重生活的品质和对优秀传统文化的传承和发扬，毕竟，家庭和民族文化才是人生最大的财富，不管它是与生活有关的，还是与社会有关的。

生活，不仅仅是激情和热情，也应该有慢下来的思考和回味，就像一个人，不能只沉湎于喝酒，也应该偶尔去喝点茶一样，城市化的快生活节奏，更需要我们，适当地放慢脚步，让生活也慢下来。只有慢下来，才能欣赏生活的美好，才能品味生活的细节，才能静静地思考生活的得失，以便更好地迎接新的挑战和机遇。

酒，恰如高原汉子一般，风风火火，性情一目了然，饱含着满满的热情和生活的激情，充满着昂扬的斗志。君可见，酒桌上，三两杯下肚，立即，羞涩的变得豪放大胆、载歌载舞，木讷言拙的变得思维敏捷、滔滔不绝，狂放不羁的变得更加肆无忌惮，简直就是"一杯在手，天下我有"的气概。喝酒的人，都是没有距离的，或者说，是酒拉近了人与人之间的距离。在酒桌上，没有陌生人，酒入胃肠，立马就是铁杆兄弟、知心好友，雅的俗的任何话题都能拿出来摆到桌面上。喝酒，如阮籍、李白一样，纵酒狂歌，睥睨人生，自是无妨。喝酒，喝多喝少也没有什么关系，说直白点，喝酒其实喝的是感情，喝的是心情。但若喝醉了借酒撒泼惹事，耍酒疯，就有些无趣了。

孔子说"惟酒无量，不及乱"，这句话应该是好酒、爱酒、嗜酒之人当牢记和遵守的。大多数人喝酒，没有喝茶那么多的讲究，当然也有"花间一壶酒，独酌无相亲。举杯邀明月，对影成三人"。一般，喝酒喝出如品茶论道般孤高岑寂的优美意境的，毕竟是少数。如果说，喝茶如品人生滋味，那么喝酒，就是在观人生百态了。

除了喝茶，偶尔也喜欢喝点酒。但是，只和对的人在对的时间、对的地点里喝对的酒。酒的品类极似人的脾性，酒和人也要对眼对心，喝酒的人也要对眼对心，就像生活和婚姻一样，对了才能圆满和幸福。

雅俗共赏的世界，雅俗共存地活着。即要有淡淡如水的君子之交，也要有呼朋唤友的江湖义气，生活本就是在平淡归真和激情似火的交织里不断前行的。

也有人说，如我这般，十足是贪图安逸的享乐主义，是消极逃避的佛系生活。我实觉得难以苟同。现实就像压榨我们的巨大齿轮，让我们几近窒息。让生活慢一些，让精神世界饱满一些，用简约和平淡的生活，安抚慰籍我们的身心，会不会让明天的阳光更加灿烂和充满希望呢？

当然，人有选择的自由，也有言论的自由。庄子说："举世誉之而不加劝，举世非之而不加沮。定乎内外之分，辩乎荣辱之境，斯已矣。"我不能去制止或修正别人的评论。我依然可以沉浸在我狭小的阳台上，努力地在现实里拼搏，认真地活在自己的美好和梦想里。

只要我愿意并坚持，小小的阳台，那一方天地，就是我梦想的庭院和精神的田园，需要我用一生的付出和执着去耕耘的田园。

2019 年 5 月 27 日于贵德

每个周末，都充满食物和自然的味道

在城市里住得久了，便愈发怀念乡村的平淡和祥和，想念乡村里简单的生活和熟悉的味道，也会不时地想起久违的人和事。工作和生活也是如此。

经过一周纷繁、紧张、忙碌的工作和学习，到了周末，也就总想着停一停脚步，放慢工作、学习和生活的节奏，去乡下或大自然中放松一下疲倦的身心，奢侈地让一切简慢下来。

慢下来，是一种生活的态度，是养精蓄锐，是退而结网，是为了以更好的状态迎接新的、即将来临的挑战。而不是颓废和逃避，更不是什么奢靡享乐的虚度。毕竟，只有慢下来的人才能看到更多的风景，才能静心地反思自身，进而感悟生活和生命，也才能对自然有些形而上的思考。

当然，生活要慢，也要简单一点，这样才能让生活更加贴近自然，或者说，是归于真实。就像吃螃蟹一样，江南一带的炒蟹、醉蟹的做法，虽味厚香浓，总觉得失了螃蟹鲜香的本味。吃蟹，我认为还是简单的一蒸，就点姜末，方不失本味，也不失蟹之真容，是最佳的食法。生活也是如此，简单而不繁杂，精细而不奢靡，方知此中真味。

自儿子上学起，每个周末，我和夫人会尽可能地推掉所有的应酬和交际，尽可能地安排一场温馨美好的周末。或去乡下或去野外野炊烧烤，或寻一处宁静而不失情调的小馆或农家乐喝茶吃饭，或在家费尽心思捣鼓几样拿手菜或涮火锅，又或者只是准备点简单的酿皮、凉面一类的，寻处静谧的小树林或小溪边，静静地听着音乐，看看书，或者什么也不去做，只是安静地躺着，看天空云聚云散，听风声轻轻拂过的声音，听鸟儿们欢快的歌声。

一家人的周末，重要的不是形式，而是目的，是最终想要的结果。其目的，就是让儿子时刻感受到家的温暖和我们浓浓的爱，就是为了给他尽可能的陪伴，更是为了让他更加贴近生活、贴近自然，从而更自觉地发现、发掘生活的美好和大自然的美丽。

周五，吃过晚饭，一家人很难得的一起结伴而行，手拉着手，夫人大都是在中间，被我俩牵着手，一副幸福满足的表情。散完步，顺道去超市采购一些新鲜的食材。

食材，春夏秋三季，主要以适合烧烤为主，更重要的是要适合全家人的口味和饮食之喜好。比如，少许牛肉或羊肉，几块鸡翅，少而齐全的各类菌菇，几颗青红椒，一些韭菜和豆腐皮。有时会另购一些羊筋、猪肝一类的，虽每次不尽相同，但大致如此。冬季，当然是以涮火锅的食材为主。

回到家，依然和平常工作日一样，儿子又回到书桌旁埋头苦学，夫人在厨房里清洗食材，而我坐在阳台上，悠闲地泡茶看书。只是偶尔地端一杯恰好入喉的茶水，去慰藉一下夫人的心灵，或端着茶，去书桌旁拍拍儿子的"马屁"，只为得到一句诸如"谢谢爸爸"一类的话语，更多的是求个心安理得而已。当然，夫人清洗完毕，我还是要去干些切肉、腌制一类的工作的，毕竟，我始终不是一个好吃懒做和不负责任的人。一家人有条不紊地各自忙碌着，只为了次日轻松的出行。

周六，是美好而慵懒的，起床要比平日里晚些。九点前我和儿子，陆续在早起的夫人播放的振奋人心的新闻联播声里，睁开惺忪的双眼，在夫人的催促声和不停地打闹欺负中，挣扎着爬出温暖的被窝，恋恋不舍地挪下柔软的床铺。

洗漱毕，吃点简单的早餐，夫人开始打包收拾昨晚已准备妥当的各种食材，儿子在收拾娱乐的东西和各自喜欢的书籍，而我则在准备煮茶的铸铁的炭炉、铁壶和一应茶具、茶叶。其他的炊具和用具，几乎一年四季都在车后备厢备着。收拾完，在夫人的提醒和检视里，高高兴兴地出门了。

我一直认为，生活不应只是满足物质的欲望，如只限于此，则与某种动物就毫无区别了。

一个愉悦的周末，应当除了食物的味道，除了犒劳我们的"五脏庙"，满足口腹之欲外，更应有精神上的补充。娱乐，尤其是家人共同的娱乐，是生活不可或缺的调剂和点缀，是让家庭生活充满乐趣和保持活力的润滑剂。读书，则让家人多了一些心灵共鸣和共同的话题，拉近了家人之间的距离，让所谓的代沟和隔阂，尽可能地减少一些。

生活可以平淡，甚至简陋，但总归还是需要一些仪式感，这是对生活最起码的尊重和感恩，也是自己的生活方式或者说是简单而模糊的生活美学。生活有了仪式感，时刻对生活心怀尊重感恩之心的人，才能更好地融入生活和自然，进而观察生活和自然，方有"仰观宇宙之大，俯察品类之盛"之胸怀，俯仰之间，也就有了对生活和自然的感悟及思考。学会思考，是人区别于其他动物的本质原因。

周末去的地方不尽相同。我们曾经在阳光灿烂的冬日里，在松巴的河滩上，坐在乱石堆里，垒石头"烧地锅"，烧一锅外皮焦黑、剥开却是热气腾腾、黄澄澄散发着诱人味道的香甜的烤土豆；也曾在深秋里，驱车几十公里，在直亥雪山脚下，仰望不远处高山上积雪皑皑，近处是成片的、不知名的、叶子呈暗红色的灌木丛，像极了熊熊的地狱烈焰，坐在枯黄的草地上，只吃一碗酿皮，天空是极致的、深邃的碧蓝；也曾在夏日里，驱车穿行于崇山峻岭，游走在山脊、幽林的羊肠小道上，只为寻找夏日的清凉和幽静；也曾在春日的滂沱大雨里，龟缩在黄河吊桥下的遮蔽处，悠然自得的烧烤。看薄雾慢慢从河面升起，逐渐和雨雾连成片，弥散整个天空，似云似雾，如临仙境，如坠梦幻。烤肉的我们，在看风景，桥上看风景的人们在看我们。听口音，应是一伙江浙人氏，趴在桥栏上，不时地发出声声惊叹，"咔嚓、咔嚓"不断响起的拍照声和闪烁的镁光灯把我们定格在方框里，变成另一道如仙如隐的风景。

大多数时间里，我们最喜去的地方，是河滨公园的小树林里。那块地方紧挨着几经废弃的公园老路，地势平坦开阔，人迹罕至，方便停车。不远处有条清澈的、缓缓流淌的小溪，树林里高大的白杨树略有些稀疏，却也使得光线和温度恰到好处，不至于有炎热或阴凉的感觉。宜久卧消遣、家人小聚或品茶读书，且远离嘈杂和拥挤。

把车停在树荫里，夫人和儿子在忙着卸食材、折叠桌椅等物时，我已基本架好烤炉和茶炉。烧烤的炭炉除非是备齐了各种点火的工具和辅助用品，不然，就只能靠人的嘴来吹，这是个技术活，吹气时，气要匀，不可忽大忽小，吹气要聚成一条线，不可散乱，这活儿，也只有我会了。两三张废纸，几根随手可得的细碎枯枝，放上木炭，趴在炭炉旁，鼓着腮帮子，一口一口吹气，一时半刻，已是火光熊熊。

待明火稍尽，炭火温度恰好时，我也配好了各式调味料，夫人和儿子也串了些肉串，在他俩期待的目光里，慢慢地炮制美味。烤肉是耐心细致的活，要懂得掌控火候，在"滋滋"声里，快速而有节奏地翻动，什么时候需刷油，什么时候需刷酱，什么时候撒调料，皆在眼中，在心中要有度量，切不可随心所欲。其实，烤肉和做人是有相通之处的。做人也需明事理，知进退，守规矩，当审时度势，当有所为而有所不为。

旁边的茶炉"卟卟"地冒着热气。"爸，你歇会，喝点茶，我来烤。"茶水开的时候，耳边往往传来儿子关切的话语。然后一边小啜茶水，一边提点儿子烧烤。吃饱休息的时候，把铁壶搁到烤炉角，慢慢地小火煨煮着，另一边炖几块牛肉或羊肉和切的大块的白萝卜。三个人在树冠漏下的阳光下打扑克或玩纸牌麻将，玩累了，就横七竖八躺在气垫床上各自读书，偶尔，倒一杯酒红色茶汤，细品慢饮，直到傍晚。

五六点钟，树林里的气温有些低了，略微有些风，光线依然很好，美好的周末即将结束。烤炉上的茶水有些淡了，可锅里的肉在木炭的余烬里炖得烂熟又不失嚼劲。把肉和萝卜盛出锅，三人围坐，吃肉吃萝卜。这时候，说真心话，吸饱了肉味的萝卜比肉本身好吃多了。在儿子意犹未尽的目光和"还有吗？"的疑问里，往肉汤里下少许面片或几根拉面，手撕几根青菜，加上少许青红椒，即刻，一碗热腾腾，香浓诱人，色泽迷人的面食就好了。看他"稀里哗啦"地吃饭，我和夫人大都是满足而羡慕地看着。在学生时代，能吃就好，能吃就说明正当年轻时，正值风华正茂，尚不知"廉颇老矣，尚能饭否？"之愁苦。

天色变得有些晦暗，愈加凉气逼人。很有默契的三人各自收拾东西，大致地清洗装箱，找块空地，挖个小坑，把垃圾和炭灰倒进去，用剩余的肉汤浇灭，覆上土，确保尽可能地消除我们曾经来过的痕迹，尽可能地还大自然本来的面貌和寂静，然后，在黄昏最后的一缕斜阳里悄然离去。

周末，时光是美好而短暂的。"逝者如斯夫，不舍昼夜"，短暂易逝的是时间和空间上的，悠长而永不消失或难以被时光磨灭的，是成长的记忆，是思想，是精神。我们虽然不得不接受，而且是必须无条件地接受时间和空间上的制约，但可以让记忆永不褪色，让思想插上翅膀，让精神成为传承。

让每个周末、每个假期都充满食物的味道，用心去细品自然的味道，还原，抑或归真，甚至是放逐自我，都是极好不过的事情。英国诗人西格里·萨松说"心有猛虎，细嗅蔷薇"，我想，人生不能只有忙碌和工作，还应该放慢脚步，平静身心，应该把周末留给家人，留给自己，留给美食和自然，放下一切包袱，全身心地去感受一切美好事物，虔诚地感恩大自然的馈赠。

2019 年 6 月 2 日于贵德

飘散在歇春园的爱情

上午,收到一条短信,是梅从西安发来的:"太高兴了,明天就到西宁了。"立马高兴地回复她,我在县城为她接风,问她何时到家。对于她的到来,我还是很期待和欣喜的。孰料她回答道:"回来参加弟弟的婚礼,时间紧,不回县城了,谢谢。"然后就没有了讯息。

梅,是我高中的同学,也曾经是我暗恋多年的女友,我一直将她视为我的恋人,直到我和夫人相识相知。至于她,是否承认过这种朦胧的爱情或也曾经在某一时期喜欢过我,其实是不重要的,重要的是曾经共同为了学业并肩奋斗过,也曾经一起笑过、哭过,也曾经相互砥砺前行过。

初识梅,是在县城唯一的高中上高一的时候,学校曾经有个充满诗情画意的名字——歇春园。

我和梅在同级相邻的班级,即不认识,也无交际。直到有一天,同班的"眼镜"神神秘秘地拉着我说:"隔壁班里有我初中一女同学,长得很漂亮,我带你去瞅瞅。"于是带着我趴到隔壁班窗户上,指着坐在第二桌的一个穿着鹅黄色衣服的女孩说:"就是她,叫梅,漂亮吧?"我胡乱点点头略显慌乱地说:"嗯嗯,是很漂亮。"然后,就做贼心虚地跑开了。其实,说真的我压根没看清她长啥样,只记得她留了一头齐耳的短发,但是,梅,这个名字和那身淡淡的鹅黄,却是一直在脑海中挥之不去。

时间过得很快,高一就在与一帮自以为意气相投的哥们兄弟抽烟喝酒,一天到晚地寻衅滋事、打架斗殴中很快地结束了。最终,我们班被学校强制解体了,愤愤不平的同学们选择不同的途径表示不满,相当一部分同学都退学了，只有一小部分留了下来，我选择了留下，且很幸运地分到和梅一个班级。

梅的学习不算特别优秀，却也是班里排名很靠前的，加之担任班级团支书、学习委员，称得上品学兼优，照例是坐在前排；而我，不仅属于被学校"流放"的问题学生，学习成绩一塌糊涂，而且自认为被老师和同学们排斥，故显得与大家格格不入，始终独来独往，或依然不时和原班级的同学出去玩闹、约架。当然，我是坐在教室最后面的，和她依然没有交流和交际，但每次出教室都会有意无意地从她桌边走过，在她迷惑不解的目光中昂头走出去。直到次年，五月份那次踏春出游。

五月真是个好时节，虽然每天下午总会有狂暴的季风从县城掠过，但春意正浓，所有的树木叶子全部舒展开来了，各式的花儿开得更艳了，天地间少了一丝初春的稚嫩，多了一丝春的厚重和浓郁。所有的一切都充满生机和希望，一切的成长和收获都在这个春天的末梢里萌动着、骚动着。

五月初，从五一到五四，劳动节连着青年节，学校照例开完运动会就放假。五月，是县城传统的"踏青"游春的季节，又怎能少了充满青春活力，充满诗情画意，充满对爱情、自由和生活无限希冀的高中生，这些激情四射的男男女女呢？

记得开运动会那天下午，所有人在操场上卖力地为同学们加油，我在边上冷冷的、事不关己地看着，梅悄然走了过来："为什么独自一个人，不和其他人在一起？""没什么，只是想静静。"我强挤出一丝笑容对她说。她沉默了一会儿："五月三日，班里部分人计划出去春游，邀请你一起，愿意同去吗？"其实，我本意是想拒绝的，可话到嘴边却不由自主的变成："也想同去。但不合适吧？毕竟是你们班的。""呵呵呵，"她轻快地笑着说，"想多了，贾贾，大家都是一个班的，只有你自己认为不是一个班的，说好了，明天早上9点钟，三岔路口见，不要食言哦。"随后轻快地跑走了，连一丝辩解或找借口拒绝的机会都没有给我。

那天，在黄河老桥西侧的林子里，从陌生到熟悉，从最初的距离、隔阂到晚归前的无拘无束、畅所欲言，我们聊了很多，我也喝了很多酒。只记得我喝醉的时候，风很大，身边只有梅和她的闺密莲。梅给我披上她准备自己防寒的一件外套，一直在陪我聊天，聊学习、聊家庭、聊老师同学。一直聊到很晚，在同学们不断地催促里，等到我勉强可以自己行走。那时，天已将黑，深沉的暮色即将遮住整个天空。她笑着对莲说："从来没有玩到这么晚回家，有些担心挨骂哦。"

次日，许多的场景和话语已经有些模糊，只记得她说："毕竟我们是学生，明年要考大学，玩归玩，学习还是要努力，回头，我帮你。"

我始终认为那是我人生中一次重要的转折，如果不是那次美好的季节里的踏青春游，不是那次善意的关怀和提醒，不是那一次酒后模糊的对话，甚至，如果不是我不知何时起早就喜欢上了她，我的人生可能会是无法预知和想象的黑暗和艰辛。

从那天起，我仿若转世重生，变成了父母眼中的好孩子，老师眼中的好学生，同学眼中的好兄弟。远离了是是非非，却发现身边突然多了一帮子志同道合的男女朋友，不用去假装孤独和深沉，学习成绩也突飞猛进，从倒数迅速地上升到中等靠前。令我自己也觉得一切像一个奇迹，像一场梦境，像一段故事，仿佛生活一下子充满了希望和阳光。但是，我清醒地知道，这一切都是梅和身边的人不遗余力地无私帮助的结果。

人的一生，有许多遗憾和错过，有些是可以弥补的，而有些却永远也无法挽回。我走了一段弯路，但幸运地遇到梅，也幸运地回了头。现在，儿子也恰好读高一，所以，我总是对儿子说："交友慎重，同学之间不要歧视任何人，什么样的同学，都要去真心地对待，但一定要选择好自己的路，别像老爸一样犯浑，走错了，再回头，已是辜负了大好年华。"

光阴如梭，时光流逝，转瞬间，已是高三，我跟着梅读了文科。再说，高一荒废的数理化，是完全赶不上了，也只能读文科了。细心体贴的班主任，把我们几个平时关系要好的同学，分到同组二、三、四排，只有梅和宁是女生，梅在第二桌，我和宁同桌。八个人的学习总成绩都不错，数学、英语都极差，纯属平时瞎想，考时瞎蒙。但梅却是个异数，几乎没有偏科，没有拔尖的，也没有差的，依然是学习委员兼团支书。

那时候，我觉得自己对梅的喜欢已经不能称之为喜欢了，应该算是懵懂的爱情。只是因为八个人学习在一起，周末玩乐也几乎在一起。因此，把一切深埋于心。但她的一举一动，一颦一蹙，都让我难以抑制内心的喜怒哀乐。当然，周末或农忙季节，几个人，包括梅去我家的次数会多些，春天在果园里种洋芋，夏天在果园里采桑椹，秋天帮忙碾场、摘水果。冬天就是偷着喝酒了，当然，喝酒这种事儿，和梅就没什么关系了。这种关系一直维系多年，直到我在西安上大学时，在省城上大学的平和宁还会在周末或假期跑去我家帮母亲干些农活。

　　高考发榜的那天，我们八个人里，大部分人都考上了大学，梅和平也在其中。我虽然也努力过，但说句真心话，只付出了百分之三十的心血在学习上，其他心思半在梅身上，半在玩耍喝酒上。最终，现实是公平的，高考录取线422分，我以421分的成绩落榜了。

　　那个夏天，是寂寞彷徨而漫长的，我几乎谢绝了一切同学之间的应酬，只是当听到某某同学被某某大学录取一类的讯息，不禁心有戚戚。所幸，整个假期，从不单独来找我的梅，来寻过我三次。一是表示安慰，二是问我今后打算，三是劝我复读。我一直在想，如不是她的劝说，我是否会放弃复读，放弃曾经的梦想，让生活踏上另一条荆棘之路呢？一切未尝可知。

　　复读的那年，是幸福的，虽然除了假期，很少与梅见面。但是，每周的书信来往却更加频繁。从一二页到四五页，从每周一封到每周两封，几无中断。复读的辛苦和回味与沉浸在尺牍往来、鸿雁传书的幸福相比是微不足道的。在书信问答里，我陪她从军训到课堂，从生活到学习，如亲历一场大学生活，而她，也在寸函寸缄里，陪我经历着复读的漫漫时光。

　　假如说，我能在复读期间，写作文水平日益见涨，或者说，在工作以后，喜欢写诗歌、散文，文字水平差强人意的话，最大的原因，可能就是与梅长达近一年的写信，满怀深情的写信是有很大关系的。柏拉图说："每个恋爱的人都是诗人。"这话真是在理，恋爱的人是幸福的，是疯狂的，是有内涵和思想的。

　　高考结束了，我在等发榜，她还在学校。有一天，算着日子，该有信到了，果不其然，下午就收到了，打开信，还是和以前一样，淡淡的几句问候，几句一周生活的叙述，继而，话锋一转，说："上周五，我兴高采烈地坐班车回家，想来给你说声'预祝考试顺利'，但未想到，在黄河大桥，隔着车窗，看到你骑车带着一个长发女孩疾驶而过，幸福而飘逸，于是，我想你是不需要我的祝福。"那是她给我的最后一封信，虽然，后来我写了好多封信给她，却都没有回音。

那个假期，也碰过几次面，和同学们在一起。每当，我提起那封信，她总是笑着说："不用解释。我想，我不会认错你。"于是，那封信，成为我始终难以解开的心结，直到我参加工作。直到我认识我的夫人，并和她结婚生子。

许多年过去了，我依然不知道那个刮着夏日煦风的周末，我带着哪一位长发女孩的灵魂，从她身边潇洒地飘过？

我参加工作后，多次找梅表白，梅均不承认与我有过所谓的爱情。心灰意冷的我，远离城市，去了高原牧区。不久，遇到我的夫人，一来二去，就被她的温柔所倾倒，不到一年就相爱结婚了。婚礼前和夫人去给梅送请帖，临走时，仿佛间似乎看到了一丝幽怨。最后一次见到梅，是我和珺的婚礼上，没有过多的言语，只有彼此的落寞。

不久，听其他同学说，梅结婚了，离开了青海，从此断了一切联系。只是偶尔会有人告诉我她的生活和成长。再见梅时，已是十五年后的夏末了。

我也一直在思索，那些年，我所谓的爱情，到底有没有存在或发生过。也许，她只是明了，我喜欢她。而她之于我，只是善意的帮助和简单的同学之谊。或许，只是一个为了激励我而编织的美丽动人的故事。但是，我宁愿相信，她就算没有爱过我，但至少在有段时间里喜欢过我，而那一闪即逝的喜欢和由此萌发的帮助和支持，对我而言，影响是一生的。

青春是迷惘好奇的，是冲动叛逆的，更是充满梦想的。我不支持学生时代的早恋，也并不想如"卫道士"一样激烈的反对。我常对夫人和儿子讲我的爱情，我也对儿子说："高中时代的爱情就是等到你结婚生子后，讲给老婆孩子的一场辛酸苦涩的故事，而大学时代的爱情，更如一份毫无营养价值的街头快餐"，"你甚至可以尝试，切记有益则行，无益则弃"。毕竟，学生还是应该以学业为主，虽然，我当年并未做到这点，但是，我依然希望儿子能做到，也相信他能做到。"己所不欲，勿施于人"，真正做到这一点的人是不多的，尤其是为人父母者。

虽然我没有在大学谈过恋爱，甚至可以说，我没有真正谈过一场恋爱。如果真要说有的话，那就是和梅还未开始就已经结束的一次，还有，就是和夫人在婚后油盐酱醋茶和书香琴音里成长的爱情了。

"塞翁失马，焉知非福。"许多时候，你爱的人不爱你，未尝不是件好事，只是给你空出真爱的空间和位置，好邂逅更适合你，或只属于你的那个人，抑或是只爱你的那个人罢了。

2015年暑假，我带夫人和儿子从成都回西宁，刚出机场，打开手机，就接到表弟电话："我在请嫂子吃饭，县城茶餐厅，你赶紧来。"又问："嫂子不在吧？""你嫂子在旁边，你说的是梅吗？""是，那你一个人来。"挂了电话，我正在措辞如何开口，夫人开玩笑地对来接我们的外甥女婿说："涛，开快点，你舅的梦中情人来了，赶着约会呢。""不是的，你看，这……我可以去吗？别听刚子乱说，如不行，到家之后，同去？"我有些赧然地在外甥女婿的嗤笑声里喃喃着。"去吧，去吧，我和儿子，才不去给你当灯泡，回头请她吃饭，我要当面向她说声谢谢。"夫人大度宽容地笑言道。

多年未见的缘故，乍一见面，我竟有些羞涩。在表弟的起哄里，握了握手，彼此一声："多年未见，一切安好？"便无言以对，只是坐在她旁边，不时地端详着。她看到我这样，也只是笑着不言语。次日，我约她和几个同学一聚，夫人因工作原因，未至。那晚，玩到很晚才各自回家，戒酒多年的我，也喝了许多，我和梅也始终没有谈及过往的事情。但是，我觉得，那天晚上，是我和梅在一起度过了最轻松愉悦的时光。

隔了几天，夫人出差回家，笑问道："那天玩得嗨吗？""很好，很愉快，她给你带了自己绘画制作的竹扇和项链，向你问好。"我半靠着夫人的肩膀继续道，"我觉得很完美，很轻松，爱情也好，感恩也罢，就让一切随风飘散吧，现在，我只有你。"

在成长的路上，一路走来，身后是遗弃满地的天真和幼稚，深埋的不只是爱情。日益增长的成熟和坚韧、自信和自在随性，何尝不是如附骨之疽般如影随形的挫折磨难、焦虑彷徨。

周作人在《死之默想》一文中谈道:"人世的快乐自然是很可贪恋的,但似乎只在青年男女才深切地感到,像我们将近'不惑'的人,尝过了凡人的苦乐……也就不觉得还有舍不得的快乐。"我想:"心无挂碍,得大自在。"放下需要放下的包袱,遗忘需要遗忘的记忆,让自己和身边的人都自在轻松地活着,这也算是不惑之年的"不惑"之一吧。

2019 年 6 月 7 日于贵德

仰望篮球

最近一段时间，贵德县业余篮球协会组织举办的"梨都杯"篮球联赛，赛事方酣。十余支球队轮番上场，角逐激烈，上演着一场高水准的华丽盛宴，有些队伍黯然神伤，惜别球场，有些依然斗志昂扬，誓夺桂冠。只是，不管成败胜负，热爱篮球运动的心依然火热无比地澎湃着。

篮球赛的裁判席上、热火朝天的比赛场上、运筹帷幄的教练席上，甚至赛事结束后清理场馆卫生的保洁队伍里，都能看到李林高大的身影。还有朱立春、王海祥等，而他们都是被称之为"人类灵魂的工程师"的人民教师，照理，应该是待在象牙塔里的。

李林，是我高中复读班的班主任，给我们上政治课。身材很修长，身高绝对超过一米八，按他自己的说法，"生来就是为了打篮球"的；他的眼睛很是明亮有神，贼亮贼亮的，锐利如鹰，明察秋毫，是为了时刻发现学生们在学校里的一切坏毛病、坏习惯的，当然，这也是曾经他对自己的描述。

在我看来，李林的身高和喜欢篮球并无绝对的关系，而他的眼睛却好像是对篮球这一运动有敏锐的发现力和感知力，就如他始终怀有一颗为篮球如痴如醉的狂烈和痴迷之心一样。

复读的时光对于每一位老师和学生而言，是珍贵的、是飞逝的，应该是惜时如金、全力以赴的。但是，对于李林而言，还有一件比严谨的教学和勤奋的学习更加重要的事情，而且是无可阻挡的。

不记得复读时每天要上几节课，印象中无论上学、放学总是游走在黑暗之中。只记得，每天下午第三节自习，李林总会准时出现在教室里，让所有的同学们放下枯燥的书本、卸下沉重的包袱，走出教室，走向户外，走向操场。这个时候，我是班里唯一的例外，我不大喜欢运动，更不喜欢篮球。我最多的运动是拖着散漫不羁的步伐远离李林的视线，找个角落抽支烟，顺便仰望天空。可是，通过一些事情，我却打心眼里接受了这位爱打篮球的老大哥。

我深刻地记得，那年的冬天，特别冷。从家到学校大约有五公里的路程，平日里都是骑单车上学的。但是，难以忍受的寒冷，让包括我在内的许多走读生，不得不无奈地选择步行去上学。

那时的高三，早上6点开始第一节自习课，选择步行的我们只能起得更早。冬天的凌晨，夜显得更加幽深的黑暗，更容易让我们去领略黎明前黑暗的意境。

漆黑的夜光下，路上除了学生几乎没有其他人，九几年的县城，环卫工人也不会那么早得出现在路上。昏暗晦明的路灯，也只照亮县城的几条主街道。行走在乡间的路上，四周只有无边的黑暗，耳边只有自己孤独的脚步声。我就像孤原上一匹觅食的独狼，看得到希望和光明，却总是失之交臂、无法实现自己的梦想。

这份希望和光明，是当我拖着湿冷疲惫的身躯看到教室里明亮的灯光，是走进教室后，扑面而来的温度和李林修长高大的身影。

教学楼的灯光亮得不多，大多还沉浸在冬夜的黑暗里。我们班教室的灯光，总会照亮每个黑暗前的黎明。每个寒冷凌晨的黑暗里，所有人进教室的时候，都能感受到一份光明和温暖。

我不知道，是不是所有的班主任都会如此，在每个寒冷的冬夜里，在学生到来之前，拉开一盏灯，点燃炉火。然后，故作严肃地伫立在讲台上，等待、审视着每个学生的到来。而我见证了李林的坚守。

"在教室里，在上课时，我就是神圣的老师，所有人都必须遵守这个规则，不要妄图挑战。下了课，出了教室，我可以是你们的兄弟、朋友，怎么称呼，随你们。我们的目的只有一个，努力实现每个人的大学梦。"这是李林接任复读班班主任时所讲的。

在那个只讲服从的年代里，老师的威严不是谁都可以去挑战的。李林以实际行动践行着自己所言，并很快和大家融为一体。

在几个复读班里，我们班的成绩可能不是最突出的，但我们班的学习环境是最一流的，大家始终用饱满积极的状态自觉地向着既定的目标努力着。

"教学相长"，许多时候，这四个字只是一种口号，而少有教育工作者去思考这四个字的内涵。教和学，始终是两方面互相影响、相互促进的，只有这样，才能真正地做到学有所得，教有所长的双赢。只有这样，才能让教学成为快乐且值得回味的事情。

李林也是个嗜酒之人，同时，也是个睿智而老奸巨猾的人。他总是能在很短的时间里，快速地掌握几乎全班学生每个人的家庭、学习和生活的一切细节，从而挖掘出每个人的喜好和脑海深处的一些东西，让我们无所遁形。与其真正的结缘，还是缘于一场酒。

那时的我，喜欢喝酒，把自己幻想成魏晋隐士狂生，用漠不关心的态度，游离于群体之外，沉浸在"把酒问青天""相逢意气为君饮"的放纵里。自以为"酒入豪肠，七分酿成了月光"，孰料余下的三分，未啸成剑气，却负了家人，负了大好年华。复读时，已然是明了自己错了。虽然成绩不是很差，以落榜成绩暂列复读班第一，但是，依然沉迷于烟酒的麻醉中，偶尔管管闲事，打抱个不平，锤炼一下身手，浑浑噩噩，难以自拔。

直到一个傍晚的自习课上，李林叫我和秦霸等几个"酒肉学霸"到他宿舍里。其实学霸谈不上，只是成绩没有拉班级后腿，又有些许霸道而已。

教职工宿舍是单人单间，一床一书桌，一沙发一茶几，茶几上摆了一荤三素，一目了然。李林开门见山地告诉我们，他也喜欢喝酒，一起喝点，聊聊人生。于是，以酒为媒，从拘谨到敞开心扉，我们毫无顾忌地诉说着苦闷和不甘，他只静静地听着，偶尔会意气风发地指点一番，却正是切中要害，让我们或喜或悲。酒局不知何时终了，只依稀记得和他的约定，以及我们的承诺。

意气风发、笑傲江湖的青年，对承诺是认真的，对约定是无悔的。

那场酒，抛却了师生关系，只当是兄弟。却为我们几个点亮了另一盏灯。而这盏点燃希望的灯，在多年以后，依然成为我迷惘无助时的希望。

李林是教政治的，政治授课水平应该是一流的，从我高考时政治单科成绩141分，可见一斑。他对篮球也是认真的，从几十年如一日在球场上驰骋的身影中是可以领略的。他的为人处世、教书不误育人的品质才是难以被遮掩的，最具光芒的一面。

"师者，所以传道授业解惑也。""生乎吾前，其闻道也固先乎吾，吾从而师之。"这些个道理，并不应该仅仅是学识，更多的应该是做人的道理，是认识世界的看法，是探索内心、认识自己的方法，是对真善美的理解和解读，是对人性和人生更深的思考。

二十多年过去了，我已华发早生，他已双鬓斑白，我已记不清和他喝过多少次酒了。他依然喜欢篮球，比以前更加狂热地热爱着篮球，甚至把篮球当作教书育人之外的另一项职业。我依然不喜欢运动，虽然一米八的身高，却尤为不喜篮球。

这两年，每逢节假日，县上总会举办许多文体活动，其中就有"梨都杯"篮球赛等诸多篮球赛事。据说，也算是代表省内篮球较高水准的比赛。

赛事大都在县体育馆举办，离我家不远，只有几分钟步程。相比以往，我对县篮协的事情关注多了一些，也会每年带着夫人和儿子去看一两场球赛。看球赛不是因为我喜欢上了篮球，只是想坐在看台上，仰望球场健儿的风姿飒爽，追忆往昔的精彩，寻找并默默地注视他双鬓斑白却依然挺拔的身姿，仰望他在赛场上优雅而意气方遒地指挥提点着球员们，他依然是灵魂，球场上不可或缺的灵魂，就如当年的复读班一样。

仰望篮球，仰望是个高度，而这个高度始终会被超越；仰望篮球，与篮球本身无关，仰望的只是一个人或一类人；仰望的是一种精神，还有绵绵不断的传承和希望。

2019年8月6日于贵德

一场久违的篮球盛宴

今天中午,在单位交接完班,回到家中随手翻了翻朋友圈,一如既往地充斥着各类霸屏的微商广告。当然,也有文友、同学们分享的一些作品。

粗略地看了一下,有中意的几篇,打算晚上细读品鉴。当然,顺手点赞,这点网络时代的美德还是要有的。有一些是千篇一律、老调重弹,毫无新意和内涵可言的不知转载了多少遍的所谓心灵鸡汤、人生感悟。姑且不论内容和质量如何,至少也是属于传播正能量,顺手也点个赞吧。毕竟懂得分享自认为美好的东西也是一种美德,何况点赞的行为是不用花费金钱和精力的,又能让一些人得到心灵上的一丝慰藉和满足,何乐而不为呢?

翻看到高中班主任李林老师昨天转发的一条讯息:"第十五届梨都篮球联赛8月5日晚正式开赛。"立马想起,半个多月前,李老师交代我为县篮协即将举办的比赛写一点东西的事情。

看看日期,开幕式居然是在今天晚上七点半,完全赶得上,不禁有点暗自庆幸,没有违约。否则,必将心生惴惴,惶惶不可终日。

说句心里话,让我写关于篮球,或者说是体育运动有关的事情,确实是让我感到心有余悸,力有不逮。因为这辈子,最不感兴趣的事情,就是体育运动,当然,也包括篮球在内了。所以,严格来讲,我对篮球这一项风靡全球的身体、技巧对抗运动,是十窍通了九窍——一窍不通的。

我空有一米八的身高,却始终无缘篮球运动。惭愧的是,我对篮球以及体育运动的兴趣索然,影响到儿子对这些有益身心的运动也缺乏参与的兴趣。虽然，他比我还要高那么几厘米。但是，也只限于比我会玩几下篮球，略懂一点基础规则而已。

所有的事情都是巧合的机缘。自放假后，每天晚上都要上网课的儿子，今晚恰好没课。于是，吃过晚饭，和夫人商议带着儿子去看一场球赛，权当是让他散散心，舒缓一下紧张的学习压力，顺便，去完成自己的承诺。毕竟，我虽然不熟悉篮球比赛的规则，但至少熟悉组织篮球比赛的大部分协会成员，应该可以从侧面写一写关于贵德篮球的人和事，我这样有些自我安慰似的想着。

上一次看篮球赛是什么时候？大概是二十一二年前在西安的大学校园里吧？我不大确定。这真是一场久违的球赛。

县上的篮球馆离我家不远，总共也就百十来米的路。篮球馆平常似乎都是关着的，只有遇到赛事才会开放，馆前的露天球场倒是全年开放。去篮球馆的土路，有些狭窄，宽不过五米，一边是县城里的回族公墓，一边是已经废弃的集中供暖的供热站，紧挨着露天球场。吃过晚餐，已是将近七点，于是，我们伫出门前往球馆。

通往球馆的小路上平常只有三三两两的篮球爱好者，年轻人居多。今晚的人明显比平日里多了许多，大部分人都是身穿运动服装，很少有像我们一家人一样穿着随意休闲的。

刚转过回族公墓的墙角，嘈杂的喧哗声和不时的欢呼喝彩声从旁边的露天球场上传来。再走两步，就看到有几个工作人员在露天球场边悬挂横幅，球场上有几队球员正在分组对抗，不知道是正式比赛还是在练习（后来才了解到，外面也是正式比赛）。

进了篮球馆，比赛应该是刚刚开始，积分牌上还是 0∶0，正在进行比赛的是青年女队（后来了解到，队员全是高一的学生）。一眼就看到箕坐在球场对面的裁判席前面台阶上的李林老师，应该是场上某支球队的教练。比赛正在进行中，观众席上稀稀拉拉坐了百十来人，有许多座位空着，和紧张热烈的比赛，还有忙碌的工作人员，形成巨大的反差。赶紧找了位置坐下，期望着能从这场比赛中寻到一丝灵感，以便草草地完成老师交代的任务。

场上的两支球队：一队着深蓝色球服，一队着纯白色的球服；一队身材普遍矮小，一队身材偏高——简直是对比鲜明，反差巨大。对于这两支球队，由于事先没有了解，也没有去做准备工作，所以我一无所知。但是，我想，蓝队几乎是不可能赢的，在我的印象和所知中，身高虽然不是决定性因素，至少也是篮球比赛胜负的关键性因素之一。"蓝队应该会输了这场比赛。"我有些武断地预测着比赛并告诉夫人和儿子。"那可不一定，技术决定胜负。"儿子有些傲然地反驳了一句让我有些愕然，却似乎很有道理的话。无言以对的我只好把目光再次聚焦到球场上。

这必将是一场颠覆我认知的比赛，是一场展现青春活力，激情四射的比赛，是一场巾帼不让须眉的盛宴。

比赛现场，两组队员攻防有序、拼抢激烈，运球、投篮、抢断等战术动作熟练规范，在我看来，和职业球员、职业联赛、高水平球队的差距肯定是存在的，这些差距也可能只限于技术、水准、装备等方面，比赛展现出来的球风、理念和精神应该是不输于任何职业队伍或者职业联赛的，甚至，表现出来的竞技友谊和礼仪应该高于某些职业人员。

零落的观众席的气氛也随着比赛逐渐激烈的节奏而逐渐热烈起来，激情盎然。伴随着一次次围追堵截和胜利突围、伴随着一次次的抢板和妙传，在一次又一次高质量的投篮中，不时发出阵阵惊叹、惋惜、欢呼，加油鼓劲之呐喊此起彼伏，激烈的掌声不时在略显空旷的篮球馆里经久不息。

比赛到了下半场，观众席上的人慢慢地增加了不少，场馆里有些闷热，被汗水浸透衣衫的我不禁有了退场想去外面透透气的欲望。但是，看到场上湿透的头发掫在脸上却依然在为每一次抢断、每一次防守、每一次投篮竭尽所能、倾尽洪荒之力的娇小女生时，我不得不强压下自己卑微的欲望。比赛的时间所剩不多了，所有女孩明显地表现出体力不支，跑步时有些踉跄，有些微躬着身体，不时有人用手捂压着胃部，可能是剧烈运动引起的胃痉挛。但无一例外的，只要有拿球的机会，都会爆发出下山猛虎般的气势和山羚般的速度与敏捷。奔跑的间隙里，所有的队员，不时地竖起拇指，互相鼓舞激励着，只为了最后的坚守，无论成败。

比赛的结果，也证实了儿子的论断，不被我看好的蓝队，在号称"球队灵魂"的小个子中锋李娜（每位队员的衣服上都印着自己的名字）

攻防有序的组织引导下，在篮板球不占任何优势的不利局面下，凭借中场休息和暂停时教练员一次次耳提面命、面授机宜，抢断凶狠有力，传球、助攻配合默契，抓住一次次投篮机会，突破对手的一次次围追堵截，一点一点缩小差距，拉开比分，扩大战果，最终以大比分获得了胜利。

整场比赛，我的目光一直追随着中锋李娜的身影，脑海里闪现出"其疾如风，其徐如林，侵掠如火，不动如山，难知如阴，动如雷震"这句兵法名言，我不禁感叹于她的审时度势和从容，感叹于她动如脱兔的伺机而动，感叹于她突然间展露出来的敏捷和矫健。直到比赛结束，我依然沉浸在这个女孩不屈的追逐、拼搏和让我眼花缭乱的技巧表演之中难以自拔。直到夫人喊我和儿子去和李老师打个招呼。

和李老师聊了几句，方知蓝队就是他带的球队，这支女篮名叫"贵中鹞鹰"，队员们全部是我的母校——贵德中学高一的在校学生，出于对篮球难以割舍的热爱，走到了一起。儿子在旁边有些愕然的羞涩，惊讶于这支球队所有的女生竟和他同龄、同届。

球队的名字，是一支球队精神和理念的具现。完美诠释着她们在球场上不凡的表现，也寄托着她们鹰翔九天、搏击长空的希望。祝福她们，能从这小小的赛场上走出去，走上更高更大的舞台，传承老一代篮球人的信念，顽强不屈地展现她们的风采，撑起贵德篮球的另一片天空。

下一场是男篮比赛，女队的决赛安排在明天晚上。看了看时间，已是将近九点。于是，向李老师辞别，并再次向他和他的球队表示祝贺，祝福球队再接再厉，取得最后的胜利。

出了体育馆，还没走几步，就看到中锋李娜，坐在球馆外的台阶上，旁边和她聊天的男人，看样子应该是她的父亲，两个人不知在聊些什么，只见李娜兴高采烈、手舞足蹈地讲述着。经过她身边时，夫人突然举着大拇指大声地说："李娜，球打得真好。"她似乎有些惊讶，有些羞赧地笑了笑，招了招手，没有说话。

回家路上，我一直在想，到底是什么，能让这些十六七岁的花季少女们在球场上爆发出如此强大的能量和气场，而这种爆发出来的表现与她们娇小的身躯和她们在场外那种柔弱天真的婉约风情是大相径庭的。

我问儿子："从这场球赛你看到了什么？""那些女生，能拼有韧劲，合作得几乎无间。"儿子不假思索地回答道。是啊，拼搏意识、竞争意识、团队意识、荣誉意识，这正是篮球精神，也可被称作运动精神。这场比赛确实将这些意识和精神表现得淋漓尽致，也可以说是用所有的时间和技巧，不遗余力地向观众、向现场所有的人在表现、在展示、在宣扬。只是，我总觉得还应该有些什么东西，没有被我们发现，或者说是被我们疏忽了。

　　直到回家后，看到李老师在他赶制的美篇中写道："奉献，一直是贵德篮球的标志，队员们奉献的是精彩，而另一面是无法呈现的全体工作人员的努力付出。"

　　是啊，当我把目光专注在球赛本身时，我所疏忽的不正是这些吗？我无法看到精彩背后的付出和汗水，也无法看到组织者的艰辛和努力，更无法看到一场球赛背后的辛酸和泪水。有些东西还是在不经意间飘进了我的视野：场内外忙碌的悬挂横幅的身影、场上声嘶力竭的教练和奔跑的裁判、汗透衣衫席地而坐的记录员、或蹲或跪以各种奇异的姿态寻找最佳角度的摄影师……当然，还有观众席上激情四射的观众们以及我依然看不见的场馆维护人员。这些，才是比赛的全部，才是比赛蕴含的更深层次的精神实质，或者说是比赛的意义。

　　这是一场篮球盛宴，收获的并不仅是简单意义上的视觉享受，而是精神层面的启迪。

　　向篮球致敬！向热爱篮球的人们致敬！向奉献精神致敬！

2019 年 8 月 5 日于贵德

第三辑
乡野清欢至真味

恪守传统,并不一定就是一成不变的因循守旧。一个民族,一个社会,古老的传统,其实是流传万世的人文精神和民族精神的载体。传统,是民族文化的根脉,应该被尊重,并在剔其糟粕中不断发扬和继承壮大,而不是一味地摒弃和放弃……

端午杂记

记忆中的端午节，是香甜的，总是散发着浓郁的沙枣花香、香草的香味，还有母亲做的饭菜的香味……

一、挂满香包的端午

儿子还在西宁的学校里住校，家里只有我和夫人形影不离。晚上，随便糊弄着吃了些晚饭，和往常一样，拉着夫人出门散步。走到德五路，始觉街道两边挂满了红红绿绿、形色各异的香包。"今儿初几了？"我扭头问。"我看看，"夫人掏出手机说，"五月初三，后天就端午了，不如去买几个香包吧？""好呀，去看看。"

街道上卖香包的都是清一色上了年纪的老太太，在夕阳西下的晚风中饱含希冀地守候着木制的香包架子，见到走近自己摊位的人，便上前满脸堆笑的叫卖兜售着："买两个戴吧！都是手工做的，便宜。"微风中，凌乱的白发，微微的笑容，让满脸岁月的刻痕愈加显得沟壑纵横。

我随意地打量着，架子上的香包大部分是手工缝制的。还有一些近年流行的机制模型填充香包，色艳形美，虽新颖复杂，但过于呆板，失了生趣，我和夫人不甚喜欢，甚而懒得一瞥。

"阿奶，我只是随便看看，不用管我，你招呼其他人。"每到一个摊，先微笑着，提前和摊主打声招呼，以免误人生意。大致看了看，从街头到街尾，总是觉得少了些儿时的味道。香包倒也不贵，一只五元、八元、十几元不等，按大小用料，手工难易程度定价标价，也是合情合理，毕竟现在是商品经济的时代。但是，满街的香包不是针线过于粗糙，就是布料的色彩搭配不当，失了和谐，过于花哨，要么，就是香草没有喷洒酒水腌制，味道过于清淡无味。总之，就是觉得，失了精细，少了心意，过于敷衍和程式化了。

一边随意欣赏着琳琅满目的香包，一边小声地给夫人讲我小时候过端午节的情形。很快，就走到了街尾，前面已经没几个香包架了，"这家的香包不错，很有传统的味道，造型也很饱满圆润，就在这买几个吧。"我停下来对夫人说。夫人没什么意见，任我挑挑拣拣。挑了一件白兔，一件心形，一件白鸽，一件石榴。老太太看我们挑了四个在手上打量，以为我们不会要这么多，赶紧开口："要不，都拿上，一个算四块，便宜。"夫人很爽快地掏出二十元钱塞给老太太，用蹩脚的贵德方言笑着说："阿奶，不用找了，缝香包也不容易啊。"

朱子的《治家格言》中说"与肩挑贸易，毋占便宜"，这个道理，我和夫人很明白，且一贯遵奉并教导儿子遵奉。再说貌似衣冠楚楚的年轻人与白发苍苍的老者讨价还价，大可不必，也有失颜面，不成体统。

二人挑选的时候，卖香包的老太太笑言道："这老板，眼真细，看着不像会做针线啊？挑的都是我自个儿觉得最满意的。""阿奶，我也是农村人，针线也会一点点，只是做不好，看得多了，就能看出来好坏了。"我和老太太闲聊了两句。夫人玩闹着把香包全挂在我上衣扣子上，就继续往前走了，引来了许多人频频回眸，以为我脑子有病或者是老年痴呆一类的。

看着香包在胸前荡来荡去，不禁勾起了回忆，恍惚间又回到了儿时的端午节……

那时候，对于过传统的节日是充满无限期待和渴望的，因为，过节，总会有一些平时不常见的吃食和一些传统的小玩意儿，有时，甚至还能享受几天无忧的假期。

端午节也是如此，早早就算着日期，掰着手指催促着母亲做香包了。母亲白天忙着干活，缝香包的事只能放在晚上。在我不停地催促和闹腾下，端午节前夕，忙完里里外外所有家务的母亲，拉开她陪嫁的、镶着闪亮的铜制扣件和许多小木雕的门箱，掏出针线包，我立刻就安静了下来，坐在母亲旁边，看母亲拿出珍藏的小布包，挑出五彩的丝线，让我帮她捋整齐，然后在灯光下不时地拿出零零碎碎的花绸子布，不停地比对着、比画着，直到找出几块搭配起来最好看的碎布头，才开始缝制。

我唯一能做的，就是帮母亲捻线。母亲坐在炕头，我在炕角，一根细长的五彩丝线在我和母亲的指尖来回缠绕，然后，在母亲一上一下的快速搓动的手掌里，变成粗细均匀、结实耐用的双股或四股线。那时候，五彩丝线连接着母亲和我，一头是母亲的爱怜和宠溺，一头是我的期冀和天真。而现在，五彩的丝线缠绕在我的手腕上，只剩下每个端午节无尽的追忆和思念。

除了做香包，母亲纳鞋底或做衣服时，都会叫我帮忙捻线。捻线是为了让缝制的物品更加坚韧和耐用。我到现在，也没搞明白，母亲如何使捻出的线顺直而不松散、不打结。因为我自己试过几次，捻出来的线绳，一松手不是纠结成一团，就是松散没有韧劲。我曾经问过母亲，母亲也搞不明白。

母亲缝制的香包，每年几乎都是一样的，形制大多没有什么变化，心形、烟袋形、小动物形、石榴花形，偶尔会做一两个琇球。每年，变化的，只是色彩和丝穗的搭配。可是不论是佩戴在衣服扣子上的鸽子、兔子，还是缝在衣服肩头上的老虎，背在后背的龙或马，母亲都用细密有致的针脚，缝制得惟妙惟肖，里面塞满头天晚上已经喷过浓浓白酒的香草，个个显得异常饱满有神，香气宜人。

夜深了，母亲给父亲的外套系上烟袋香包。在我的记忆里，烟袋只有中老年男人才能戴，这可能是与现实中，只有成年男人才可以正大光明地抽烟有关。母亲把我端午节准备穿的洗得干干净净的衬衫拿过来，把老虎香包缝到我的衣服肩头上，后背缝上龙或马，然后缝缀几个小动物，衣服前面还要系上心、石榴、绣球等，然后才把剩余的香包分配给哥哥姐姐们。

每年的端午前夕，我总会等母亲做完这一切，搂着挂满香包的衣服心满意足地睡去。

"你把香包取下来，装兜里，好多人看着你笑呢。"夫人嬉笑着打断了我的回忆。"怕什么，他们那叫羡慕嫉妒恨。我记得，我整个小学阶段，端午节都是背满香包去上课的。"真的，端午节的早晨，我总会起得很早，吃过早饭，蹦蹦跳跳地在鸟儿欢快的歌声里，哼着小曲，欢快地去上学。然后，在同学和老师们羡慕的目光注视下，像一只骄傲的大公鸡趾高气扬地走进教室。"你的香包多呗，能送给老师一个吗？"老师，这肯定得给，不然会有麻烦的，人小鬼大的我，至少还算明事理。其他人，只能看看，是不可能赠送的。但是，交换还是可以的，挂在胸前的香包本来就是小朋友用来互相交换的。

小学毕业后，虽然不背香包了，但端午节还是至少会佩戴三五个香包，直到我结婚成家。儿子小时候，母亲也曾为他缝制过香包，上了幼儿园就不背了，怕小朋友笑话。所以母亲就很少缝制了，直到去世。只是，每年，我都会买香包，只有母亲一人戴身上，其他人只是挂在某处欣赏一下。所以，母亲去世后，就连买也懒得去买了。今年，只是心血来潮的随性之举罢了。

端午节，短暂的一天，很快就过去了。今年，我的香包，无意间，戴了三天，而其他的已在书架上挂了三天，注定会挂上一年半载的，直到落满灰尘，散尽余香。

我不明白，也不想去探究端午节挂香包的来历和意义。我也不想去关注香包是挂在身上，还是挂在墙上。我只知道，端午的香包挂满了母爱，挂满了回忆，挂满了我的思念。

二、浓浓米香里的端午

记忆中的端午，许多习俗不仅异于南方，且乡下异于城市。看着端午前后，朋友圈里充斥着满满的粽香和对屈原大夫的怀念。我却只想说，童年的端午，没有粽香，也没有雄黄酒，更没有屈原。

今年的端午节那天，二姐一家请大家去她家过节，大家围坐着，桌上摆满了丰盛的食物，粽子却只是如陈设一般，摆在桌子中央，自始至终没有人去动过吃的念头。那一刻，我相信，粽子确实是有纪念和祭奠意义的，端午节，也是如此。我觉得，家乡的端午节，所有的美食和风俗，纪念和祭奠的不仅仅是屈原或根本不是屈原，而应该是自己的家族、自己的祖先、自己的信仰和传统，甚至还有赐予我们丰盛食物的自然。这些明显带着地域特色的过节方式，与端午节，这个节日的来历，几乎没有什么关系。

记忆深处的端午节，村里十字路口，总有人推着架子车卖猪肉，是现宰的自家养的土猪肉。再困难的年月里，母亲也会买个一二斤。几乎每家每户都会买一些。端午节，除了一盘香喷喷的白水肉片或者辣子炒肉一类的荤菜，还有酿（方言，读"嚷"音）米，也有叫作枣糕的，外加一碗爽口解暑的甜醅。粽子，是改革开放之后的产物，在那个物产匮乏、生活困顿的年代，主产小麦、青稞的高原上，大米，可是稀罕物，更遑论粽子了。那东西，听说过，在课本上见过，正儿八经见到真容并吃到嘴里，好像应该是上初中的时候了。当然，这可能和我家境贫寒有关，毕竟村里还是有人家吃粽子的。但就算有，也还是只占少数。

每年端午前的几天，母亲早早拿出一盆簸得干干净净的青稞或小麦，带着我去村里的磨坊。磨坊的东南角有口大的青石臼，还有一柄碗口大的直柄石锤。将石臼清扫干净，放入青稞，反复锤击，用力大小是关键——用力太小，外皮去除不净，用力过大，青稞就全碎了。去完皮，从石臼中挖到簸箕里面簸净，拿回家用清水洗去杂质，入锅煮到青稞表层开口，沥出凉凉，放入一口大的敞口盆里，拌上合适的甜酒曲，盖上盖子捂严，经3～5天发酵，就可以食用了。

甜醅是个好东西，味道醇香、清凉、甘甜，在炎热的夏天能清心提神，家里人都是很爱吃的。记得以前，每年的端午节前夕，当货郎"买——东——换——洋西喽——"的声音在村里响起，母亲总是拿出花花绿绿的几张小票子，或者拿点自家老母鸡产的鸡蛋，和货郎或买或换一些东西，除了针线，肯定还有甜酒曲。那隔着纸包散发着淡淡甜味和酒香的甜酒曲，在我的眼里是比蜜还美味的东西。不过我也知道，一年当中，只有端午节前母亲才会买两小包，因为太贵了，不可能经常买。我很想在母亲使用前打开尝一尝，但一小包里装得太少了，我只能攥在手心里看看、闻闻，贪婪地深嗅着一股股香香甜甜的味道。现在，货郎早已消失在村巷街头，甜酒曲只有在超市能买到，可是再也没有那香甜的味道了。

酿米，其实是蒸的米制品，我个人觉得叫枣糕更妥帖些。酿米的做法，我已记不甚清，只记得主料是糯米，辅料是白糖、去核红枣和少许猪油，做法类似于蒸米饭。虽失去了粽叶清香，也省了包粽子的繁杂。

而且，味道醇厚香甜，糯而不黏，油而不腻，确实比粽子要可口许多，最得老人、儿童喜欢。这道美味，家中姊妹们中，只有大姐得了母亲真传。母亲去世后，也只有年过节的时候，在大姐那儿能品尝到儿时的味道了。

其实，南方也好，北方也罢，粽子也好，酿米也罢，端午节是同一个日子，同一个节日。食物上的差异，除了受到经济、人文的影响外，更大的是来自地域和自然的影响，这种影响直接决定了人们日常主食和闲食的差异，而更多的时候，体现出的是南北各种文化在不断地碰撞中融合。

记得结婚之初，母亲和夫人对"饭"的概念是有差别的。母亲说："今天一天没吃饭，明天做点饭吧！"夫人一脸懵懂地望着母亲，然后纳闷地问我："早饭也做了，午饭也吃了，晚饭虽然简单了些，可为什么说一天没吃饭？"我笑问道："你家说的饭是米饭，还是面食？""当然是米饭喽。"夫人不假思索地脱口而出。"我家说的饭，是吃面食，而不是米，这就是南北差异。"于是，夫人豁然开朗。

南方产米，米自然是主食，而面食做的馄饨、包子一类也只能称之为点心，权作闲食。而北方，只产小麦，面自然成为唯一的主食，而米制品是当不得主食的。我清楚地记得，上大学时，我如果吃米饭，肚子饿得等不到下顿开饭时。这种情形，南方人，初到北方吃面食，应有同感，这应当是长期的生活习性带来的身体机能的一种应激反应。母亲和夫人之间的误会，只是因为一个是纯粹的北方人，一个是纯粹的南方人，仅此而已。

虽然，现在的我，衣食无忧，外面超市里的南北物产，甚至世界各国的特产商品也能寻到一些，实在不行，还可网购猎奇。但是，每年的端午节，口齿间流连的依旧是母亲做的甜醅和酿米的清香软糯。

三、沙枣花飘香的端午

端午节前的那个周一，大约是27日的早上，在单位带班的我，准备到站台去看看上班情况和检测情况，刚出宿舍楼，就闻到风中传来一股淡淡的、幽幽的、迷人的花香。"院子门口的沙枣花开了。"第一时间，脑袋里晃过这个想法。

　　三两步，走到院子门口，抬眼望去，果不其然，院子门口的沙枣树上开满了黄色的小碎花。茂盛的小黄花几乎遮住了所有泛着浅浅的银灰，夹杂着绿色光芒的细小树叶和枝条，整个树冠似乎只剩下浓郁的黄色。

　　沙枣树的花朵不大，可以说是很细碎，甚至比丁香、桂花还要细碎。沙枣花胜在稠密和幽香，盛开的沙枣花真算得上是簇拥着怒放，以至于，淡淡的鹅黄变成一片浓郁的金黄，略显清淡的幽香变成四溢的浓香。行走在初夏的高原上、黄河边、村庄里，一阵微风吹过，隔着老远就能闻到沙枣花的芬芳，许久，才能看到那掩映在夏的苍翠或伫立在荒野苍茫里那一株灿烂的黄。

　　在北方广袤的土地上，沙枣树是随处可见的树种。沙枣树耐旱，也不怕涝，在沙漠、戈壁，在滩涂、河边，在田间地头、房前屋后，沙枣树就像生活在这片土地上坚韧不屈的人们一样随遇而安地生长着，树枝上长长的尖刺像一支支利剑，直刺命运的不公，在贫瘠的土地上、恶劣的环境里，自由地、顽强地、蓬勃地生长着，最终开出一簇簇、一团团烂漫芬芳、灿烂清新的淡黄。在风雨中努力地活着，开出一生一世的辉煌，在无情的岁月里独自淡然，自成风韵，在春日的苍翠里独亮一抹银灰绿，幽香十里。

　　今年的沙枣花开得有些早了，近年来，三河地区的沙枣花开得越来越早了。这不，离端午节还有一周多呢。看来，今年的端午节，大门上也只有插无花的沙枣枝艾草了。

　　小时候，每到端午节，庄廓里里外外所有的门楣上，必定会插四样物事：一是艾草枝，二是柳树枝，三是桃树枝，四是沙枣花枝。这习俗与南方插菖蒲、洒雄黄酒是有相似寓意的。《东京梦华录》记载："自五月一日及端午前一日，卖桃、柳、葵花、蒲叶、佛道艾，次日家家铺陈于门首。"艾草驱蚊防瘟，柳枝、桃枝驱邪避凶，这点习俗南北各地，想来差异是不大的。

　　唯有插沙枣花，似乎是高原独有的仪式，想来，也不外清香幽远，可净化空气，可避蚊蝇鼠蚁之故吧。

　　端午节，本来就是夏季驱瘟避邪，祈祷平安的传统节日，后来才变成纪念大诗人屈原的节日。虽也有"清明插柳,端午插艾"的谚语,但是,《续汉礼仪志》有云"五月五日,朱索五色柳桃印为门户饰,以止恶气",可见端午之由,也可见戴香包、插柳桃枝的习俗是由来已久。原始的端午与拯救或纪念屈原也是没有什么关系的。

  端午节,且不论是驱鬼避邪、纪念祖先之灵也好,纪念屈原或伍子胥也罢,总归是个传统的节日,是一个充满糯米香、香包香、沙枣花香,以及艾香等各种醉人香味的节日。

  近年来,国家重视继承和发扬传统,这是个好事情。但是,传统的节日不是陈列在博物馆的文物或工艺品,传统的节日也不能只惦记着放假。

  恢复传统节日,重视传统节日,更重要的是让人们自发地、由衷地寻根溯源,深入地挖掘传统节日质朴美好的内涵,并推陈出新,和现代文明、现代生活融为一体。尤为关键的是,与青少年儿童的生活习性、习惯及当下的学校教育和家庭教育实现无缝对接。只有如此,才能让传统恢复活力,才能让传统有所延续,才能让传统变得更加具有现实意义。

2019 年 6 月 14 日于贵德

与父亲一起守岁

在那个无忧无虑的岁月里，只知道玩耍的我，是不关心家里任何事情的。只要不是没衣服穿或衣服破得光了腚，家里是否缺粮少钱、农事闲忙等等，一切都与我无关。当然，印象中我只穿过旧的，没穿过破的。

那段童年，乃至青少年的岁月里，我似乎除了贪恋玩耍之外，只惦记着什么时候过节，尤其是过春节，几乎是翘首以待的。过春节可以有好吃的、有新衣服穿、有零零碎碎的压岁钱。这些，是那个年龄的我最大的心愿和期盼。到了现在，春节留给我最深的记忆，却是与父亲一起守岁。

守岁，又名"熬年"或"熬三十"。说白了就是除夕夜里不睡觉，在灯火通明里，伴着上房里神前那一盏长明的酥油灯，直到天明迎来新年第一道曙光。

守岁应当是个很古老的习俗了，问了一下百度百科，云："最早记载见于西晋《风土记》'蜀之风俗，晚岁相与馈问，谓之馈岁；酒食相邀为别岁，至除夕达旦不眠，谓之守岁'。"方知守岁之由。

每年的年三十晚上，平时多用一会儿电灯都要抱怨浪费的父亲，会亲手打开院子里、屋子里所有的电灯，让整个院子塞满光明。

有些年，四叔一家也会过来和我们一起过除夕，一家人高高兴兴地聚在灯火通明的上房里的圆桌旁，桌子上堆满了平日里难得一见的美味。母亲从每个碗碟中夹起献祭祖先的头一筷子食物后，长辈们一边互相劝进着美酒美食，一边拉着家常，谈着农事，期望着来年有好的收成。而我们，便迫不及待地狼吞虎咽起来，直到肚子浑圆，打起舒心的饱嗝。最后，大家酒足饭饱时，我还要硬撑几个馄饨。

年三十，照理应吃饺子，可是到了下午，大家手头都有活要忙，闲着的只有我和久病的父亲。包饺子的活也只能我俩去干，可惜父亲不会包饺子，只会包馄饨，于是我也只学会了包馄饨。包饺子，还是参加工作后，单位领导教会我的。

当然，饺子也是必不可少的，母亲会抽空过来包几个惟妙惟肖小巧可爱的老鼠饺子，并镶上花椒籽作眼睛。包老鼠饺子费时，所以母亲总是包得很少，每年大概只做一二十个，由于数量少，基本是用来做祭品祭祀先人的，大家是无福享受。可是，嘴馋而又颇得母亲欢心的我，总会从先人口中分得几个。

临近午夜，四叔家辞去，大家起身送至门口。返回屋内，母亲和姐姐们开始收拾桌上的残羹冷炙。父亲看看时间，对我说："尕娃，点上一把香，我俩去点'松盆'，接神。"

松盆，其实没有盆。年三十的下午，父亲会带我准备'松盆'的材料，一些麦草秆、玉米秆、松柏枝等等，所选的材料大致都要劈折成尺半长短，最主要的是点燃之后一定要有清脆的"噼啪"或"哗啵"的声音。

"松盆"，是分层交叉叠放的。在庄廊院子正中心，选一块地方，最下面一层是麦秸秆，方便引火；第二层是白茬茬的劈柴，为了让火势更旺，且不易因燃烧而塌落；第三层是松柏枝，第四层是玉米秆，或油菜秆，一取其香，兼具敬神祷告之意，二取其响，兼具喜庆欢快之意。都是为了在欢乐的节日里，使祭祀的仪式能上达九天，让诸天神灵和先祖皆知。

点完松盆，回到屋子里，就着供桌上的长明灯火，点燃一把香，递给父亲三支。父亲带着我，缓缓磕三个头，恭恭敬敬地把香插入香炉，然后我跟在父亲后面，从上房屋门开始行鞠躬礼、插香。依次从所有屋门、外墙角，到院子大门，无一遗漏，皆要行礼、插香。

那时候，院门外东北角有一棵老榆树。苍劲弯曲、老枝虬然，树身上有几处自然腐烂后形成的空洞。但到了春天依然挂满了榆钱儿，依然枝繁叶茂。行礼、插香的最后一处，就是老榆树，一丝不苟，依然恭恭敬敬地向着老榆树深深地鞠三次躬，点三支香。才算是完成了点"松盆"，接神的所有步骤。

点"松盆"，最初，是要等隔壁村里，和我家相隔仅百米的文昌庙的第一声钟声响起；后来，变成了除夕夜电视里第一声钟声响起。点燃松盆，瞬间，小小的火苗，迅速变得熊熊烈烈，一股粗壮的青烟，在明亮的夜空里扶摇直上，弥漫在星空里。父亲的目光，凝视着火的光芒，似乎能从中看到什么。而我仰望着父亲的背影，熊熊火光里的父亲更显得高大了。

说真的，我并不明白，这一套仪轨的来历和意义，只是应父亲的要求而按部就班地去做。整过祭祀的过程，父亲会讲一些简约的神话故事，大多语焉不详，应该是口耳相传的故事。比如：过年的来历、年兽的故事、灶王爷的爱情等等。

我之所以不厌其烦地打小就跟着父亲操办这些繁杂的仪轨，就是因为被这些似是而非、玄幻曲折的故事所吸引。这些故事，成为我的文学启蒙，为我打开了启智之门。许多年以后，我也像父亲一样，在每个传统的节日重复着那些故事，偶尔也会在老宅里过春节时，沿着父亲的足迹重复着这套虔诚的仪轨。可是，发现儿子只记住了表象的仪式，却对那些曾经让我入迷的故事不甚上心，或者说完全提不起什么兴趣。久而久之，那些故事已渐渐地在我的脑海中淡化，只剩下了没有细节的故事名字。

随着年龄的增长，在时光荏苒、父亲慢慢远去的背影里，我逐渐明白，点"松盆"，父亲点燃的不仅仅是那堆高涨的火焰。守岁，也不仅仅守的是亲手打开的满院灯火和那一盏摇曳的长明灯。父亲点亮的是对全家人满满的祝福，点亮的是对美好生活的衷心祈愿，点亮的更是心中对家庭和生活不灭的希望。守岁，守候的也是对家人的责任，是对苦难的担当，更是在守候永不熄灭的希望和光明。就像每年大年初一的早晨，母亲打量着结在长明灯芯上豆大的灯花，眉开眼笑、意味深长地说一句："昨晚的灯花结得真大，今年肯定是个好年景，日子会更好。"

我不大赞同把希望寄托在虚无缥缈的鬼神或满天神佛身上，"天地不仁，以万物为刍狗"，若老天真有眼有灵的话，也不会让生活无端增添更多的苦难和痛楚。但是，我也坚信，生活中，只要有付出，就会有回报；我也坚信，生活中，总会有阳光，总会有云散日出的时候；我也坚信，生活，还是需要充满希望，有希望总比绝望要好。

父亲已经走了十多年了，守岁的习俗，以及那套繁杂无趣的仪式，还在重复着、延续着。虽然，儿子只是记住了表象，但我也相信，等他慢慢地长大，等我慢慢地老去，他也会明白：传统更重要的是传承，传承家族血脉、传承和发扬优良家风、传承家庭和家族的希望；还会明白，维护和继承传统，也是在传承和延续伟大的中华文明。

"芳林新叶催陈叶"，一切的传统和传承都在生老病死、方生方死的轮回中起伏不定地延续着，在新老更替、推陈出新的淘漉中继承和发扬着。

每个除夕的夜里，耳边除了震耳欲聋、彻夜不息的爆竹声和烟花礼炮声，还回荡着委婉缠绵、凄美动人的上古传说和神话，还有那熊熊燃烧的火焰、那股扶摇直上的青烟，更有父亲倔强而虔诚肃穆的面容、母亲在大年初一的清晨，那一声意味深长的祝福和祈望。

2019年6月15日于贵德

在岁月中淡去的年味和人情世故

自从母亲去世后,老大提议,兄弟姐妹四个都在河东老宅过春节。这个提议,最初是怕母亲还未走远的灵魂过于孤单寂寞,后来却在不知不觉间延续了下来。

于是,这几年的除夕和春节的头三天,大大小小十几口就都聚拢在老院子的新楼房里,热热闹闹地过年。红火热闹的气氛,比母亲在时还要非凡许多。仿佛,大家又都回到了孩提时代,回到了父母在时的家园,回到了记忆中困苦却充满温馨的港湾。

年三十晚上,在新年的钟声响起之前,照例是我带着侄子和儿子,房前屋后的插香、行礼,点"松盆"接神,然后看着孩子们兴高采烈地放爆竹,放烟花。

过了午夜,一家大大小小都有些疲倦,早已困乏得睁不开双眼。陆续地睡去了。而我,独自一人,在空旷安静的屋子里泡一壶茶,什么也不去做,只是静静地坐着,天马行空地胡思乱想。偶而给自己点支香烟,在神位前磕三个头,续敬三支香,自斟两杯小酒,以驱赶渐起的睡意和渐重的寒意,直到夜色悄然退去。

天色渐亮,勤快的老大总是起得很早,"沙沙"的扫地声从一楼阳台外传来。

其实,以前过年的时候,年三十当天,午夜前母亲把屋里屋外收拾干净后,春节三天是不扫地的,万不得已的情况下,也最多把大块的垃圾捡出去,尤忌扫地和出门倒垃圾。照母亲的说法,春节头三天扫地倒垃圾会导致一年财运外流。但是母亲不在了,老大想扫垃圾也就无所谓了。毕竟收拾得干净一些,还是会舒心些。

吃过早饭，因是新丧服孝期间，照例是连续三个春节都不出去串门拜年的。只有坐在家里等庄员（同村村民）以及亲戚们来拜年。一直到上午十点钟，陆续地才开始有人来拜年。

起初是一帮子七八个小孩，呼啦啦拥了进来，呼啦啦鞠躬或趴在地上磕头，参差不齐地大声喊着给爷爷、奶奶、叔叔、婶婶拜年一类的吉祥话儿。老大赶紧拿出一沓五元面额的压岁钱，在孩子们的半推半就里塞到小手中。偶尔，看到一张熟悉的面孔，赶紧俯身向他询问其他小孩都是谁家的。

由于平日里忙于工作，猛然发觉村里已经多了许多陌生的面孔，比如新娶的媳妇们，还有新生的孩子们。土生土长的村庄不知不觉地多了一些陌生的感觉。

快到中午时，来家里拜年的人慢慢多了，都是一家子兄弟几个，或平日里相熟的在谁家凑巧碰上，便结伴而行，但总归和我们都是相熟的，即便许久未见，也不生分。女人们已经收拾了下酒菜，端上了桌，老大和我就开始挨个敬酒。有不着急走的或多年未见的发小，就开始划拳喝酒，小叙家常。寒暄当然是老大唱主角，我负责倒酒、喝酒，偶尔，回答一下别人有针对性的问题或者只是笑而不答。

在推杯换盏、迎来送往里，过了中午，人就慢慢地少了，大姐、大嫂和夫人收拾桌上的碗碟筷勺。突然，大姐说："现在过年一点儿也不热闹，早上拜年，快中午了才有人来，来的人也不多了，以前，天未亮就开始拜年了，一直到晚上，都有人来……"

是啊，小时候陪着父亲守岁，记得每年的大年初一，凌晨四五点钟，母亲就已经起床了，磕头敬香，续点油灯，然后去做早饭。相继兄弟姐妹们都起床了，挨个在神位前趴着磕头敬香，房间里的年味随着缭绕的烟气逐渐浓了起来。母亲的早饭收拾好了，全家围坐着，就着几样荤素搭配的爽口凉菜，照例吃清清淡淡的酸汤长面条，预祝一年顺顺利利、平平安安。据我多年的实践、观察和了解，早上吃面条，更主要的是为了让男人们吃到饱，暖好胃，这样白天喝酒不易醉。吃过饭，姐姐们开始陪母亲在伙房收拾白天招待客人的菜肴，父亲就带着我兄弟俩出门拜年了。

出门，先去二伯和四叔家，父亲带着我们恭恭敬敬地趴在地上，给祖先敬香、磕头。起身稍坐闲聊几句，便告辞离去，同行之人往往就多了四叔的两个儿子。前行不到百米，在村十字路口转个弯，就是外公家了，照例由父亲带着，重复先前的动作和仪式。在外公家里，当然会坐很长时间，因为外婆已经煮好了饺子。我们吃饺子时，父亲会喝小舅敬的几杯酒。吃过饺子，拜辞出门，依次是几个舅舅家。然后要全村挨家挨户去拜年，不可遗漏一户一门。

到本家亲戚或村中健在的长者家里，父亲依旧带着我们几个磕头行礼，在其余平辈或小辈家里，父亲鞠躬，我们照旧是要磕头的。直到现在，初一拜年，我们依旧遵循着以前拜年的路线、顺序和仪式。不同的是，磕头基本上被鞠躬代替了，出门的时间也越来越晚了。

以前的大年初一拜年，从凌晨一直会延续到晚上。不像现在，一个上午就结束了。鞭炮声一年胜过一年的密集和响亮，街上的人们一年胜过一年的拥挤和匆忙，小区里的车位也一年比一年紧张和逼仄。社会进步的越来越快，生活一天比一天丰盛和多彩起来，我也一天天长大，年味却一年比一年淡去了，对过年的期盼也慢慢地淡去了。

淡去的年味，一方面是食之味，另一方面则是人情世故了。

记忆中的年，其实就在那个困顿的岁月里那些简单而富有变化的美食里。尤其是在小县城里，各家各户桌子上热腾腾的土火锅里。

贵德的土火锅不同于鲜涮火锅，早期的锅子是陶土烧制的粗瓷，色以青黑为主，底座除装炭生火外，兼具除灰和进风口的作用，肚大浑圆，中竖一烟囱，外表极其古拙简陋，甚至粗糙得有些丑陋。但烧出的火锅味道极其浓郁，有独特的清香。

由于在连续的使用过程中易碎裂，动辄需购新替换，不耐用且费钱。慢慢地被铜火锅代替了。粗陶土火锅现在极难见到。但是，粗陶和各色蔬菜，在鲜红油亮的汤汁中碰撞出的那股清香，却也成为记忆中年的味道之一，只能在午夜梦醒时，或给儿子的叙述中才能品味咂摸了。

县城里的老人，像我母亲一样，习惯把做火锅称作装火锅。火锅，由早期的只有酸菜白肉粉条，撒少许青菜红椒，发展到现在的"海陆空"齐全，不管用料简单还是丰盛，都一定要把火锅肚子装得胀满，一定要溢出锅沿一层，方显待客之道和主家的诚心实意。

那些年，大年初一不辞辛苦地跟在大人们身后，仅靠着"11路"步行拜年，最大的心愿就是为了满足口腹之欲，顺便挣些一角、两角的压岁钱。时隔半生，犹然记得，味鲜料足的几家老亲戚家火锅的味道和出手阔绰的几位叔伯。

那会儿，拜年，一天转十来家亲戚，就要吃十来个火锅，直到吃得肚儿浑圆，吃得昏天黑地。这种吃法，对于现在的人或城里人而言，简直是不可理喻和难以忍受的痛苦和折磨。就如我的夫人，刚结婚的那年春节，初一携她同去拜年认亲，每到一家，先吃火锅，随后上凉菜喝酒……据夫人统计，当天共吃了十三个火锅。当然，有些只是浅尝辄止。于是，从第二天开始，夫人就拒绝出门拜年了。但是，那时的我，却乐此不疲并热烈地期盼着。

我始终相信，火锅是大家对生活的希望和期冀，是红红火火的风生水起，是圆圆满满的家庭幸福，装满了一切祝福和祈愿。

不知何时起，县城开始流行春节前团拜，年的味道也就更淡了。

团拜，就是十几家亲戚，或朋友同事，或同学校友等等此类，在春节前某一天，约聚于某一饭店或农家乐，吃吃喝喝，或尽欢而散或不欢而散。

团拜，看似热闹非凡。但，真不是个好习俗，几年团拜下来，关系稍远的亲戚们之间就更加疏远了。每年聚会时，夫人总会问："刚才敬酒的是谁？"大部分时间，我只是难以肯定地回答："好像是某某家的吧？应该是。""互相都不认识，算哪门子亲戚。""你看每一桌几乎都是自家人坐着聊天。"夫人有些不喜地说着。

是啊，团拜，省了不少事，省了礼节钱，省了时间，省了汽油……团拜也让年少了许多传统，少了火锅的味道，少了三姑六婆的人情，少了亲戚间的亲情……

2019年春节，是一个祥和温馨的春节。年初二的早上，我约了二位姐姐的全家，准备回村拜年。老大一家则在节前去了嫂子娘家过年。

到了村里，不期而遇了四舅一家和小姨一家，于是大家搭伙结伴，先到大舅家，最后到二舅家，中途，我们姐弟三家又抽空去了四叔儿子家。照例是各家火锅、凉菜、热菜流水似的上桌，互相不停地敬着酒，碰着杯，酒过三巡，吆五喝六地开始划拳。寒暄着过去的事情，不着边际地讨论着时政要闻，说说谁家娶了儿媳妇，哪家的老人西去一类的话，直到宾主皆欢皆醉。

出了村，回家的路上，大姐突然说："过年，还是要转哩。团拜把亲戚们都丢远了，再不转，以后我们死了后，娃娃们去报丧，连亲戚家的大门都找不见啊。"于是，车内已醉的、将醉的、清醒的，七嘴八舌地讨论应该怎样过年的事情。

是啊，姑且不论如此暴饮暴食是否有碍健康，是否符合养生，是否过于奢靡浪费。我只相信，我吃到的是饱含心意的、真挚的人情，喝到的是斟满酒杯的、难舍的亲情，看到的是满怀祝愿的、长辈的期望。

有些传统，还是应该择优而袭的。譬如拜年转亲戚的习俗。"泱泱华夏""礼仪之邦"，自古以来，讲究的就是一个人情礼仪，注重的就是"礼尚往来"。这礼，不是礼品、礼金，而是礼仪。礼品之类只是心意的寄托，应铭记"礼轻情意重"，当有"鹅毛赠千里，所重以其人"的豁达，否则就有攀比、奢靡之嫌了。荀子说"礼者，人道之极也"，《左传》曰"礼，经国家，定社稷，序民人，利后嗣"。人情通达，礼尚往来，这不仅仅是为人处世的道理，更是个人的修养和处世心态，也是维系亲情、友情的基本纽带，人情世故若无往来，礼又将何去何从？

所有的文化传统都是需要传承发展的。传承的是精神，是去芜存精的精华和精髓；发展的是创新，是顺应潮流的变革和继承。传承发展，不能只是湮没在经史典籍之中，不能只是停留在无边回忆之中，也不能只是存留在虚无的想象之中。

对祖先亡人的思念和祭拜，对亲情友情的维系和延续，对家庭、家族的责任和担当……这些，作为形成中华传统文明体系的基石和脊梁，都应该是被身体力行地传承下去的。我经常给夫人和儿子这样讲，其实也是在讲给自己。

年的味道，是炊烟的味道，是人情的味道，更是家的味道。年味应该是愈来愈醇香浓厚的，而不是淡淡的消散。

2019 年 6 月 22 日于贵德

田社祭祖雪飞扬

——祭祀与郊游合而为一的日子

"清明时节雨纷纷,路上行人欲断魂。"春寒料峭,雨透衣衫,悲思愁绪上心头。可见清明确实是祭祀吊唁亲人的传统节日。"借问酒家何处有,牧童遥指杏花村。"话锋一转,愁思消散,春意闹枝,邀友共聚酒旗下。可见清明,自古以来也是踏青郊游解心忧的欢乐日子。

我所在的高原小县城的祭祀却鲜有在清明时节的,要早一些。我们的春季祭祀是从春分前一周开始,一直到清明节前结束。没有春祭日期上明确的要求和呆板的规定。

春分祭祀,当地老人们统称为"田社"上坟,年轻人称"田社"的很少,却也是有一些的。奇怪的是读过书上过学的几乎不说,反而农耕在家的一般都这样说。

至于出现这种对传统节日的不同称呼,最主要的原因,也许是读了几天书,识了几个字,只知有"清明",而不知"田社"二字,遑论出处、来历。遂自以为是地认为"田社"的称呼是不确切的,就想当然地改了称呼。这个原因,虽是我揣测之意,其实是极有可能的。

关于"田社",以前,也多次问过父母和村里的长辈们。但是,都不知其意,或模棱两可,说法不一。能与"田"沾点边的说法大约是:自腊月三十,上坟请先人到家过年,到十五以后送先人归阴间。清明前,鬼门一直洞开,各路亡灵都在天地间自由地飘荡着。直到春分前后,万物复苏,春意初醒,为了防止亡灵游魂践踏青苗,困扰人间,所以要祭祖送灵。如果春分前后不送亡灵,鬼门关一旦关了门,祖先们就会成为真正的孤魂野鬼。"社"，本意就是古代祭祀土神的地方，也代指祭祀的礼仪和时间。如春社、秋社等。

但是这个说法，只是我根据父母曾经的解释，自己牵强附会的臆测。

为了确认"田社"的由来，弥补自己的无知，查询了一下出处，出自曹植《社颂》："田则一州之膏腴，桑则天下之甲第，故封此桑，以为田社。"简而言之，应该是古代祭祀田神的地方，是祈请大地赐福于民的仪式，与祭祖没什么干系。

我依然倾向于父母的讲述，因为每次田社祭祖，总是从祭祀后土神开始。仅就这点而言，田社已将祭祀神灵、阴灵和先人亡灵完美地结合起来了。

当然，上坟祭祖，只是个仪式，只要能表达自己对祖先的缅怀和思念就足够了，也不用过于追究什么称呼，怎样去称呼的问题了。这些问题不如交给比我专业的人士，比如考古学家、史学家什么的吧。

村子里上坟祭祖的日子明显多于省内许多地方。首先，肯定比县城里的人们上坟要勤快频繁得多。大小节日、二十四节气都无一例外，都要上坟给先人送去衣食香火。当然，最重要、最隆重、最重视的除了春节，当属田社无异了。

每年的田社前夕，和姑姑、叔伯们约好日期，一般都是选在周末，以方便上班族和远方的亲人们。

然后母亲就开始准备祭礼了，上坟的大馒头，俗称"盘"，十二个是定数。以前直到现在，重要的场合，尤其是至亲或近支长辈去世，一定要有"盘"。至于为什么把白花花的大馒头称之为"盘"，可能是因为统一装在木制托盘里的缘故吧。

蒸好的馒头，母亲都会耐心细致地用筷子头醮上红曲泡的水，挨个点上红印。如果，馒头蒸开了花，母亲会笑着说："先人们喜欢地笑着呢，馒头都开了花了。"边说边在馒头花瓣上再挨个点上红印。我觉得，母亲的话是有哲理的，要不然，为什么当地人形容笑容灿烂的人，总是会说"笑得像馒头般地绽开"呢！

蒸完馒头，照例，是要做"合页"的。所谓的"合页"，其实就是把发面擀成直径寸余的厚圆，两面用新木梳压上对称的花纹，然后对折成半圆，再把半圆的两头捏起两个弯弯的小角，立马上笼屉蒸。出笼的"合页"馍真的能像门窗上的铁合页一样，开合自如。母亲也称之为"福儿"，是因为这种形状类似于蝙蝠的样子，而蝙蝠是代表着福禄的传统吉祥物，包含着祈福和祝福的寓意。

那真是美味而精细的食物，如果里面再加上一片为上坟准备的热乎卤肉，或者卤蛋、凉菜什么的。那味道是极致的，发自味蕾和心底的难以抗拒的诱惑。

许多年过去了，自从住到楼房里，厨房逼仄，多有不便，母亲也就不做"合页"了。当然，田社除了热腾腾的大馒头和精致的"合页"馍，还有随着蒸蒸日上的生活变得日益丰富的各式凉菜。

现在，省内非清真的饭店里，大多会有一道菜"红福肉夹饼"。精美细腻的瓷盘中间有一小碗腐乳肉，外面摆一圈"合页"馍，挺好看，但是只有半圆形，缺了两个弯弯的小角，总觉得有形无神，少了这种食物的内涵和寓意，也没有母亲昔日做得别致、有味。也许是多年来，饭桌上丰盛的食材让我们的味蕾变得过于挑剔和苛刻了，也许是因为再也回不到童年的家园，找不到童年的自然和纯真了吧。

自从上学时读了杜牧老先生的《清明》，便在每年的田社，期盼着邂逅一场春雨里的祭祀。

尤其是近年来，每逢田社，便在心底默默地祈祷着一场纷纷扬扬的春雨。希望让春雨带走对父母的思念，渴望着春雨里兄弟姐妹们醉卧坟头诉衷肠。但是，三四月的高原小江南，虽然绿意萌发、春意躁动，期待的那场雨却是迟迟未见。而且，依据气候类型来说，几乎是不可能在田社期间见到春雨的。

到现在，虽然没有等来田社春雨，却在多年前，邂逅了一场白雪纷飞的田社春祭。

十来年前，刚结婚不久，儿子还未来得及赶到这个世界上，母亲也还健在。和大家约好春祭的日子，一切准备就绪。

早晨，拉开窗帘，外面已是白茫茫一片，纷纷扬扬的雪花还在不停地从天空洒落。一直等到十点，雪依然没有丝毫停息的意思。大家伙儿一合计，田社上坟遇上下雪，也算是破天荒的头一遭，体验一下，可能也是别样的风情和意境。

于是，在年轻人的鼓噪和操动下，在满天飞扬的大雪里，高高兴兴地义无反顾地向小泉山上的祖坟出发了。显而易见，对于踏雪野游、户外家族分支聚餐的兴致已冲淡或遮掩了祭祖追远的忧伤和思念。或者说，这就纯粹是借祭祀之礼，用活着的人的幸福和团圆向先人们表示哀悼的另一种方式和礼仪吧！

虽然，没有探究过风水堪舆之术，也不大相信分金定穴之用，但是，窃以为，我家祖茔之地还是称得上风水宝地的。山形自正中间最高处缓缓削落变低，如双臂环抱，形成三面遮风的半环形平坦宽阔的小盆地，远远望去，恰如一把古朴的圈儿椅。前面是自然形成的山川泄洪沟，这些年，除了下暴雨，已经很少见水——以前，春夏秋三季都是有水的。再往前，除了延绵不绝的山峦，依然是层层叠叠的山峦，最远处，依稀能看到皑皑雪山顶，在阳光下熠熠生辉。似乎，祖茔所有的坟都朝向那个雪山之尖。

白雪覆盖下的山谷，寂静而悠远，空旷地只剩下寂寥。白雪掩盖下的孤独的坟头，像极了父亲临终时的白头，沧桑而又无助。泪水，象征性地滑过脸庞，便在七嘴八舌的嘈杂声里消散在漫天的雪中。这纷纷扬扬的雪，这飞扬在田社祭日的雪，是父亲捎给母亲和我们的，让我们勿念勿思的讯息，还是寂静的夜晚，我对父亲偶尔的思念和愧疚，也许，兼而有之。

母亲和姐姐们各自拿出祭品，念念有词地从后土开始祭献，说道的，不外就是向先人报平安，祈愿保佑平安一类的。年轻人们，开始往坟堆上添新土，三铁锹一背篓，每个坟头不多不少，只添三背篓。新坟，照例是三年不添土的。然后，我跟着老大，向四周抛撒馒头、凉菜、酒食，以免穷鬼、恶鬼来抢了先人的祭食。随后，烧纸、焚香、插香、叩头。仪式，从来都是简单的，简单地如同那份随着时间的流逝，越来越淡的思念之情一样。复杂的只有多变的人心和物欲横流的世界。

每一座坟都是活着的诗，每一座坟都是掩藏着的写在心底的散文诗，是祖辈们对人生的诠释、对生活的哲思和希望。

祖茔的坟头，不停地密集了起来，父亲的兄弟姐妹们几乎都聚全了，妯娌们也聚了有一半了，所有的恩怨是非，应该都放下了吧？应该是丢了"锄禾日当午"，没有了"汗滴禾下土"，只剩下日日把酒言欢，看云淡风轻、看花开花落的随性惬意了。

父亲走了二十多年，母亲去陪伴也有几年了。我想，父母现在至少是不孤单的了，"少年夫妻老来伴"，在阳世上未来得及相伴相守，总算不用再分开了。况且，"儿孙自有儿孙福"，如今，也不用再天天去看儿孙们的脸色，不用担忧儿孙们的前程，应该也是幸福的。

祭祀的礼仪一旦结束，剩下的时间和事情，就只属于活着的人了。

所有人手忙脚乱地在坟前平地上，铺上塑料布或其他什么东西，把各家的肉、菜、蛋、馍等整齐地摆上去，打开各家的酒瓶。随便在雪地上铺些塑料袋一类的，就围坐在雪地上，开始家长里短、嬉笑玩闹，偶尔甚至会谈起旧事，论两句先人是非，触及伤心事，也会不时掩面抹泪。但是，总的来讲，是欢快、热闹的。身后，不远处，就是那一堆堆添了新土的孤独的旧坟堆。

坟上毕竟是不耐久坐的，一来没凳子，近年来，大家身体都发了福，坐在地上不甚舒适；二来坟上无遮无拦，天阴时冷，风劲雪疾。所以，闲聊一个多小时后，就兴趣索然地撤回老家院子里了。

回家，趁着祭祖野炊的兴致正浓，正式的吃喝才拉开序幕，直到酩酊大醉，直到华灯初上，杯盘狼藉。只有神位前烧落一地的香灰，只有神位前摇曳的油灯，提醒着我们，今日是田社，是祭祀祖先的日子。

清明也好，春分也罢。田社祭祖，只是春天里的一场隆重的仪式和聚会，唯一的区别，是活着的人用自己的方式去宽慰自己不是一个数典忘祖的人。

祖先是活在心中的神灵，不管方式、形式如何，心意或者说是仪式有多么重要，更重要的是开心就好。活着的人开心幸福，就是先人们最大的期望和祝福。

2019 年 6 月 26 日于贵德

中秋祭月

每个宁静的夜晚，和夫人静静地坐在阳台上，读书、品茶，聊聊儿子的学习和生活。有时，什么也不去做，甚至什么也不去想，只是点燃一支沉香，安静地看着轻袅的烟雾在皎洁的月光里上升、梦幻般飘散。

这个时候，夜是静的，人是静的，回忆是深沉而悠长的。

七月底，儿子放暑假了，暂时结束了住校求学的苦闷。我和夫人也是难得一份清闲，暂免了每周的两地奔波。生活，又恢复了以往的平静和美好。

晚上，儿子写完作业，坐在阳台上和我们一起喝茶看书，聊天的时间也慢慢地多了起来，聊天的话题也丰富了起来，小小的阳台上，也多了一些欢声笑语。当然，聊天还是围绕着儿子的学习和生活。虽然，不是完全说教式的教育，但也不外就是想尽办法，向儿子灌输我们自认为正确的人生经历和感悟，也许能起到一些指导和指引，也许，对他而言，只是嗤之以鼻、不屑一顾的谬论罢了。毕竟，生活对于他们年轻人而言，只是刚刚开始的美好，困难和挑战还未来到。就像我在他这个年龄时，依然喜欢在夏日的夜晚，和父母坐在庭院的老梨树下，沉浸在月光里流淌的神话中。

亘古的月光穿越时空把银色的光辉洒向人间大地，于是，夜归的人们就有了方向，深沉幽远的夜多了一份清冷的光辉，生活也仿佛远离了疲惫困顿，只剩下闲适、安宁。

乡村的人们不会有在月光下吟哦、品茶、论道的时间和精力，生活的重担和不辞辛劳的农事，也让他们减退了对诗情画意的雅兴和情趣。

只有在夏收之后到中秋之前的农闲时节里，为了躲避难耐的酷暑，泡一大杯醇酽的老伏茶，在老梨树下的桌上，摆上自家树上现摘的杏子、李子……偶尔也会有几块西瓜，西瓜也是村里自产的。然后，一家老小耗费大半夜的时光坐在夜晚的星光和月光下。父母谈论的话题永远是油盐酱醋、吃穿用度，而我们兄妹几个只关心夜晚的清凉和玩闹的开心。

就像今晚，阳台的茶桌上，除了心爱的茶具里溢满茶香，桌子上也放着一盘包谷杏、一盘黄李子、一盘西瓜。杏子和李子是儿子从老家果园里摘的，西瓜是路边小摊上买的。村里小河滩的瓜地早已盖满了楼房，虽然，我每次经过，依然都能闻到发自内心深处那幽远的沁人心脾的瓜香。但是，也只能闭上眼睛使劲地深吸一口气在记忆中闻一闻了。嗯，真香，那是真正的历久弥香，跨越了时间和空间的瓜香。

如果说，我还有一丝保留的童真童趣，还有一些浪漫主义情怀，那么，我相信，这一切，都来自我的乡村生活，来自每个中秋的夜晚，来自母亲在每年中秋之夜讲述的童话。

月有阴晴圆缺、朔亏望盈。夏收之后，田间地头的工作轻减了不少，父母的生活也慢慢地少了些许忙碌。果园里的各种水果也依次走下了枝头，走上了餐桌，先是杏子和李子，然后是沙果、葡萄、长把梨、苹果等等。当然，还有那由金黄饱满的麦粒华丽转身而来的洁白面粉做成的各式面点。生活物资的日渐丰足，为中秋这传统的节日增添了更为浓厚的气氛，增加了一些丰盛的内涵。譬如中秋祭月的盘龙大月饼以及各种时令瓜果。

中秋前夕，母亲都会很奢侈地购买二三斤红糖、一些葡萄干、核桃仁之类的东西，为中秋祭礼做着准备。当然，在那些困难的年月里，不要说什么葡萄干，就连红糖也会减一些数量。

南方和北方，在地域、人文上的差别，也带来饮食文化上的巨大差异，就连小小的月饼，其大小、形制、馅料、制法都是大相径庭。南方的月饼，自然是大家熟悉的那种传统的制式。如果说，南方的月饼是精雕细琢的婉约精致、小巧可人，那么，北方的月饼就是刀劈斧凿的豪放粗犷，大气而不失细腻。北方的，确切地说是母亲的月饼更像一个跌落凡间的月亮。

　　作为中秋祭祀的主角——盘龙大月饼，首先就是大，和我家蒸馍的笼屉一样大小，直径足有四十厘米出头；其次，制作祭祀用的月饼是很复杂而繁琐的事情，这一点上，耗费的工时和心血是足以媲美南方糕点制作的，犹有过之。头天晚上母亲和好面，面和水的中和，加入一整晚时间的味道，自然发酵得恰到好处，变得暄软蓬松。然后把发面分成许多份，加入各种食用色素，调和成五颜六色的面团备用。红糖中加入夏天制作的糖玫瑰浆、核桃仁、花生碎、冰糖粒等，浇上熬制的猪油或羊油，调和成营养美味的馅料。虽然，这些东西在现在看来，都是很平常的配料，甚至不符合健康养生的理念，但在那个寡淡的年月里，却是平常难得一尝、期盼一年的美食。没有添加色素的面团均匀地擀开，擀一层，铺一层馅料，如此反复五六次，然后包好边，月饼的主体算是基本完工了。看上去如摆在面案上的一轮洁白的月亮，大小比笼屉稍小，为蒸制时的膨胀留一些余地。擀、包的过程，讲究薄厚均匀，不可太薄也不可太厚，薄厚之间全靠心中把握，这也只能意会不可言传。

　　剩下的事情，才是重头戏，是整个月饼制作过程中最繁杂的工序。需要母亲充分发挥她的想象，以精湛的技艺，精雕细琢地让心中的神龙具象地呈现的时候。只见母亲时而手搓，时而反复地折叠面皮，时而借助竹签、梳齿等小工具压花，时而刀切针挑。不知过了多久，母亲把制作好的五颜六色的精巧的面艺制品，一样样摆拼到先前做好的月饼主体上，再经过简单地修饰调整，撒上零星的葡萄干。瞬时，一条神气活现、腾云驾雾的神龙惟妙惟肖地呈现在眼前，扑面而来。

　　一切准备工作就绪，剩下的事情，依然要交给时间来处理。母亲所要做的是在长达近两个小时的时间里，掌握拿捏好火候。而我已经迫不及待地期待着夜幕降临，皎月临空，时隔一年的美味已从记忆中穿越到我的味蕾，我急不可耐地想要享用美食了。

　　吃过简单的晚饭，帮母亲把供桌从屋内搬到院子中的桃树旁边，摆上葡萄、梨、桃等精挑细选、饱满诱人的供果小盘，中间自然是唯一的主角——五彩缤纷、香甜扑鼻的盘龙大月饼了。但是，从小我就知道，不管我如何闹腾，这月饼也只能在母亲的祭祀仪式完成之后才能享用。

所谓的仪式，甚是简单，焚香、对月磕头，然后母亲小声而简单地向月神祈祷、祈愿。我从未关心过母亲祈祷的内容。但是，现在想来，无非就是，希望家人健康平安、风调雨顺一类吧。中秋节，虽然有思乡、团圆的情感寄托，不过，那个时候，一家人都在一起，当然用不着借中秋月明来寄托什么相思之情了。

祈祷结束后，月饼，依然是只能满足眼睛的欲望的、充满诱惑的陈设，而且是残酷而漫长的。整个仪式最重要的还是赏月，一直要等到月上中天，才算是圆满结束。

所谓的赏月，就是一家人沐浴在清凉皎洁的一轮明月下，母亲给我讲"牛郎织女""董永和七仙女""许仙和白娘子"的故事。这些故事，不知道母亲是从哪里学到或听到的，没有什么华丽的辞藻和形容，只是简单的叙述。甚至，讲故事的母亲并不明了"天仙配""白蛇传"这些名称，却依然总是能扭转我因关注月饼而垂涎欲滴的贪欲。

父亲在身体无恙、心情舒朗时，会讲年轻时的一些经历和见闻。年轻的母亲，也会唱一些童谣和样板戏，那时的中秋是煎熬的幸福，月圆人团圆，并且充满了希望和朴素的愿望。

盘龙大月饼，是一种统称。母亲有时候也会在月饼的上面做一只凤凰。奇怪的是，我从小到大，只见过母亲和村子里的妇女做龙凤图案为主，缀以花草的月饼，其他地方，都是以花卉为主要元素。当然，现在是商品经济的时代，许多人家里都不做这种费时费力的大月饼了，我已多年没有见到了。

曾经的中秋之夜，其实是我人生中第一次接受的关于爱情、生活、家庭的教育，并对善恶、美丑有了简单的认知，启蒙认知的课堂是父母的老院子，老师是我的父母，同学只有懵懂的高高在上的明月。

也从那个时候起，我始终对美好的爱情充满了希冀，对幸福的生活充满了希望。直到现在，虽然是人到中年孰不易，却也能将愁思寄明月，一切的磨难、一时的困苦，只是一次考验、一次磨炼罢了，生活还是要按部就班的继续。

时至八月，又是一年中秋将至，月亮依然会如约而至，祭月的月饼却成为历史,讲故事的父母也只是偶尔在记忆中闪现。"每逢佳节倍思亲",现在,在月色如霜的夜晚,我才感同身受着诗人思念的孤寂、悲凉……

2019 年 8 月 11 日于贵德

辞暑迎秋话七夕

今日是农历七月初七，传统的七夕佳节。乌云掩月，星河暗沉，鹊桥相会当然也只能是意会的美好了。

虽然，鹊桥会，只是虚无缥缈的神话故事，但是，传统的七夕佳节，不仅仅只有爱情。除了对美好的爱情、美满婚姻的祈福和希冀外，还应该有一些其他的东西，比如年轻女孩们相互炫耀女红，以此向天上的织女乞求心灵手巧的技艺等，而这也正是七夕也被称为"乞巧"的意义。七夕节被称为中国"情人节"，自然也是贴切的，总比一股脑跟着西方人过洋节，要好很多。

当然，现在的女孩们会女红的实在是没有几个了。这是时代的进步，也无可厚非。

中午的时候，家里闷热难耐，所有的窗户都完全敞开着，客厅的温度表上依然显示室内气温二十七摄氏度。窗外的树梢完全静止地曝晒在烈日下，屋子里感受不到一丝风的气息。

跨入八月，高原腹地的早晚已稍显凉爽，白天却依然感觉酷热难当。"明天就立秋了，天气应该会凉快下来。"夫人看着赤裸上身、使劲地挥动着大蒲扇、明显有些烦躁的我，淡然地对我说。

"可能还是我太胖了。"汗流浃背的我这样想。因为夫人和儿子两人似乎对于这种温度蛮适应的，在旁边的沙发上惬意地喝茶看书。我已经想不起来二十年前求学时，是如何挨过西安的夏天了。那会儿，我很瘦，记忆中，似乎西安的夏天也没有如今的贵德热。可是，我知道，那是不可能的。

这几天的夏天，算是真正的夏之尾了，入夜，已是秋意乍起。

入夜时分，外面就开始下雨了，未闻雷声，未见闪电，一阵呼啸的疾风吹过，雨的气息已从窗外扑面而来，"噼里啪啦"地打在阳台窗户上，雨势很猛，如疾风扫落叶般席卷了最后的暑气。白日的苦闷一扫而空，一股清凉顿时入怀、入骨，让我清爽不已，顿觉神清气爽，心境澄明。

天凉好个秋。

虽然明日才立秋，伴随着夏天的这最后一场雨，夜已微凉。夫人有些难挨秋凉，起身披了一件外套，陪我在阳台上喝茶。

抽空翻了翻手机，整个微信朋友圈里晒满了各种温馨的爱情和七夕的暧昧。

传统的节日里，人们已经不在乎传统本身和传统的仪式，只是把所有的一切寄托在网络的虚拟里，并把强大的网络运用到了极致。

不管远隔千里还是近在咫尺，似乎，这一切都无关紧要了，把一切的爱恋、希望、祝福、祈祷，全部交给双手，留给网络，分享给熟悉和陌生的人们，节省下自己和对方的语言。我想，这种情感的表达方式，已经失去了感情层面上的意义，完全成为一种表现形式，或者说，只是为了表现一种存在，是完全没有必要的。

我和夫人在每个夜深人静的时候，在阳台喝茶看书，有时会聊一些事情，也会在清幽的月光下说一些悄悄话，也有可能一句话也不说，只是静静地邀月对酌，沉浸在"对影成三人"的浪漫里。只是，我真的无法想象，相对而坐的我们，把交流和爱意交给网络，用冰冷的手机来表达，是一种什么样的场景。

也许，会有别样的风情和意境，是另类的风趣和雅致。但是，我是不想去尝试的，我担心，长此以往，我的语言功能会退化，而我又不会哑语；我也担心，我从此失去思考的能力，只懂得转发和分享别人的情感；更加担心的是，两个相知相爱的人，两颗火热的心从此变得冷漠，只剩下机械地输入和输出。

不过，说真的，网络和电子产品也并不是一无是处。毕竟，这是不断进步的科技文明的时代，是网络、电子、信息化的时代。

先进的科技，几乎无视空间、时间的限制和约束，地域影响的差距也在不断缩小和弱化。网络时代，在给我们的生活带来巨大的冲击和变革的同时，更多的是共享的便捷和发展的契机。就像现在，儿子在卧室里上网课，自由地选择自己的短板，孜孜不倦地听取名师名家精彩绝伦的解惑答疑；夫人在各大购物网站上自由自在地精挑细选心仪的茶器和新奇的小物件，而我，自然是抱着平板电脑东拉西扯地书写着文字。

窃以为，自己不是一个反对网络、反对电子产品、与时代的进步格格不入的人，更不是一个恪守传统、墨守成规的复古派的老古板，我的生活已经离不开网络的包围。曾经，和别人开玩笑："现在的我，可以一天不吃饭，也可以一天不喝茶，却绝不可以一天没手机。"现实，似乎真的是这样，与外界日益频繁的联系，工作上的文件往来、上传下达，资讯信息的更新学习，甚至孩子的学习和所有突发事件的应急等，都成为手机的强大功能。手机让我暴露在这个电子的社会里，无所遁形。

说到手机，想起许多年前，母亲在中秋的月光里，讲给我关于牛郎织女的故事和七夕鹊桥会的传说，不禁哑然而笑。中国传统神话故事里的"千里眼""顺风耳"，不就是现在每天都在用的手机等电子产品吗？"昊天镜"不正是"天眼"监控网络吗？而这些不就是儿时听神话故事时，自己最渴望掌握的仙魔神通吗？原来，儿时可笑的、不切实际的梦想，早已变成了现实，只是自己不知、不察、不明啊！

月暗星稀的七夕，鹊桥还能横跨银河吗？我真的想送两部手机给牛郎织女，让这一对苦命的神仙眷侣，虽隔迢迢银河，也可日日时时视讯往来，聊解相思苦。犹恐失了"两情若是久长时，又岂在朝朝暮暮"的婉约意境，反而不美了，只好把这份愿望悄悄地收藏起来了。

夜已深沉，窗外的风声变小，雨势渐弱，却依然绵绵不绝，淅沥地飘洒，直到入睡前，雨一直在下。屋子里的凉意很充足，已经有了些更深露重的浓浓秋意了，关上阳台上敞开了整整一个夏天的窗户，暂时把提前了许多的秋意锁隔。

"下了一个夏天的雨，这个秋天有些早，希望'秋老虎'莫要肆虐的好。"我躺在床上迷迷糊糊地期望着。

2019年8月7日，农历七夕于贵德

上元花灯满夜空

今年的正月十五可能是我四十余年生命中最平淡、安静而无趣的。

平淡是因为除了晨起时,在父母的遗像前净手点燃的那三炷香之外,无论怎么看,也实在是看不出有过年贺上元节的气氛。只有窗户上贴着的红艳艳的子鼠贴画和福字,默默地昭示着这是庚子年的春节。

安静自然是因为疫病,自从大年初三开始居家避疫,到上元节那天,已经十余天了,从阳台上望去,小区院子里、街道上几无人烟,安静地有些过于沉寂。我家三口自然是一如往日的安静,而且比平日里更加安静了。也只有偶尔从窗户外飘进来的忽远忽近的稀疏鞭炮声,孤独地庆贺着悲凉的节日。

如此平淡、安静的节日里,除了喝茶、读书、偶尔小酌、辗转床第沙发之间,再无他事,当然是相当沉闷无趣的。

且不管世事如何,生活还是得继续。上元节,热闹与否,过与不过,节日依然是节日。

因为新冠肺炎疫情管控,上元节前的上坟请先人过节之礼也不得不取消了。早晨起床,净手,焚香,随便下几个元宵权当早饭,也算是应景上元。给父母也敬献了几个,隔了一会儿,也是自己吃了。既然节前未礼请,节后也不必恭送。父母闻香知意,当不会责罚于我。毕竟食物来之不易,浪费是很可耻的行为,如果父母有灵,也一定会赞同的。

上元节的吃食,小县城里是不吃元宵或汤圆的,吃的历来都是饺子。元宵和汤圆,毕竟是南方的传统食物。虽然,随着南北交融的步伐加快,现在的上元节,这种南北饮食文化差异正在逐渐的消融,但我依然喜欢用吃饺子来庆祝上元节。当然,不论饮食文化有多少差异,都是取团圆、美满的意思，在寓意上没有太多区别。

到现在为止，我依然辨不明元宵和汤圆的不同，在我这个纯正的北方人眼里，这两种食物是完全相同的。但是，依稀记得是什么时候开始，吃饺子的习俗变成了吃元宵和汤圆，那已经是我参加工作前后了，加上母亲比较爱甜食，于是，传统的节日里传统的吃食也就有了一些改变。

小时候，对于春节的期盼，主要源于对压岁钱及上元节的渴望和期待。压岁钱是个好东西，可以买文具、交学费，还可以适当买一些心心念的小人书。上元节，则是因为那晚挂满古城道路两侧的各式各样的花灯和一年一度盛大的烟火。

慢慢地长大了，没了太多对压岁钱的渴望，当然，也没人给我压岁钱了。但是，直到现在，也总是渴望着曾经照亮古城上元夜空的花灯和那绚烂的烟火。

上大学前，每年正月里，总会有那么两三天，是村里做灯笼的时间。也不是每家每户都做，做的灯笼当然也不是家里用的，是不知县里还是乡上分配的任务，然后各村再行分配，三五家一组，合作做一盏灯，是用来装扮上元节古城街道的。

记得正月十五前，在走亲访友的空闲里，父亲、母亲，好像还有二舅他们，其他人记不太清了，有五六个人，就聚在我家院子北房前的水泥台地上做灯笼，当然也少不了我这个看热闹捣蛋的。

男人们把旧竹帘拆下来，切成竹篾，扎灯笼的骨架。找不到废竹帘时，就只能用铁丝替代了。做的灯笼大都是圆形宫灯式样，也有八角或长筒形的，比现在一般人家宅院或阳台上挂的要大了许多。母亲用提前打好的糨糊，均匀地抹到骨架上，粘上棉纸，灯笼已是初具形制。稍加晾干之后，各自仿照提前准备好的年画或旧书画上的图样，照猫画虎地描上去，只是一些简单的花鸟鱼虫、仿古花瓶、起伏的山峦，有时也会加上一些面目不清的传统年画人物，再加上一两句不知何处寻觅到的古诗词或添喜增福的吉祥话。

做灯笼的一帮人，没有一个人是学过书画的，也没有多少文化，但是，他们都是很专注地去做着这件比耕田种地复杂而又高深的事情，细心地描绘着心中的美好。最后，在灯笼里面装上灯泡，接好电线头，就大功告成了。

完工之后，母亲收拾地上的废料，男人们点上纸烟或烟斗，再仔细地端详一番，互相评论一番，加以补充修改，便露出满意的微笑："回头送村委会，让干部们看看，就可以了交差了。"

制好的灯笼，点缀的画面技法粗糙、线条模糊，并无章法可言，一般也很少饰以颜色，只是纯粹的水墨绘制，并没有多少浓淡变化，犹如稚儿学画。但是，贵在一丝不苟，是用心绘制的，自然别有风味。

直到多年以后，我尝试着拿起毛笔学习书画，终是难入此道。才知道，仅仅是把一些简单的线条展现得初具其形，有多么地艰难和不易，更不要说是模仿或临摹了。

灯笼的任务完成了，灯也上交了，剩下的事情是乡镇干部们的事儿。但是，肯定会出现在上元节古城两侧的灯展上，归于某一个角落或某一段街道上的"河东乡展区"里，点亮上元节的夜空，成为繁如星空的万千灯笼里最明亮的一簇光，让熙熙攘攘的人群恣意观赏并做褒贬不一的评论。

忙忙碌碌的走亲访友和迎来送往，在觥筹交错里，时光如水，日子过得很快，不觉便已是正月十五了。

对于我和像我一般的熊孩子而言，等待是漫长的，十五的白天也是漫长的。吃晚饭时，家里的饭桌子，又像过年三十一样，只是，丰盛的晚餐，也难抵我心中对夜晚的渴望，心中如有一双猫爪儿在挠，难以静下心来品尝一年里难得奢侈的晚餐。

对于黑夜从未有过这样急切的期盼和等待。当黄昏在望眼欲穿的等待中到来，夜的第一抹黑悠然升起，还未来得及隐去西方最后的余晖时，父亲和母亲，还有哥哥姐姐们，便在我一次次地催促中，陪着我出了门。

从家中到县城，大概一公里多。那时，没有公交车，更别提私家车了，就连自行车，也是奢侈品。去逛灯，当然是走路去的。那时候的人们，习惯用双脚丈量生存的这方土地，对于走路这件自然而然的事情是没有任何畏惧的。不像现在，开车成为习惯，走路却成为时尚，被称之为"锻炼""健身"。呵呵，真的是可笑可悲可叹的事啊。

等到夜的幕布缓缓升起时，我们已到了县城里。路上的行人越来越多，汇聚成河，从各个方向、各个角落里涌向同一个方向、同一片光明。

从县政府门口到玉皇阁门口，历年都是灯展区。按各个部门、各个乡镇划分成几十个片区，并派了专人看护着。最气派的当然是县政府的灯区了，大气辉煌。其他各个片区，却也是风情各异、精彩纷呈，不乏大气典雅、文墨飘香的佳作。"高手在民间"，诚不欺我。

小县城的灯会，自然没有太大的规模。但是，灯的样式繁复多样，古城窄巷，灯火璀璨，在夜的衬托下，却也精致奇幻，吸人眼球。对平日里没什么娱乐、没什么消遣，也没什么文化生活的乡里人，特别是如我般乡里来的懵懂小儿来说，灯展是无与伦比的一场视觉和文化盛宴。

"东风夜放花千树，更吹落，星如雨"，也许，对唐诗宋词最直观的理解，对文学艺术的喜爱和追求，正是源于某一年上元节夜游时的机缘巧合吧。况且，上元夜，除了灯展，还有社火展演：舞龙、舞狮、踩高跷等，让上元之夜更加丰富多彩，蔚为壮观。

记得很清晰，太平村的鼓、保宁村的狮子、城关村的高跷……都别具一格，具有鲜明浓郁的地方特色，也从来不缺艺术感染力和影响力，颇能引起围观者的共鸣和响应。最奇怪的是，男女老少，在上元夜里都会穿行于舞动的龙头和狮头之下，据说，可保一年风调雨顺、健康无忧。更有甚者，穿行之时，动辄薅一把龙须、狮毛，据说也能保平安。于是，奔跑声、锣鼓声、笑骂声、小儿啼声……声声混杂，夜晚就显得更加热闹非凡了。

那些是陪伴着整个童年的地方文化，是难以忘却的记忆和文学之源。而这些传统的东西，到现在依然保留着，原汁原味地保留着。

对上元夜执着的痴迷，更大的原因，是源于那些年一年一度的烟火。

每年正月十五前，县政府便早早地张贴出放烟花的公告。于是，所有人在看灯展的同时，时刻留意着预定燃放烟花的时间，并早早地占据有利地形，翘首以待了。

在轰鸣的礼炮声中，第一朵绚丽多彩的烟花在黑暗的天空盛开，撕裂夜的黑幕，遮掩住遥远的星空。所有人都目不转睛地仰望着，死盯着光彩夺目的天空，偶尔发出声声如雷般的惊叹。如流星般明亮灿烂的烟花、更远更辽阔的星空，还有照亮县城的无数灯笼，点亮了整个冬夜，璀璨了上元节的夜空，把县城过春节、贺上元节的气氛推向了最后的高潮。

烟花是明亮而短暂的，在那短短的刹那间，释放所有的积淀，只为那一刹那的光明和精彩，然后，把夜还给了星空，留给风中摇曳的万盏灯笼。

烟花表演的结束，是县城里上元夜的尾声。人们在窃窃私语的交流中，诉说着精彩，表达着遗憾等不一而足的情绪和情感，然后，如织的人流，在缓缓的行走间分流，转向四面八方，隐入各个角落，夜重新归于寂静。

因环境保护等各种原因，县上的烟花表演已经停了好几年了。相比于国内大部分地区的烟花禁令，小县城依然还允许燃放烟花。生活日渐富足的人们，随心所欲地用烟花点缀着漫漫冬夜，点亮上元节的星空。即便没有政府统一燃放的盛大气势，却也此起彼伏，多了一份精彩。于是，我又带着夫人和儿子，重新回到当年跟着社火队东村进西村出的状态，往返于厨房、阳台、卧室的各个窗户，欣赏夜的美丽和烟花的烂漫，并乐此不疲。

禁放烟火令，是值得思考和斟酌的事。虽然环保、安全事涉民生大计，烟花禁之也无妨。如果换个思路，研发、生产、推广环保安全的电子烟花或其他工艺产品来作替代，既养活了相关烟花的产业链，又能点亮节日夜空，增添节日气氛，岂不是皆大欢喜、两全其美的事吗？

灯展也如往年，幸运地保留着传统，美中不足的是，很少有手工制作的，几乎所有皆是工业化之下的流水线产品，近乎类同，美则美矣，却少了生动的生活气息、少了灵动的烟火气息，多了一份呆板和沉寂。看多了，便觉得无趣，近些年，却也是很少再去关注了。

虽然，很少去看这几年的灯展，也没有了烟火表演。今年的上元节，因了那丝平静和平淡，却多了一份对儿时的追忆，追忆曾经的烟火、曾经粗陋的灯笼，想念花灯满夜空，烟花掩星空的上元夜，想念远方的亲友，想念回不去的童年。

2020 年 2 月 15 日于贵德

2020，宅家过年话家常

春节，对每个中国人，甚至对全球华人而言都是十分重要并十分注重的节日。

短短的春节，几乎囊括了所有的传统习俗和所有的情感。不论平日里对传统文化和传统节日抱以何种态度，对春节都是充满企盼和渴望的。这份企盼和渴望，是源于美食的诱惑，源于亲情的呼唤，源于国人对家的眷恋，更是每个人对童年无法忘却的记忆。

不可否认，春节对每个老人和儿童来讲，都是充满喜悦和幸福的。甚至可以说，春节是属于老人和儿童的专属礼品。老人企望的是春节期间儿孙满堂、一团和气，儿童们可以自由地肆无忌惮地释放自己的天性。

春节是祥和之日。

2020年的这个春节有些不寻常，有点过于寂静，有点凌乱的疯狂。街道上少了许多拜年的、逛街的，还有喝醉的人。往年热热闹闹卖年货的商店门可罗雀，只是偶见一两个略显荒乱、来去匆匆、戴着各色口罩的行人。寂静的古城，唯有高悬的彩灯、华丽的龙门在街道两旁的枯树里彰显着过年的气氛。

春节前的几天，记不太清是腊月二十六，还是二十七，左近也就那两天，在一次聚餐中遇到老大，凌乱的酒席间，寥寥几句，商定今年依然在河东老宅过年。其实，自母亲去世后，近几年的春节，兄弟姐妹们都是在河东老宅过的年三十，所谓的商定也只是想确认一下罢了。

自打我成家后，母亲生前，每年的年三十，兄弟姐妹们或在老大家过或在我家过，几乎未在河东聚过，反倒是她离开后，好像又回到了以前。这是个奇怪的让人捉摸不透的事情，但是我很懒，想不通的事情，干脆就不去想了。这也许是老大身为长子的凝聚力吧！

　　近几年的春节，单位几乎都是我值班，所以今年我可以回家过年，吃个年夜饭。时近中午，接班的搭档来了，交接了一些单位的事情：嘱托他去购买一些口罩和消毒用品，务必抓好食品安全、疫情防控等，诸如此类。赶着回家，收拾一些吃食和酒，接上夫人和儿子赶往河东，一路叽叽喳喳、说说笑笑，瞬时即到。

　　到了河东家中，夫人帮着大嫂准备年夜饭，我戴着口罩陪着老大一边看电视新闻一边有一句没一句地聊着天。至于戴口罩，是因为我前期感冒，已逾一周，一直未见大好，时而伴有咳嗽，正好说是武汉闹新冠肺炎，我就一直戴着。侄子和儿子在沙发上一东一西躺着玩手机，间或捏两个小吃，嚼得嘎嘣脆响。偶尔四个人也会应邀起身去帮一下在厨房忙碌的两位女士，就等着二位姐姐全家到来，开启年夜盛宴。

　　年三十的生活依然如往昔一般惬意。

　　整个下午，电视里几乎都是关于春晚的讯息，只有几个频道能看到关于新型冠状病毒感染的肺炎的相关消息和报道，似乎，这场肺炎来势有些猛。但庆幸的是，病毒离青海有些遥远，高海拔、高寒缺氧，似乎在这个时候显露着它的高寒优势，毕竟，当年肆虐的SARS病毒对青海也是敬而远之的。有前车之鉴，虽然大家对疫情给予极大的关注，也从未把这当个事儿看。如果说有一丝担忧，也是唯恐影响到年后的出行出游计划而已。

　　六点多，大姐一家热热闹闹地进了门，磕头上香，起身问好。忙乱中，二姐来电话，说要先去婆婆家，要晚些过来，于是，传统的团圆饭也就陆续开始上桌了。红红火火的大铜火锅垫底开胃，十余盘荤素搭配的冷盘下酒，新的一年也就在觥筹交错的欢声笑语中开始了，传统的年味儿也随之弥漫整个宅院和村庄。

　　"青海也有了新冠肺炎。"儿子在旁边喊道。

　　"假的吧？"

　　"什么情况？"

　　大家乱七八糟、漫不经心地问着，打打闹闹的、欢喜聊天的、举杯喝酒的都没有停下来，只是对儿子说的事情表示了一下应该有的适度关注。当然这种关注，可能，礼貌性回应成分更高一点，于事情本身的关注度几无关系。

"只是疑似病例，已送北京确认。"儿子说着，边把《西海都市报》公众号刊发的信息念了一边。

"我今天买了许多口罩，大家明天一人戴一个。"大嫂笑着说道。

"大家也不要大意，勤洗手，戴口罩，不要太紧张。"大哥的一句话算是结论，也算是对新冠肺炎的定性。

于是，继续喝酒、吃菜，偶尔聊起一些真假难辨的关于肺炎的讯息。

二姐一家三口随着她叽叽喳喳的嬉笑声进了门，老宅的年也进入了高潮。在我们家，老大是导航掌方向，大姐是总厨师长掌勺，二姐是搞怪的掌气氛，而我纯属跟班，只管吃喝，顺便带带小的。"龙生九子，各有不同"，我们姊妹们的性格也是大相径庭，父母亲的性格在我们身上只有依稀可寻的痕迹，也许，这和每个人的学习、生活的经历有关。

经典的《难忘今宵》唱响，悠扬的午夜钟声响起，聚在院子里看小家伙们用璀璨的烟花点亮年夜漆黑的天空。恍惚间，好像又回到了多年以前，不同的是，欢天喜地放烟花的变成了子侄辈乃至孙子辈，满脸欣慰站着的父母变成了我们。当年，我们开心地燃放的几毛钱的"窜天猴""滚地鼠"等小烟花变成了更加绚烂的动辄上百的礼花礼炮。同一个院子，同样的时节和同样的场景，却透着不一样的情节和不一样的生活。但是，生活总是像此起彼伏的烟花一样，在磕磕绊绊中更加的红火，更加的美满了。

上香，点松盆，关院门，回屋，再上香，团圆饺上桌，食毕，众人已微醺。年味再入高潮，载歌载舞，连平日严肃冷峻的老大也扭起了扇子舞。如此场面，岂可无酒。于是在准备的年夜酒之外又加开一瓶，虽有过量之嫌，但也无伤大雅。

时近凌晨两点，酒气上涌，睡意难当，众人陆续睡去，大侄子、外甥和儿子，小兄弟三人还意犹未尽，提议打麻将。于是，拉着我累死累活地抬一麻将机到客厅，兴高采烈地请我打麻将。难挡他们兴致，于是上桌，一把两块钱的麻将打到凌晨四点多，我输了三十块钱，竟然是儿子赢了大头。终是难抵睡意，遂推牌洗漱睡去。

迷迷糊糊中，听到姐姐她们在喊儿子，要去"文昌庙"上香祈福。我这人从小瞌睡轻、睡眠少，听到响动，就无法再次入睡。看看时间，早上八点多，老宅长期闲置，也没有暖气和炉子，只有一台立式空调，还是有些冷的。起床也无事可干，等去上香的人吵吵闹闹地离开了，我就又裹着被子躺在床上继续翻看手机。

"青海确认一例新型冠状病毒。"看到这条信息，不由地打了个冷战，不知是冷还是有点被吓到了，披了披被角，继续翻看手机。最终，无奈地确认，信息是真实的，青海，终究还是有病毒光顾了。看来，这次不会有那么多侥幸了。有点恍惚的我，觉得有些口干，起身，穿衣，下床，向客厅走去。

"起来啦。"老大在客厅沙发上看着手机在喝水。

"嗯，青海也有了。"我一边倒水一边告诉他这个消息。虽然我确信他也看到了，只是想听听他们的看法和意见。

"看到了。等去庙里的回来，吃完早饭，把大门锁了，不出去拜年，也别让村里人和亲戚们来了，下午各回各家。"老大笑着又说，"看来，今年真的要少聚，免得互相传染了。"

少顷，庙里上香的都回来，七嘴八舌地讨论着疫情和家庭预防等事情。吃完饭，约定晚上在大姐家吃饭。大姐、二姐两家人结伴离去。

无所事事的我，戴好口罩，到村口溜达了一圈，一望之内，巷子里几乎没有什么人，很是宁静，比平时还要静谧许多，枯树无昏鸦，近舍少炊烟。远处，依稀能看到三五个拜年的，浑然没有往年热闹拜年的气象。

我对着空空的巷子抱拳作揖，道声"过年好"。百无聊赖的我，悻悻然回转。

屋子里，老大和嫂子在收拾东西，夫人和儿子在装我们带过去的衣物。

"收拾了回，今年春节就这样了。别再冻感冒了，小心被隔离。"老大开着玩笑又说，"老二感冒，还咳嗽，小心坐在家传染给大家。先到黄河边看天鹅，呼吸点新鲜空气，然后再回。"

这个提议很受大家欢迎。除了嫂子不想去，剩下老大和侄子，加上我们一家三口,刚好一车。于是,大家戴好口罩,由我驾车直奔黄河边。

过了黄河清大桥,七拐八拐,到了堤岸上,就能看到许多野鸭和不知名的水鸟。冬日的堤岸两边,一片荒芜,只有不多的黄河滩柳,用暗红的身躯点缀着两岸的林地和沙滩。天气很好,天很蓝,映得河水一片碧蓝。"天下黄河贵德清"这句话,在这个时节里得到了很好的印证,夏天,多雨的季节还是略微有些浑浊的。

时至中午,远山依稀可辨起伏,依然被未散的晨霭笼罩着,河面上也飘散着轻纱一样的雾气,一派仙气缭绕的祥和气象,像极了仙山福地,如诗如画,令人流连忘返。

前行不远,河里裸露的沙洲旁、河水冲蚀的河湾里,三五成群的大天鹅突然闯入眼帘,离堤岸很近,静静地在平静的河水中徜徉。大家在一声声欢呼声里下车,手机、平板齐上阵,开始集体拍照,并惊叹于天鹅的美丽和高贵。

"往前,应该还会有更大的天鹅群,你们开车往前走,到观景台等我,我走路过去。"老大自信地告诉大家。

"我也走路,你们开车去。"把车钥匙交给侄子,我也下了车。

可能是夜里喝酒有些过量,稍觉胃有些不舒服,我想:走走路,也许会好些。

陪着老大走在河堤上,东一句西一句地闲扯着家常。路有点远,走了一公里多,正午的阳光晒得有些出汗,也许,是棉衣太厚重了。

"看,前面河湾里好大一群天鹅,离得很近。"老大边说边指了指方向。

大约三百米处,右手边的河湾里,一群天鹅——有五六十只,映入眼中。俩人一看,旁边正好有去往河边的台阶,赶紧向河边走去。下面的沙滩很软,河沙很细,两人猫着腰,蹑手蹑脚,走到河边的红柳后面,天鹅就在十来米处的河湾里悠闲地游荡着,也许是有所警觉,它们优雅地往河里游进了几米。

天鹅真的是大河上高贵的精灵,那修长的脖颈、优雅的姿态、洁白如雪的身躯,恰如中世纪的贵族一般,傲慢且风度翩然,彰显着雍容和华贵;又如娴雅的仙子一般,尽显柔美之情、婀娜之姿。

近些年，县境内天鹅种群数量大幅增加，这与政府下大力气开展环境保护是密不可分的，也体现出当地群众环保意识的不断提高，这是社会的进步，也是文明的进步。如果，这种进步来得再早一些，如果所有人都能善待野生动物，也许就不会有什么SARS、新冠病毒了。因为即便像天鹅一样圣洁动人的生灵，据说，也会有人下口的。或许，昨日之SARS，今日之新冠，只是自然对人类无法抑制的贪欲的警告，还远远谈不上什么报复，真正的报复可能是人类无法想象的恐怖。

回到自己家，已是午后。和夫人商议了一下，计划出去采购一些防疫和生活物品，不外消毒剂、口罩、蔬菜等东西。出门，大街上一如清冷的乡村小巷，行人稀少，只有卖年货的商店门口垒成山的各式礼盒，提醒人们还在欢度春节。

行人虽少，还是零星可见，但鲜见如我们一家三口一般戴着防护口罩的。人们好像依然从心理和行动上藐视着病毒。这已经不是勇敢了，而是对生命失去了起码的尊重，不管是对自己还是他人的生命，更是对责任的漠视。

快速地在超市买了菜，又去临近的几家医药商店，均无任何消毒、防护用品。无奈之下，只好去门口的小超市买消毒水。老窦的妻子百无聊赖地坐在店门口，看到我说："贾哥，过年好！口罩都戴上了，没那么严重吧？"

"过年好！戴上好，保护自己也保护他人。你们开门做生意，接触的人多而杂，更要注意防护，这次的病毒，不可大意，有消毒水吗？"

"是啊，回头我们也戴上。准备了一大批年货，没人买，消毒水倒成紧俏货了，只剩架子上几瓶了，你全要吗？"

"装上吧，全要了。"

晚上，去大姐家吃饭，席间，老大提议，年内聚餐取消。我说："明天，我在家请年茶，就我们一家人，拿高度酒消消毒，应该无妨。"大家也无异议。那时，青海依然只是确认了一例而已，所有人依然没有认识到事态的严重性。

初二，晨起就开始忙碌，拟好菜单，照单备菜，又用消毒水擦拭地板，用酒精清洁家具，直到下午五时许。其间，听到新闻播报青海又有三起疑似，而且是一家三口同时查出来的。忽觉有些后悔，早知如此，就取消聚会了。事已至此，只好硬着头皮张罗了。

时近六点，众人齐至，聊天话题全是新冠。电视里、手机上都是关于新冠的最新消息以及如何防护的知识和提示。似乎全国上下，不约而同地在采用古老的传统的最有效的对抗瘟疫的办法——隔离。酒足饭饱，二姐通知："明天大家在家休息，后天初四，我请大家到家坐坐。"还吃？不怕传染？碍于面子，无人明确反对。

当晚，政府和许多行业倡议宅家过年的呼声越来越高，群众响应程度颇高，面对日日更新的疫情报告，似乎，许多人的看法和做法有了极大变化，而这种变化是有利的，有利于自我保护，有利于疫情防控。

初三，醒来的第一件事，翻手机，这似乎已成为本能——每个早晨醒来，首先想到和拿起的就是手机，睡前最后放下的也是手机。这也许是大部分人的习惯，不仅仅是我。

手机上重要信息有三则。

一则官方消息，青海确诊四例，这已经是有心理准备的。前一天公布的政府通告里，疑似病例检测数据几乎就能肯定是新冠肺炎了。

另一则是科比去世了，刷爆了朋友圈，有人诚心追悼，有人纯属跟风，有人恶语相向。关于科比，本人了解不多，只知道是NBA球星，很出名。因为我不喜欢篮球，所以只是一般性了解。科比去世了，我本人是不难过的，因为不熟，但稍表难过哀悼，也无可厚非，毕竟是一个伟大生命的逝去。爱好篮球的、视篮球为生命的、视科比为偶像或目标的痛心难过，我也理解。有人痛骂，或与钟南山院士相提并论，非要拉过来同屏较技，以分高低，这点我有些不敢认同。

生命无贵贱，科学无国界。同理，艺术、文体等均不应以一国一域而区别对待。喜欢、热爱某一类学科、项目或活动，本身没有什么不对的，各行各业都有翘楚精英，并能得到业内的尊敬和敬仰，甚而，作为自己仰望的目标或欲超越的目标，这也是始终推进行业、学科、领域，乃至社会进步发展的根本，是无可厚非的。

钟院士在非典期间和抗击新冠的过程中所付出的艰辛和研究成果，大家是有目共睹的。但是，不同的行业的运行模式是不一样的，有些走明星效应，有些走务实路线，不一定所有的行业都是要靠宣扬的。没有人宣扬钟院士，难道钟院士就不是抗疫一线的英雄了？所以，我认为骂人者是肤浅的、狭隘的。

　　第三则是二姐发在家人群的，说是为了响应政府号召，取消聚会。这是个好消息，立刻得到全家一致首肯。

　　其实，关于聚会取消，大家是期待的，二姐是敢于吃螃蟹的人。

　　于是，正式的宅家之旅开始。起床，吃过早饭，儿子去上网课。我帮夫人搞室内清洁、消毒，迅速搞定，就坐到阳台上泡茶翻手机。窗外的阳光很好，阳台温暖和煦，确是宅家品茶的好时光，虽然，翻手机有浪费韶华之嫌，但是，对时局给予适度关注也无可非议。

　　手机朋友圈和微信群里充斥着各种各样的宅家过年段子和搞怪图片，让人捧腹。不可否认，网络上还是高手林立，能人辈出。古诗文版、打油诗版、漫画版、快手现场版、影视剪辑版等，各式版本齐上阵，诸多段子构思或巧妙或奇特、立意新颖、对仗工整、紧贴时意，真是令人叹为观止，既搞怪博人眼球，又响应政府号召引导人们宅家过年，配合防疫工作。少见有传播负面情绪、编造谣言徒生事端者。由此可见，老百姓还是积极乐观的，这份乐观自信应该是对政府工作最大的肯定和支持了。

　　各行各业不约而同地开放和扩大网络便民平台，以便让宅家变得更加彻底。四大银行、三大网络运营商的掌上业务更便捷，加油站都提出"加满油，少跑路"的口号，有线电视免费看，足不出户就能了解疫情天下事……这一切都是为了让宅家过年成为共同努力遵守的规则，凝心聚力抗新冠。这应该称得上是一场没有硝烟的人民战争。

　　逆风而行，青海省首批135名医务人员出征湖北；青海省交通医院第一批援鄂医疗队出征；全国超过6000余人的医疗队伍驰援湖北；火神山、雷神山医院按计划施工；疫苗已开始研发……一则则振奋人心的消息传来，万众一心，众志成城，让"以生命守护生命，坚决打赢疫情阻击战"成为一颗定心丸，胜利可期。

　　不好的消息也时有传来，囤积居奇，哄抬物价的某些超市，借国难之机，扰乱市场，惑乱人心。还有某些药店以医用口罩之名高价出售非医用口罩等，因为买卖的人都清楚，也许在某一时刻，这张薄薄的口罩是唯一救命的东西，这个理由同样成为商家抬价销售的理由。最可恨的是，还有人卖假口罩，简直是丧心病狂，不可理喻。以上种种劣行，毕竟不是主流，虽然如吃了苍蝇般恶心，但是政府出手也是迅速而有力的，掀不起什么风浪。

不和谐的声音也是有的，朋友圈里发声，辱骂武汉人、外地来青人员等。虽然微信作为一款沟通交流的软件，享有言论自由。但是，疫情面前，每个人都是受害者，武汉人、湖北人、外地人都不是自愿主动的病毒感染者，被感染不是原罪，严防死守、加强监管并不为过，但是歧视，乃至网络辱骂是不应该的，是不道德的。大灾大疫面前，人与人更应多一分理解、一分宽容、一分关爱。"一方有难，八方支援"，不应该只是一句口号，而是一种精神，是全国人民乃至全世界人民守望相助、共克时艰的精神。

喝茶、看手机，手机聊天，网络拜年，不知不觉间宅家的一天已过去。例行测体温，确认无发烧症状，躺在床上，想着新冠，想着远方的亲朋好友，祈祷明天会更好，便沉沉睡去。

今天，是自春节前的感冒之后，自觉戴口罩、测体温，主动防护，居家隔离的第十五天，应该可以确认，我没有感染新冠，没有给社会造成负担。

晨起，心情大好，戴好口罩，例行翻开《西海都市报》的公众号头条，"1月29日，青海无新增新型冠状病毒感染的肺炎确诊病例"，这真是个好消息，希望明天能更好。

明天应该会更好，我始终如一地相信这一点。

2020 年 1 月 29 日，正月初五于贵德

宅家杂想

文 / 易美珺

今天是 2020 年 2 月 2 日，农历正月初九。虽然还在正月里，但是，因为一场席卷全国的"新型冠状病毒肺炎"，今年的春节便早早偃旗息鼓、草草收场了。偶尔的一两声鞭炮声，更增添了宅在家里的寂寥和这个特殊年节的清冷。

作为普通民众，我和家人能做的只有响应政府的号召，尽量不出门。平时不太关心时政的我们，每天都会按时看新闻，关注着实时更新的"抗疫进行时"。每天都有增加的确诊病例，虽然死亡病例和治愈病例几乎相当，但那个新闻里的黑色死亡数字犹如一座大山投下的阴影，笼罩着我们。

打开窗户，伴随着冬日温暖的阳光，一同飘进来的还有小区里滚动播放的抗击疫情的宣传广播的声音。本来这个时候，正是县城各村镇社火的天下，震耳欲聋的锣鼓声总是吵得人坐不住，勾引着人们往外跑，去凑凑热闹，沾沾喜气。今年，却是听不到往年有些嫌吵的声音了。听不到，反而有些怀念和渴望了。

没有经历过战争的我们，第一次感觉到近在身边的危险，这是一场没有硝烟的战争。

最开始的几天，朋友圈里、家人群里，许多人发布着各式各样搞笑的、宅在家里百无聊赖的视频段子，我们仨也互相分享着大笑着。当全国确诊病例过万之后，便不再有大笑的心情和心思了。我们生活在这片暴发疫情的土地上，我们怎么可能置身事外？当健康离人们远去的时候，也会带走所有的一切。

积极的响应号召——宅在家里，我们仨都十分认同。实际上，这基本符合我们的家庭喜好。

先生不爱出门，除了上班，休息日都在家里上网、读书和写作；我不爱出门，除了上班，休息日都在家里上网、读书和做家务；儿子不爱出门，除了上学，休息日都在家里上网课、读书和写作业。"自我隔离"的日子，于我们仨并无太大影响。我们仨都喜欢安静，安静地学习、写作、看书、喝茶，安静地做家务。这种情况下，无论谁做什么，似乎都很享受。而我，更是喜欢一边做家务一边时不时看看他们父子俩安静的忙着自己的事情，喜欢享受这份静静的平和。每到此时，心底便涌出丝丝的甜蜜、淡淡的甜蜜，这甜蜜会让我上瘾。

我知道，先生不会成为文学巨匠，他只是喜欢文学，喜欢写作，但他的文字，总是让我爱不释手；我知道，儿子不会成为高考状元，学习的时候并非废寝忘食、悬梁刺股，但他善良憨厚，相信他会找到适合自己的定位；我知道，我不会成为贵妇公主，但先生和儿子同样宠着我、护着我，在我寒冷的时候，给我暖手暖脚，出门时一人牵我一只手。幸福感就是这样突然爆棚的！

在这特殊的日子里，宅在家里的我们仨，心贴得更近了，理所应当地成了真正的命运共同体。先生写完了他的第一个作品集，儿子的寒假作业进度更快，经常需要我和先生喊他休息，我更用心地做家务搞清洁，保障后勤，以便让家人远离细菌和病毒，衣食无忧。这份难得的安静平和，让我感觉到"家务"是如此愉快，而这种感觉是突兀的，从未体会过的。

在窗外，远处，山外更远的地方，有人在抗击疫情中奔忙着，有人用生命在守护着生命，山这边的安宁依旧安宁。先生的电话不时地响起，他也不时安排叮嘱着单位的事情，我也如此。时不时，开车到单位上去安排落实一些工作上的事，作为交通人，即便轮休在家，有些责任和义务，依然是不可忘却的。

近几日，窗外寂静得连小鸟的叫声也听不到了，难道小鸟也感知到了危险？飞到更远的人烟稀少的纯净之地去了？

我相信并希望疫情能尽快得到控制，相信并希望生活能尽快回到正常的轨道，相信并希望很快我们所有人就能自由的呼吸，相信并希望病毒会尽快地远去。万众一心，众志成城，祖国祥和。

希望我们仨健康平安宁静！希望全国人民健康平安宁静！

2020年2月2日于贵德

我的不惑之年

我是一个怀旧的人。我的文字大部分围绕着生我养我的那个村庄以及与村庄有关的人和事。虽然,有些回忆并不完全是美好的,甚至可以说是充满辛酸和痛楚,乃至不堪。但是,无可抑制的,我的笔锋总是离不开那个村庄,那些过往。

昔日年少时,总是急切地想着长大,逃离那个泥土构建的村庄,远离贫穷,远离饥困,远离父母的庇护和羁绊。终于在多年以后,如我所愿的逃离了。在城市的喧闹和浮华之间,努力挣扎,流连多年,才发现,对于城市而言,我永远属于外来者,只是一朵寄宿的浮萍。

我的身体在痴迷地享受着城市的文明和梦幻般的奢华,我的内心却总是呐喊着回归,渴望着乡村的田园,奢求着乡村的自由呼吸和质朴清新。而当我真切地感受和明白这一切时,已是韶华远去,青春不在。

四十知天命。已逾天命之年的我,依然不知天命为何,只是越来越清晰地认识到,我应该是背离了初心,现在的一切并非我之所求所愿。我应该是自由的,依着自己散漫的天性,自由而烂漫地活着。

活着的人们,如我一般,皆是活在自己构建的误区和自以为美好的梦幻里,活在他人的背后或者他人的目光里,鲜少是为自己活着的。就如余华在《活着》的自序中写道:"生活是属于每个人自己的感受,不属于任何别人的看法。"我也想像他一样的活着,却始终无法逃离别人的目光。

我急切地想改变,这份改变,无关于责任和担当。作为社会群体的一个微弱的个体,却也无法背弃应负的责任和担当,譬如家庭,乃至社会。背弃这些,是不可取的,是可耻的。完全唯我的活着的人与死人是无异的。我想改变的只是一种态度：对自己的态度，对生活的态度。这种态度，应该才是我自幼至今孜孜以求的人生，是被我遗忘的初心。

诗意而淡泊地活着。

在工作之余，煮茶听琴观云雨、泼墨挥毫闲涂鸦、开卷独酌空对月、侍花弄草急就章，诸如此等附庸风雅之事，全凭自己兴之所起，兴之所至，想干什么就干什么，想什么时候干什么事情，就什么时候去干什么事情，没有任何被迫或强加的委屈之感、不乐之意，实在是惬意而欢快的事情。当然，我不愿也不能只是诗意地活着。

在我看来，所谓雅事，并非文人墨客之专享专属，只要随心而不逾矩之事，皆为雅事，随心而不放纵之人，也自可称之为雅士。同样，苛求大雅，过分雅致的生活和做派，难免落了下乘，且俗不可耐。

诗意地活着和责任担当，是可以且必须相提并论、休戚与共的。就像清朝诗人张灿诗中所言"书画琴棋诗酒花，当年件件不离他。而今七事都更变，柴米油盐酱醋茶"，大雅之事始终难避大俗之物。"雅"与"俗"之间，却恰是芸芸众生最现实的生存状态。毕竟，我不是魏晋隐士，我也只是在"雅"与"俗"之间的缝隙中努力挣扎的世间俗人而已，终难逃得了芸芸众生苦苦挣扎之象。

虽不擅专于大雅之事，却也不影响闲暇之时，侍花弄草、舞文弄墨、拽文吟酸之举，虽难登大雅之堂，也可权作自娱自乐。

平日里总是喜欢在家中阳台上喝茶，或与夫人共饮，或在夫人的琴声中独饮，遇到周末或假期，自然就是一家三口共饮了。喜欢喝茶的悠闲，虽然，对于茶道没什么太大讲究，也并无深入的研究，长年累月的置办，倒也积累成了满屋子大大小小的瓶瓶罐罐、杯杯盏盏，徒增了夫人诸多洒扫庭除之累，引来唠叨无数。但是，喝茶一事，赏心悦目，倒也算是沾得雅事。

喝茶，解的终是心渴，平抚的终是心境。

我始终是个心情浮躁、冲动易怒的人，不懂也不想懂圆滑处世的人。也从不掩饰自己的内心和脾性，"戒急用忍"四字，只是每晚睡觉前对自己的一种心理暗示和安慰罢了，一觉醒来，便也就抛诸脑后了。

喝茶时，沐浴在一室暖阳里，任清风徐徐拂身，鸟虫嘶鸣入耳，或观春柳夏花，或赏秋红冬皓，茶香袅袅，琴声激荡，一炉檀香清心，几页闲书共鸣，一切都是宁静的舒爽。只有此时，我是内心平静的人，只有此时，我才让自己回归昔日孤独的田园，才让自己所有的思绪和情感徜徉在乡间午后的某个时空里。

"宁静以致远，淡泊以明志。"只要心怀宁静，清静自然，人也就淡泊了。淡泊不是与现实的隔离，淡泊只是一种心境，是一种极致的宁静。清晨微雨，黄昏残阳，依心而动，率性而为，让一切变得自然，享受静谧，感受内心涌动的感恩和孤独。至少，在这一刹那，淡泊是随手可及的。浮躁的世界里，淡泊本就是标新立异的，和孤独一样，显得尤为珍贵。

我一直都知道，我是孤独的。这份孤独与现实的环境无关。

酒，我也算是喝得的。对月独酌，品的是生活，品的是寂寞，品的是夫唱妇随的幸福。人生有起伏，生活有坎坷，喝酒之事，有小酌独饮之怡情，自当也有一醉解千愁的畅饮和放纵。偶尔随心而动的放纵，何尝不是真挚情感的喷发，是真情实意的流露和呐喊。

人生一世，多少还是要附庸一丝风雅的。否则，便很是无趣了，但也只可小雅养性、小雅怡情，过犹不及。众生碌碌，终是离不得柴米油盐这些个俗物之累，这些俗物，才是雅致而诗意地活着的根本和支撑。

如我这下里巴人追求着阳春白雪一般，我这个内心怀旧的人，却并不反对，也不抗拒现代文明和城市的繁华。我沉沦在电子网络的时空里流连忘返、乐不思蜀。但是，我依然是个古板而散漫的怀旧者，依然喜欢悠闲的下午茶，在旧日的时光里简慢地活着。

我的衣柜里，单调得有些沉闷，除了单位配发的制服以外，我执着地偏好于纯色和黑色，喜欢它们的端庄大方、沉稳典雅；偏好于不让身体有何拘束的棉麻传统服饰，喜欢云领盘扣的精致传统和手工美感。这几乎是无法改变的，是骨子里透出来的散漫不羁和对自由的向往。

我之怀旧，不是复古的沉沦，不是对昔日记忆无差别的重现和复刻。我只是固执地保留着曾经的美好，曾经的真情，甚至奢望着把曾经的泪水和忧伤也都保留着。

无可否认，对童年和往事，对已逝去的曾经不经意的拥有，无论是美好明亮的，还是痛苦灰暗的，都是自己一生最珍贵的藏品，仅会在适当的时机悄然地打开。

人如果总是想起过往，沉湎旧事，说明他老了，这是家乡流传甚广的说法。我总是怀旧，难道，我真的老了吗？我想，应该不是的，我至多也算是中青年而已。

我之所以怀旧，并在怀旧中写作，不过就是在怀旧中反思，在怀旧中重塑，在怀旧中弥补。怀旧不是沉沦孤独，而是为了明天更加美好而灿烂。

前后近一年的时间，这个集子总算是按照自己的构想完成了一部分。其实真正用于写作的时间，只有大约半年，从2019年下半年到今年春节，一直忙于其他事情，未曾动笔。暂且不论写作的好坏，也遑论他人如何评价，从最初在医院里打发无聊的时间，到有目的、有计划的写作，是一个过程。是自己从回忆往昔到思考人生的一个过程，是一个正确认知自身的过程，是放下卑微和胆怯，剖析自己，展示自己的过程，而这个过程，只需要一份勇气和坚持。

非常感谢夫人和儿子的支持，这不是俗不可耐的套路，是发自内心的真诚。她们是我最忠实的读者，也是认真的校对和编辑，给予我写作的灵感和动力。我很庆幸而固执地认为，我是幸福的，我的家庭也是幸福的。

在怀旧的文艺时光里幸福地活着，今天也终将过去，成为明天的记忆。我们必将老去，在夕阳西下里品味旧日的时光和美好。

2020年2月2日于贵德

第四辑
生活何处无诗意

　　静斋，取其静意，得其清静，求其安宁，而得随心随性，得大自在。这是心愿，也是追求。笔记，也只是一些杂乱的思绪，却始终难以割舍在四季的风雨里……

立春时节春尚早

雪覆高原头，春到江南早。

2月2日那天，看到大学同寝室的兄弟，作家马国福在微信朋友圈里发了几张狼山上的梅花照，又写到"准备千米走单骑，去南通市园博园看梅花"。

2月份的江南大地已是春意盎然，正是梅花盛开的时节。两年前的初春，老马陪我去过些地方。看看初春的梅花，品味江南的早春气息，让我领略了"墙角数枝梅，凌寒独自开"的清高傲气，也领略了"零落成泥碾作尘，只有香如故"的孤芳自赏，似乎看到的不仅仅是梅花，还有江南文人的风骨，闻到的也不仅仅是梅花的幽香，还有江南文人的气息。

我家窗外的远山，山势依旧苍凉雄浑，山头依然白雪皑皑。一望之内的杨柳依然枯枝虬然，绿色是看不到的，除了阳台上精心侍弄的那几盆绿植。春天的气息也只能凭借几次外出游历的回忆，隔着屏幕去细细品味了。

如果说南方是山青水绿的"千里江山图"，或者是烟雨朦胧的写意山水，那么北方就是厚重的油彩画卷了。放眼望去，山峦四伏，山的外面依然是山，除了积雪、枯草，只有枯树，仿佛整个天地间，只剩下山的厚重雄深、雪的寂寥和荒草枯树的苍凉荒芜了。

昨天立春，想来南方，正是"拂堤杨柳醉春烟""天街小雨润如酥""草长莺飞二月天"的早春景象，而在青海的这片土地上，大部分依旧处于一片冰封的严冬里。就连有着"高原小江南"的小县城——贵德，也感受不到一丝春天的气息。如果非要说有，那也只是略感温度有所提升。

但是，春天，真的是不远了。

青海步入春天的过程总是悠然而漫长的，完全不顾忌高原人粗犷而急躁的性子，也顾不得高原人急切的盼望。

青海的春天，宛如江南的雨巷里踩着细碎而温情的步伐，缓缓走近的婉约女子，有条不紊、慢条斯理的优雅而缓慢，总是姗姗来迟。偶尔掀开冬天的面纱，吐露一丝春的气息，便半遮半掩地悄无声息了，让人望眼欲穿，触手可及而又遥不可及。

今年的冬天显得格外漫长，最大的原因可能和新冠肺炎有关。自打春节前后，全国疫情日渐严重，一个新的话题兴起，也导致宅家成为一种不得已而为之的生活方式。

虽然，举国上下齐心协力，众志成城地投入抗"疫"战争，誓把宅家进行到底，有信心、有决心消灭病毒。但是，习惯了灯红酒绿的城市现代生活的人们，早已不适应"日落而息"的悠然逍遥，也耐不住"孤云独自闲""相看两不厌"的孤独和寂寞了。于是，在各种各样的焦虑、等待和渴望中，如我一般，渴望春天，也成为急切的时尚。

人始终是复杂而矛盾的。曾记得，多少上班一族，感叹不堪重负，渴望田园生活，渴望宅家不出，渴望远离职场。如今，当变相地宅家成为现实，立马变了嘴脸，开始向往阳光、向往亲情、向往自由的呼吸，人总是欲求难免的动物。

我自认为，宅家也没什么不好的，可以增进家庭关系，可以干一些想干而借口没有时间干的事情，至少，也可以像猪一样地活着或者活得像个猪。也可以无所事事地划拉两下手机，看看别人的春天或者生活。当然，也可以随心所欲地按照自己的喜好追求一些雅致的精神享受。

宅家独处，享受孤独、享受静谧，真的没有什么不好的，忙忙碌碌的现代生活里，难得有大把的时间来体验孤独。终于有了静下来的时候，正好，可以用来审视自己的生活和内心，拷问一下最深的、最真诚的自己：想做什么？做了些什么？也可以更加专注在想做的事情上、想学的特长上、想汲取的知识上。譬如做做传统家常菜肴，学学琴棋书画，读书看报诸如此类，不仅丰富了生活，也是对自己的充实和提高，说不定，一不小心这方天地间便会在无意间出现一位因忙碌而被埋没的什么大家一类。呵呵,真的有这个可能,当然,也可能是一种美好的梦想。

昨天,朋友圈里充斥着立春的美图和有毒的心灵鸡汤,也流行着"咬春"。美图可以欣赏,心灵鸡汤是提不起兴趣去看的。只是"咬春"这个习俗,我是不记得的。甚至,对于"咬春",我全无概念。

了解了一下,原来,所谓"咬春",是旧时北方的习俗,即立春之时,吃煎春饼或生萝卜。刘若愚《酌中志·饮食好尚纪略》:"至次日立春之时,无贵贱皆嚼萝卜,曰咬春。"这段文字,应该是对这一习俗较早的记载了。

仔细一想,虽然昔日,家中长辈皆无明言"咬春",但这个习俗还是有的。只是,因地域、气候的差异,略有差异和延迟,青海农村的"咬春"相对要晚些,至少要到春分前后,而不在立春,吃的一般是韭菜盒子。

韭菜盒子和春饼当然不是一类食物。春饼的食材要丰富一些,制作也相对繁复一些。当然,也只是这些许差别而已,用食物来迎接时节到来的仪式和借以祝福的意义是没有什么分别的。

在那个物资匮乏的年代里,冬天的蔬菜基本只有土豆、白菜或腌酸菜,过年节时,可能会有从南方运过来的冻芹菜一类的绿色蔬菜。在2月份吃韭菜盒子或春饼,是很奢侈的想法。估摸着到了春分前后,天气转暖,露天地里的韭菜在蛰伏漫长一冬后,露出新芽,快速地长到五寸左右,就可以割来尝鲜了。

头韭春芽,叶细而短,择拣费时费力。但是,韭香浓郁,回味悠长,是难得的春之馈赠,是"咬春"的佳品。

这些年,韭菜是再寻常不过的食材了。无论是当地温棚里种的,还是外地调运的,无论什么时节,市场上总也不缺。诚然,和露天地里的头茬韭菜相比,总是差了一些口感,少了些唇齿留香的味道。

时至今日,在我们这里,许多人依然执迷于初春,露天田地里自然生长的韭菜,尤其是头茬韭菜,用来炮制韭菜盒子、饺子一类的美食。

再说"咬春"一事,传统的时节,约定俗成的食物,用来纪念或庆祝,这种深植人心的仪式,何尝不是一种怀旧的情结,以及对过往的感念和追思？

遗憾的是，今年的立春，我没有韭菜盒子吃。知道昨日立春，是今天起床后的事情，是看朋友圈才知道的。

宅家的日子，只关心两件事：单位的事和吃饭的事。知道了"咬春"的意思，也寻思着吃个韭菜盒子，纪念一下春天将至。于是，穿衣，戴口罩，例行小区门口登记，如实告知登记人员出门采购。未料，小区附近的几家菜铺里，竟无韭菜，并被告之"不要再找了，这两天的韭菜太紧张了，明后天再来"。

我是明白"紧张"之意的。一则疫情防控期间，因运输等诸多方面原因，蔬菜调运不易；二则与立春节气有关。看来，当地人并非皆如我一般浑噩，不关心节气的。当地人对韭菜盒子的酷爱和对时节的重视可见一斑。

于是，我悻悻地咒怨着这该死的新冠肺炎，快速地回家，赶去消毒，洗手。吃饭虽然重要，但是，更加重要的是健康而快乐地活着。

年前新买的桂花正值开花季，却莫名地生了虫，叶片上结满了蛛网一类的东西。偏偏家里没有常备绿植杀虫药，外面的花店等无关民生的铺面已全部关了。我只能希冀着它自己能挺过这个孟春的苦难了。西宁家中的绿植，我已经不抱任何希望了。一个多月过去了，应该是早已枯萎了，我也只能默默地祈祷，就像在疫情面前，大部分人也只能默默地祈祷一样。

青海的春天不仅仅是迟到的，还是漫长的。

青海的春天，从二月立春时荒凉如冬的枯寂，到"满院春色关不住"的春意盎然，总是纠结在冰雪交加、乍暖还寒的往复里，总是在所有高原人的期待中，一波三折，在不屈不挠地挣扎中艰难地降临，最终绽放在高原湛蓝的天空下。

但是，不管过程有多么曲折，不管有多少的艰辛，春天依旧会到来，在每一个漫长的冬天之后。

2020年，是不寻常的一年，今年的春天，也是个不寻常的春天。新冠肺炎正在全国蔓延，但是，在大灾大疫面前，我看到了全国人民必胜的信念，看到了党和政府的执行力量，看到了许许多多人无私的奉献和宽容理解……

　　这是正义的力量，是传承的精神，这些力量和精神，让我始终相信春天一定会到来，坚信着：瘟疫终将远去，逆风者终将平安归来，中国终将胜利！

　　立春已至，春将不远。待到春暖花开、山花烂漫时，踏青长歌浊气无、举杯共庆瘟疫除。

2020 年 2 月 5 日于贵德

生活需要仪式感

最近的生活有些许平静，因为年前的一场感冒，虽已痊愈，却一直干咳不止，幸好不发烧，也无新冠肺炎的其他症状，自己坚信不是疫病，可是，在此特殊的时期，难免有瓜田李下之嫌。所以，除了必须外出的事情，我大部分时间宅家办公。

宅家办公，也就多了许多可以自主支配的时间，去做一些自己喜欢的事情。

我喜欢的事较多，但都是我不擅长的，只是因羡慕而喜欢，比如写作、书法和篆刻等雅事。唯余茶、酒、下厨三事，则略有心得，是真心的喜欢。

过节，尤其是过春节，我也是欢喜的。却是极恐管不住自己的口腹之欲，难抵美食的诱惑。依过往之经验，过年，必然是腰围增一圈，体重长几斤的。未料，突如其来的疫病，却让今年的春节多了一份难得的平静和安逸。于是，一日三餐也变得比往年的春节清简了。

生活的清简，不是简单的凑合和应付。就比如晨起的一碗方便面，也不应只是一撕一煮的简单和端着平底锅狼吞虎咽的粗鄙。这种生活谈不上生活，只是生存。当然，对于通宵达旦地奋战在抗疫一线、治疗一线、建设一线的逆行者和敬业者而言，吃饭只能是吃饭，讲不得是粗鄙还是优雅。毕竟，对于他们而言，生活就是至高无上的生命，都是崇高精致的。

至于我，生活过得可以清简一些，却也不能忽略了仪式感。就如煮一包方便面，也当配一颗荷包蛋来象征圆满如意，配几片各色菜蔬来表现生活的多姿多彩。小火慢炖，时光闲淡，岁月静好。以粗陶大碗或细瓷小盆盛之，细嚼慢咽，在清晨第一缕和煦的阳光里，品味生活，三省自身。这是美好生活正确的开启模式，是发现生活之美的起点。当然，方便面当不得早餐之称谓，就算当早餐，也只能偶尔为之，权当生活之点缀。

"一箪食，一豆羹，得之则生，弗得则死。"可见，一日三餐是活着的根本。但是，活着不仅仅只是为了一日三餐。箪食瓢饮的简单何尝不是一种质朴的享受？

在努力活着的同时，让一日三餐简单而不失美好，清淡而不是寡淡，用心编织精致，用爱温暖自己和家人，岂不更好？毕竟，人不能仅仅是简单地活着，偶尔也需要穿着光鲜美丽的新衣裳，沐浴在阳光下，听清风拂过，看白云飘过。

活着是奋斗的过程，享受生活即是享受生命。享受不等于享乐，享受是精神上的丰富和升华，而享乐，却是沉迷于物质上的极致追求。生活的无趣不是物质上的缺乏，而恰恰是精神上的疲怠和仪式感的缺失。

生活需要仪式感。这份仪式感不需要刻意的造作和追求，而是发之于内心的自然和平淡。往往与之相配的不是奢华、璀璨和高大，而偏偏是质朴、淡然和谦恭。生活的仪式是对生活的敬畏，对食物的尊敬，对自己的尊重，对家人的关爱呵护和对家庭的责任。

"一箪食，一瓢饮，在陋巷，人不堪其忧，回也不改其乐。"此话甚妙，合乎吾心，当践其行。饮食不在于复杂的精致。但是，在食无忧之后，则还是应当让食物合乎自己和家人的口味、让餐具符合自己和家人的品味，让一日三餐变得悦心悦行。

一个家庭，在日常的吃住行的一致里，形成的相似的情趣、喜好、习惯等，其实，就是这个家庭的生活美学和生活哲学，是最质朴直观的生活仪式。

这种生活仪式，只能是朝夕相处、潜移默化的结果，就像传统古板的贵族式的傲慢、一夜巨富的暴发户的粗鄙、诗书传家的书香门第的儒雅一样，是显而易见的，成为明显的分界线或者标签，最后会直观地显露在一个家庭日常的所有行止和谈吐上，会展现在每个家庭的餐桌上。我的家庭与上述各类无关，只能勉强算得上是温馨而不失宁静的，固守传统而不惧变革的普通家庭，是非常一致地喜欢清静和平淡，喜欢用简单的仪式点缀生活，并孤独地享受生活美好的一家子。

儿子放学在家时，生活的仪式重心当然是在饮食上，所为者，只是让他健康成长、安心学习。偶尔，陪他读书写字、品茶赏月、弄管抚弦，间之以潜移默化的传统礼仪的熏陶和培养，所求，并非望子成龙、光耀门楣，只是简单的欲求而得生活步调的一致和和谐统一，让家庭不至于因无所事事而变得无趣、无爱，从而忘记生活的真谛，看不到生活的美好，等不到生命的精彩。

儿子求学不居家时，生活仪式的重心看似散漫无矩，却依然是和谐的。我专注于煮茶品饮，以求心静，并陶醉在零乱繁杂的瓶瓶罐罐之中难以自拔。夫人醉心于弹琴读书，自娱自得。两眼相望长无言，茶香一缕琴声悠。两人看似各行其是，却也相得益彰，毫无违和之感。

因为疫情管控，宅家无所事事的人们开始挖掘生命的潜能，培养各种稀奇古怪的兴趣爱好。更多的人热衷于美食，当然，街道上的餐饮店都关了门，许多沉迷于灯红酒绿、宴请聚会的人，不得不按时回家以求果腹。于是许多人的厨艺有了长进，许多家庭多了一份和谐的温馨，这样看来，疫病也勉强算是做了一件好事。

平日里，身边有许多人喜欢在微博、朋友圈里晒美食、晒家常。现在热衷于美食的人多了，自然发微博、朋友圈的更多了，却总是惹来诸多非议，皆言其俗。其实，晒美食、晒家常也没有什么不对的，也不是什么不好的事情，只要你晒的是自己辛苦所得，晒的何尝不是对生活的尊重和敬意，是源于对生活的真爱和至上的大爱。

生活的态度，是对哲学和美学的态度。放下身段，贴近生活，细心观察、耐心的品味，从一草一木、一言一行、一食一饮中发现生活之美，这是真正的生活美学和生活哲学，而不仅仅是着眼于大河山川、宇宙万物，强求博大精深的大家风范。一切形而上的美学和哲学其实都是从生活的点滴中萌芽和成长的。

生活的艰难困苦、喜怒哀乐，在恰当的时间和空间里，都是美好的。我们永远不能预知明天和意外，哪一个会先到来，我们只需要知道自己还活着。虽然，活着是一件美好但确实不易的事情，但是，对于未知，对于明天，对于灾难，我们除了坚定信念、坚守本心，剩下的也就只有等待和祈祷了。

春节避疫，宅家清静，所做也不外此三两事了。

日子过得比住日平淡了许多，心情也比往日平静了许多，虽然也多了一些牵挂和羁绊，但总归是个静谧的假期。

一个人在书山题海中努力的前行，一个人在阳台上静静地重复着泡茶、喝茶，一个人抚琴、吹笛。清静也好，孤独也罢，却是平日里难得的奢求，自当珍而惜之。

生活从来不缺乏匆匆忙忙的繁复，生活需要简单的仪式，需要用虔诚、爱心和温情来点缀薄情的世界，需要平静而祥和的享受用心创造的美好。

2020年2月10日于贵德

闲话疫情

过了霜降，虽然尚未入冬，但是天黑得越来越早了。还没开始吃晚饭，就听见外面淅淅沥沥地下起了雨，而且有越下越大的趋势。晦暗的黄昏加上阴霾的天气，让屋里显得更加的昏暗。我打开客厅的灯，对夫人说：

"吃饭，应该有光明，这样才有气氛和胃口。"

"也是。只是这天气预报，倒也算得上准确，说是雨夹雪，雪没见到，雨，倒是下起来了。"

"应该是没错的，三河地区下秋雨，这时节，四沟和山上该下雪了。"

吃完饭，窗外的雨依然在下，偶尔有"风吹雨"打窗户，发出"噼啪"的声响。

"这应该是入冬前最后的秋雨了。"我暗自揣测着。

吃完饭，依然如往常，我泡茶听雨，夫人看书喝茶，偶尔讨论一下西宁市的疫情，期盼着一切尽快过去。直到十点多，两人的手机同时发出"丁零"的提示音。

儿子发信息了。自夫人退休，儿子去了南京上大学后，我俩的手机能同时响起的事由，也就只剩下儿子发信息了。晚上睡觉前唯一的企盼也就只剩下这点事了。

儿子在微信里再三叮嘱我俩做好防护，不禁让人心里暖洋洋的。曾几何时，我和夫人总是在提醒他该干什么，不该干什么，告诫他应该这样，应该那样。不知不觉间，一切都反过来了。儿子是真的长大了，而我们，正在向老年走去。

今年十月中旬，送儿子去南京，不知道是真的年长一岁的原因，还是南北方差异的问题，回到家，就感受到异样的寒冷，于是就早早地烧上了暖气，比往年早了近一个多月。

窗外的雨依然在下，丝毫没有停住的意思。

"希望能睡个好觉，也希望疫情不会有新增。"睡觉前我不自觉地祈祷着。最近，总是莫名的失眠。

清晨被手机"丁零、丁零"地响个不停给吵醒了。眯眯瞪瞪地拿过来一看，却是单位工作群里发来的关于疫情的各种讯息以及要求。西宁又有新增，而且不止一例。

这次的新冠疫情来的真的是突如其来。我们一直以为高原强烈的紫外线和高海拔的高寒缺氧对所有的病毒都是免疫的。从SARS到2019年的新冠都未能突破高原的防线。偶尔进来个把输入，却也是很快的就被治愈了，并没有形成规模化传染的趋势。所以，我们一直以为我们是安全的。诚然，比起内陆地区，高原算不上人类宜居的地方，想来对所有病毒应该也算不上宜居。

基于这种考量，虽然，我们也在尽全力地做好防疫工作和自我防护，但也只限于配合政府工作要求，思想上并不认为新冠会到自己身边。而这种思想应该不仅仅是我或者一小部分人有，而是大多数人的思想。

这次的新冠肺炎德尔塔变异毒株成功入侵省城西宁，却是给了我们沉重的一记耳光，打碎了我们沾沾自喜的梦境和幻想。

我不禁有些后怕和庆幸。

庆幸我临时起意，早些从南方赶了回来；后怕的是，如果我到达兰州后，再多待一两天，也许，我也会成为感染者或密接者。冥冥之中，似乎有一种力量在护佑着我，只有一天的时间差，我幸运地躲过了一劫。

虽然很庆幸，但是不得大意，我和夫人自觉地向社区做了报备，尽量减少外出。每天报两次体温给社区，而且已经去做了两次核酸检测，虽然排队做检测，排队取报告真的是很辛苦。但是，结果都是阴性。不禁舒了一口气，心中一块大石头终于算得上落地了。

这两天的朋友圈里几乎都是关于疫情的政府通告、防疫指南、政策要求等等，显得形势不容乐观。当然，也有许多医护人员、社区工作人员、志愿者等不惧危险，全力以赴开展检测、封控、流调的讯息。这些都是正面的能量，能让人充满信心和希望，就如黑暗中的一线灯火，黎明前的一缕曙光，让人倍感振奋。当然，也有一些反面的讯息，却让人感到迷惑和无端的气愤恼火。

时不时，就会听到一些罔顾防疫政策，造成病毒传染加剧的人和事。有些人在明知自己被感染的情况下，依然不忘走亲访友、打麻将娱乐、聚餐聚会。

在翻看手机信息的当口，吃过早饭。窗外的雨已经停了，远处的南山上却铺满了白雪。小区院子里有些树叶还绿着，有些已然枯黄，梨树的叶子却是一片橘红色。秋天即将过去，冬天也不远了。

出门前，夫人提醒到："下了一夜雨，天肯定很凉了，你该穿秋裤了，快奔五的人了，别把自己当小伙。"

我乖乖地听从安排，加了一条秋裤。暗想："是我老了，还是冬天真是到了呢？"

出门下楼，到了院子里，忽然感到一阵凉意袭人。气温明显比头一天低了许多。在感慨夫人有先见之明的同时，又不由自主地担忧：这种天气，医护人员坚持24小时做核酸检测，山上还要设卡防控，这鬼天气，真的是瞎凑热闹。

去单位的路上，车里开着暖气，隔绝了秋冬之交的寒气，也隔绝了一切病毒。路上没有多少人和车，较往日已显得十分冷清，让这方天地过早地有了冬日的气象。

冬天已经来了，春天也就不远了。

疫情已经来了，终将也会过去。

希望这个冬天不太冷，希望这次疫情不会太久。

希望在这个寒假来临的时候，儿子能按部就班地回家过年。

2021年11月1日于贵德

心有欢喜

每个清晨，在明媚的阳光里醒来，努力地睁开双眼，满怀欣喜地倾听窗外鸟儿欢快的鸣唱，依稀能听到远处传来嘈杂的鸡鸣犬吠。深深地呼吸，内心充满了无尽的欢喜。

我欢喜，我还活着，这是上天的恩赐，让我开始新的征程；我欢喜，我的爱人依然在枕边依偎，让我体味天长地久的爱情。我充满欢喜地回味着昨夜的梦境，近乎贪婪地深嗅爱人熟悉的味道和清晨的气息。

用一个淡淡的亲吻开启每一天的时光，这无关激情、冲动或欲望，是爱情在岁月中沉淀的自然而然的温柔，是还没有被生活的艰辛冲垮的相濡以沫，是在相互不断的碰撞、磨合中寻到的共性的结晶。是打开每一个清晨、每一天时光的幸福之匙，是欢喜之门。

每次亲吻的开始，都充满了爱情起始的记忆和味道，让我不会因为时间的匆匆流逝和生活的悲催，遗忘了新婚的气息，遗忘了爱情路上的坎坷，遗忘了所有的美好。这是生活不可或缺的调味品，是爱情得以长久生长的土壤，是时刻保持欢喜心的摇篮。

我用无尽的欢喜虔诚地吞咽着每一口食物，就像我虔诚地对待生我养我的村庄。我在用力地咀嚼中，看到父辈们面朝黄土背朝天的艰辛，感受到那片土地深沉，闻到埋藏在食物深处那滚滚麦浪中散发的清香。记忆中深埋的虫鸣蝉噪、悲欢离合，与血脉中流淌的麦香融合，变得日渐清晰。我在每一口食物中看到父亲佝偻的背影，听到母亲远去的歌声在袅袅炊烟中飘散。我用虔诚的欢喜感恩这片大地赐予我食物，让我远离饥饿和贫穷；我用虔诚的欢喜感谢上苍赐予我清晨的第一缕光芒，让我拥抱光明和温暖。在黑暗中欢喜地等待黎明，在污浊中摸索新鲜的土壤，在满天星辉中寻觅消逝的自己。

认真地度过每一天，度过每个季节。在乍暖还寒里用心聆听"随风潜入夜，润物细无声"的春雨绵绵；在声声蝉鸣中感受"夜来南风起，小麦覆陇黄"的丰收喜庆；在满天红叶中博览"落霞与孤鹜齐飞，秋水共长天一色"的壮美；在"北国风光，千里冰封，万里雪飘"的季节里沉醉于天地的豪迈和磅礴。

在每个季节里，用心体味天地四时的脉搏，感受春生夏长，秋收冬藏的喜悦，在季节装扮整个世界的同时，用季节装扮自己，丰富自己的内心和灵魂。"境由心生"，境也可由心而造，由心而动。用充满喜悦之心去观察世界，听风雨的声音，看日升月落，云聚云散；用喜悦之心去感悟季节轮转，无论是春风化雨，骄阳似火，还是银装素裹，都是美好的让人时刻欢快愉悦的景象。

我用无尽的欢喜，静静的读书，感受《平凡的世界》中不平凡的人们不屈的挣扎、无奈和平淡的幸福；沉浸在《逍遥游》的自由缥缈里物我两忘的悠游于世。

并不是所有的故事情节都是欢快的、幸福的、喜剧的，也会因读书而感伤、悲切、流泪。但是，阅读的过程是欢喜的享受，是对岁月匆匆的挽留和静享，是对日渐枯萎的思想的滋养和升华。

这个世界发展得很快，甚至是迅猛的。生活的节奏也越来越快，有些时候，快到我的思维赶不上；渴望着生活的脚步能慢下来，可以慢慢地品味生活，感受幸福的刹那。

稍有闲暇，平心静气，泡一壶新茶，在《高山流水》的悠扬清新里，看其翻腾沉浮，笑看人生起伏，内心豁然而开朗。在拿捏起放的刹那，顿悟，抛下一切的烦恼和忧愁，只剩下拈花一笑的欢喜和明悟。

泡一壶新茶，茶的清香持久地激发着欢愉的味蕾，在一缕光的影子里绽放欢喜的微笑。慢慢地，在水中绽放的茶叶耐心地向我诉说着春夏秋冬的沉淀、孕育和生长，展示着一片树叶成长、升华、蜕变、还原的历程。那是圆满的人生，从生到死，从不停息的轮转。

曾经看过一个令人反思的深沉的笑话。

"长大了干什么？"

"挣钱。"

"挣钱干什么？"

"挣钱娶媳妇。"

"娶媳妇干什么？"

"生孩子。"

"生孩子干什么？"

"长大、挣钱……"

这是关于人生意义的思考，是对轮回本质的探求。生命的意义，就是如此简单。

喝茶，一个简单的动作；茶叶，也完成生命的轮回。每一次喝茶，每一款茶叶，用不同的芬芳，带给我一次次不同的心灵之旅，领略大好河山的风情万种。欢喜地享受难得的闲适，品读着各个茶山茶岭间风格迥异的风土人情。

读书喝茶是简单的，做人做事也莫如简单的好。在简单的生活里阅读人生、思考人生、享受人生。静静地体味欢喜的味道，那应该就是一场欢喜的人生。

历史是前进的，社会是进步的，人自然也要有进取之心、追求之意。人总是会有欲望存在的，没有任何欲望的人，除了死人之外是没有的。佛陀的追随者们依然要上门化缘，以祭"五脏庙"。

不能把懒惰当成无为淡然的优点，不能把回归自然作为贫困落后的借口。"无为"也是有所为，有所不为；回归，只是为了珍惜昔日的美好。要做一个时代的弄潮儿，在美满幸福的社会里享受生活，只是，这些都不妨碍慢下脚步，简单的生活，静享每一刻的闲暇和欢喜。

佛说人生有八苦，即生、老、病、死、怨憎会、五阴盛、爱别离、求不得。既然，这八苦是恒定的，不可避或避不得的。那么，在复杂的社会里始终坚持简单地活着，在快节奏的生活里抽空让自己慢下来，在浮躁的人情里让内心平静下来，淡泊名利之心，放下忧伤苦痛。用一颗欢喜心享受今天，拥抱明天。这才是人生应该有的态度，才是应该有的生活。

就像在每个清晨如愿地醒来，在熙熙攘攘的街头偶遇一个微笑，某一次旅行收获陌生的问候一样，欢喜总是很容易拥有的，只要充满爱的心意，拥有宽广的胸怀，常怀感恩之心，学会慢慢地放下，学会微笑，学会原谅。其实，每一次的不经意，都是充满欢喜的，每个人都有一颗欢喜心，只是被七情遮掩，被六欲蒙蔽，看淡了，放下了，一切就恢复了原有的模样。

2021年11月11日月于贵德

晚秋碎语

天气预报说是二十四小时内有雨夹雪，晚上的时候，窗外就开始下起了小雨。深秋的雨不似夏天的雨那样狂烈，绵绵细雨缓缓地飘落，如轻风拂面一般缓缓地打湿了院子里残败的花花草草。

坐在阳台上煮茶，听不到雨打风吹的声音，当然，也没有了"雨打芭蕉闲听雨"的意境。夫人收拾完厨房，捧着厚厚一本路遥的《人生》，坐在阳台的茶桌前，细啜慢饮似的品味着人生滋味。对坐的我，自然也没有"烛影摇风，一枕伤春绪"的相思惆怅了。只有在儿子忙完了功课和完成校团委勤工俭学的工作后，到了该发信息的时间里，才会有一丝等待期盼的心情。这一点，夫人会比较明显。过了十点，就合上书，不停地唠叨着，直到手机响起。我是不动声色的，但是，往往，手机响起后抓手机的动作和速度出卖了我的内心。

尤其是最近，儿子的脚疾又严重了许多。他怕我们担心，瞒着我们，约了他南京的小红姨去医院检查，开了内服外用的几样药剂，稍见好转后，才发信息告诉我们。所以，夫人愈发地担忧了。每天都会发几条信息千叮万嘱的，然后继续等待每晚睡前的报平安的信息，才会安心地睡觉。

不用在单位值夜班时，在家的每个夜晚，喝茶、读书、伴月独酌、闲话家常，几乎就是夜生活的全部了。自从儿子去上大学就又多了一项内容，就是等待微信响起，这成了睡觉前一项不可或缺的事情。

因为，从高一开始，儿子就独自在西宁住校，自理能力不错。这一点，我还是有自信的。他在学校的表现，也证明了这一点。"儿行千里母担忧"，夫人的担忧是显而易见的。我虽然嘴上不说，心里却难免有些牵挂。

早上起床，窗外的雨还在下，夫人一边收拾阳台上昨晚的茶具，一边埋怨着："这天气预报啊，就是连猜带蒙，下了一夜的雨，雪是一片没见着，还雨夹雪呢。"

"其实，天气预报还算得上准确，预报的雨夹雪是全县范围内，有些地方下雪，有些地方下雨，你看远处，山上不是有雪嘛。"

"哦，看上去下得还不算小，都盖住了整个山头呢。"夫人抬头望了望阳台窗外，有些夸张地嚷嚷着。透过阳台的窗户，能看到南山和东山的一部分山峦，铺着一层薄薄的积雪。尚未立冬，省内已经连降了好几场雪。

当然，雪只是落在局部地区，就像今天一样，四面的山峦已是早早地戴上了洁白的盖头。县城里面，一般不会这么早下雪的。因为四面环山，又有黄河绕城而过，自成小盆地，冬暖夏凉，算得上高原上一片难得的宜居之地。县城里的降雪大都是集中到一二月份了。

喜欢在闲暇之时，坐在阳台上读书喝茶、焚香听琴，干自己喜欢的所有事情，是因为我在阳台上，有一个开阔的眼界，可以随时沐浴灿烂的阳光，静候夕阳西下，月上梢头。

县城里，没有高层建筑，小区外面只有寥寥几户搬迁安置的小庄廊，都是清一色二层的小洋房。没有什么阻挡我的视线，让我能随时清晰地看到东山和南山的交汇处，领略东山的雄伟奇峻、南山的绵延起伏。

"采菊东篱下，悠然见南山。"我虽然没有陶渊明的满园秋菊，却有"悠然见南山"的闲适和悠然，也是一大幸事。

喜欢在阳台上静静地享受生活。除了领略山势变幻、白云苍狗，也是因为，在这里，我可以足不出户地欣赏四季变换。

阳台外面，小区的院子里，有一大片空地，听说本来是想修建小花园的，不知道什么原因，又未施工闲置着。理所当然地就被小区的老头老太太们给合理规划了。他们用砖石把那片空地分割成几十块大小不一的正方形和长方形，填上土，然后，按照出力大小，每个参与施工的家庭都分到了一小块，小一些的四五平方米，大一些的也就七八平方米，变成了自家的菜地。

刚开始的时候，大家都是按个人喜好，种一些时令蔬菜。后来，慢慢地，有些人在周边又种了些花花草草，还有一些人干脆种上了各种果树，甚至每家每户都安装上了低矮的篱笆墙。这些篱笆墙有的就地取材，用树枝、竹篾等随意编扎，简单却不简陋，随性自然，有的干脆买的成品篱笆墙，有塑料质的，有铁质的，也有木制的，不一而足，色彩斑斓，形制各异，却也自成风景。而这些风景都统统成了我的四季、我的私人珍藏，蕴养着我的双眼、我的思想。

每当院子中间那几株干枯的碧桃树，努力地挤出两三朵粉色的小花朵，我就知道，春天来了。

用不了几天，粉色的花朵便会爬满整株碧桃树的所有枝干。成为小区院子里，还有我的阳台上，最鲜艳的春天。

就像以前在老家院子里的时候，果园里北墙根底下的青草吐露新芽时，我也知道春天已经不远了。虽然这个时候，往往南墙根下的积雪还没有完全消融。

院子围墙外面，小白农庄停车场边上那棵高大的柳树，是整个春天在我的视野里最早染上绿色的。从淡淡的鹅黄、黄绿、淡绿，直到被时光浸染成深深的墨绿，直到眼前只剩下一望无际的绿色，贯穿了整个春天和夏天。

春天和夏天的交替，在颜色上是没有明显变换的。我只能依靠院子里各类蔬菜的长势，还有穿过窗户吹进的风的温度，来判断整个夏天的进程。

夏天，是多雨的季节，持续的高温不断蒸发河流中的水分，积蓄成雨，重新回到河流，完成一次次圆满的轮回。

整个夏季里，院子里的几大株玫瑰和月季，开得很是丰盛。红色的、粉色的、黄色的……碗口大的花朵，足有上百朵。每次下雨后，我在阳台上，隔着窗户，都能闻到花香的味道，杂着雨后新晴的清新，沁人心脾，那是夏天独有的味道。

秋天，是色彩斑斓的。尤其是过了十月份，金黄的、枯黄的、金红的、深红的，还有红黄相间的，或是黄绿各半的，各种不同品种的花草树木的叶子把整个院子装扮得五颜六色。只有菜地里的架子上，几乎干秃的藤上零星挂着几串西红柿，坚守着这块丰产的土地，倔犟地诉说着这是丰收的季节。

秋天的色彩尚未完全退去，冬天的白色，已经悄然登场了。就像我现在看到的一样，远山已经被皑皑白雪覆盖了山头。

大清早，太阳已经爬上了我阳台的茶桌。随着冬天的脚步，太阳会一步一步占领整个阳台，直到侵入客厅。冬天的太阳是温暖的，是真正的温柔的暖意，是慵懒的一种温度。如果可以，我真想用慵懒的态度，沉浸在这冬日暖阳中，什么也不去想，什么也不去做。

院子里的四季是分明的，我也唯有在阳台上，才有闲情逸致去欣赏这春秋代序，四季更替，才能暂时地抹去柴米油盐、人情世故的干扰，回归内心的平静，暂得一份宁静。

这种难得的静谧，是一剂良药，让我免去崩溃的危险，也让我时刻正视己心，让我学会思考，也让我清晰地感受着生活的美好和岁月静好。

窗外的雨还在下着，看来今天是没有停歇的意思了。也许，今天的某个时候，雨就会悄悄地变成雪，盖住秋天的斑斓。毕竟冬天真的快到了。

2021年冬于贵德

静斋适闲

梦想有一方庭院，院内有竹影清风、小桥流水、鱼翔浅底；尚有三五静舍，遮风避雨，可望云卷云舒、日升月落，得享清风徐徐穿堂拂面，细雨纷扬鸟鸣入耳；更有书斋一间，一案一几，一炉一琴，卷册满墙，墨香充栋。可享读书品茶之趣，焚香听琴之闲。

但是，梦想终归是梦想。醒来之后，依然是身无长物，唯余一间八十来平方的蜗居傍身立户，更难奢望书房一间。

早过了不惑之年，却更添了诸多疑惑。

好似我幼年之时，家有土屋三五间，尚可夜观星月朦胧，晨听鸟鸣枝头。看得到梨花落雪，落英缤纷；看得到斗转星移，夜空璀璨。只是，等我懂得品味此中闲适、此中诗意，明白此中温情，体味此中温暖之时，已是时过境迁，物是人非。

一切美好的物事都是短暂的过往，现实尚在与思想磨合、碰撞，还未产生共鸣的火花；一切美好的事物都是易逝的，等你学会珍惜，都成了历史的尘埃，化作记忆中的片段。

而老宅的静谧暗合诗意般的空灵，父母怀抱里的温柔，都成了我记忆中不可磨灭，却又不时刺痛心灵，让我可望而不可即的追求和梦想。

那时候，夏天，我会在梨树那如伞如盖的荫蔽下读书写字纳凉，懵懂的感悟着那一笔一画、一诗一词里流淌的风骨，向往着名山大川的风流，羡慕着刺客"壮士一去兮，不复还"的悲壮激烈和隐人逸士的风流倜傥。也曾在炕头上，躺在母亲的怀抱里听着嫦娥奔月、吴刚伐桂的美好故事，望着洒满中庭的月光祈祷，祈祷着早日长大，去看看外面的世界；早日离开，离开母亲怀抱的约束和贫瘠的村庄。浑然不觉，那年那时的不曾珍惜的一切，是质朴的诗词，是最纯真的文艺，是滋生一切美好的土壤，是最原始的文学殿堂，是思想的起源，是一切美好开始生根发芽的地方。

而这一切的美好，在不知不觉中伴着我成长，直到统统消失不见，归于终寂，才发现，已经长成扎根在内心深处的一棵参天大树。

但是，一切都已经消失不见了，也只有在梦中回味，在现实中努力的溯本追源般地去复刻着消失的一切。

没有庭院，但幸好还有一间屋子，没有书房，但幸好还有梦想和追求。于是，我给屋子取了书斋号，名曰"静斋"。实际上，"静"字还是夫人起的，我只是附和者。

"静斋"，取其清静无尘、宁静无争、静心无碍、静气无怒之意。也有求得一方清静闲闲之地，觅得一时心静闲适之意，颇有"家和万事兴"的寓意在内。

有了斋号，也幸得我和夫人均不喜与人应酬，又喜好读书，在精心布置之下，倒也使得整个屋子有了一丝书房的气象。加上随意点缀的绿植杂于其间，参差不齐的茶罐酒坛，却也相得益彰。

元代许有壬有词云"小斋潇洒颇宜贫。清有竹，静无尘，俗子不敲门"，如这般清雅潇洒，隐逸自得的闲适是颇为难得的。至少，对我而言，依然只能是一种缥缈的向往，是求不得的。毕竟，我自己本就是一俗人，一个在红尘俗世中摸爬滚打、跌跌撞撞的俗人，一个迷惘于现实的俗气之人。就连那"静无尘"，也只是求得外物的洁净，尚不得雅趣之真。心中沾染多年的尘埃更加难以扫得清净，早就被俗世灯红酒绿的繁华迷了双眼，被生活中的酒色财气乱了心灵，终是难以真正地静下心来做人做事了。

难得之事，毕竟，也有可得之时。每有闲暇，我和夫人则尽享静斋闲事，尝做陆羽煮茶、伯牙抚琴，或各读闲书，或信手涂鸦，极尽宅家之乐事，足享宅家之闲适。不经意的探讨之中，"沙沙"翻书声中，在升腾的茶烟之中，在斜阳下的古琴声中，偶然为书中一句话所感动，或者被一缕透过茶杯的午后余光、一段深沉的乐曲打动，便付诸笔端，也许只是一段只字片语的感悟，也许就成为一篇洋洋洒洒的得意之作。往往对日常生活中的点滴萌发的思想、一段游历中的美好、现实社会的批判和赞美，有了清晰的思路，系统、全面地在脑海中展现，跃然纸上。

作为饮食男女，我依然要为一日三餐而努力；作为食俸禄者，尚有案牍劳形；作为一名新中国的70后，还得为房贷、车贷等奔波和苦苦算计着。静斋的宁静和闲适毕竟不是常有的，是偶然的，可遇而不可求的。

"闲中自有静功夫。"闲适的时间里，要做一些事情，要有一些爱好，更要守得住这份闲适的清静。如让外物扰了这份静气，那么喝茶不知其味，翻书不知所谓，就连悠扬的琴声也变成了噪音，所以享受闲适的快乐，心静才是最重要的。

所有的外物，只是为了安抚不平静的内心，只是内心的需求在外物上的映照。可以在把玩之间、聆听之际，欣赏之时，慰藉日渐干枯的、脱离了艺术滋养的灵魂。

我不是在反对社会的进步，更不鄙视富足的生活，毕竟这也是幸福的一部分。如今的我，早已不用向祖辈们一样，在祈求上苍、神灵护佑的同时，不辞辛劳地苦累着，然后用别人微不足道的施舍来满足自己的生存。如今，是物阜民丰的时代，一切生存所需的物质已经充足，我脱离了贫困，也远离了清贫之苦。在享受着物欲横流的繁华、声色犬马的奢迷的同时，却是精神的赤贫。在我追求富足、享受物质的同时，我丢掉了什么？

当我静下心来，放慢了步伐，在充足的物质滋养下，品味着生活的宁静祥和，享受着闲适生活的安逸之时，我觉得似乎又回到了那方庭院，回到了那久违的怀抱里。是生活忙碌的脚步，让我忘记了思考，模糊了自己的本心。

静斋适闲。

是一种心境，在读书写字、品饮闲谈、观云听雨的无所事事中，捕获一缕光中漏下的唐宋的灵感，在焚香听琴、把盏赏画、吟诗诵赋的玩物丧志里，聆听穿越时空而来的低吟浅唱，触动我内心深藏的温柔。

静斋适闲。

我已习惯了在每个飘雨的季节里，缅怀柳永那伴着每一口水井流淌的委婉歌声；在清冷的月辉里，体味着苏轼对月独酌的孤寂和李白"呼儿将出换美酒"的豪迈。我用唐诗宋词慰藉我的心田、润养我的灵魂，勾动跨越时间和空间的共鸣，思想和感知珍惜着每一次的邂逅。我用诗歌赞美乡村、歌颂祖辈的荣光和不屈的灵魂；我用散文记录所有的美好，纪念逝去的记忆。

静斋适闲。

我努力地拥抱每个宁静的午后，拥抱每一缕阳光，就如拥抱我的爱人，就连拂过面颊的风，也如与爱人的亲吻般甜蜜和温柔。我珍惜每个闲适的夜晚，珍惜每次对月独酌的浪漫和孤独，珍惜流连在唇齿间绿茶的清香、红茶的芬芳。我能清楚地分清这些残留的味道，却模糊了母亲怀抱的味道。远离得太久太久了，遗忘得太多太多了，值得拥抱和珍惜的，也就只有这些了。

静斋，是我思想的源地，是我三省吾身并与自己对话的地方，是对逝去的美好进行祭奠和追忆，让思想回归、理想升腾的地方。适闲，是一种态度，是对美好生活更加积极的迎合和享受，是为了重整旗鼓、意气风发地迎接新生活的态度。

夫人已经退休了。而我，尚有多年才有望退休，所以静斋适闲依然只是一种期望。但已然不是梦想。毕竟，我还能偶得适闲之时，享受适闲之静。

2021年11月9日于贵德

在平淡的日子里沉淀

文 / 易美珺

每每坐在狭小而温暖的静斋里，心中总能升起淡淡的静静的满足感。也许是这小小方寸之地的名字的原因，也许是每当这个时候，是做完一切琐事能够安静下来的时候。

记得还没结婚时，因为母亲严厉的管教，使得我对自由无比向往，我总在想怎样才能挣脱她的束缚，什么时候我能拥有一个属于自己的小窝，什么时候我能做一切自己想做的事情。

常常在晚饭后，华灯初上，我借着消食的名义，出门走在依旧热闹的街道上，看着万家灯火，细数着栋栋楼房里亮着灯的窗户，幻想着其中一个是我温馨的小屋。

我还曾梦游似的流连于想象出来的自己的小家，怎样布置卧室、书房、餐厅。在那里，我做着自己喜欢的事情，没有母亲教训似的责备。也许，每个小女孩都有过这样的经历吧，还是唯独我有呢？我不得而知。

终于，我工作了，我结婚了，离开了那个我日夜想逃离的过往，曾经的幻想变成了现实。婚后很长一段时间里，我沉醉在我自由的小家里，而我的角色也由"女儿"变成了"主妇"。殊不知，在我获得盼望已久的自由后，一个家庭的担子我也必须承担一半。当我有了儿子之后，更加感觉到自己的责任是日渐沉重。这份沉重是对家、对丈夫、对儿子的倚重；是在传统教育之下，一个家庭主妇应尽的责任。

2003年，我们在没有足够积蓄的情况下，咬牙狠心、东拼西凑，在大哥的帮助下买了第一套二手房，结束了租房住的历史。我终于拥有了属于自己的真正的小屋。

那一年，儿子还没出生。那时候，我依然总是在晚饭后，带着肚子里的儿子，欢快地出门，依然会慢慢走在华灯初上的街道，依然看着亮着灯光的数不清的窗户。所不同的是，我跟还未出生的儿子说："宝宝，我们已经有自己的家啦，爸爸妈妈等着你啊！"

那时，我和先生工资总和的一半要还贷款。每当先生从遥远的玉树把工资汇给我之后，我便第一时间缴还贷款，然后把剩下的钱做出详细的分配和计划。虽然常常十分拮据，但是我对于可以自由的支配生活中的一切而开心。那时的我，幸福感居然是如此简单。

过了两年，我们在姐姐的帮助下，卖了二手房，买了第一套新商品房。依然是一边还着贷款一边经营着小家庭。

我和先生怀着对哥哥姐姐的感恩之心，努力地工作着，努力地生活着。在将来的某一天，我们能够为他们排忧解难、涌泉相报是我俩共同的心愿。

一眨眼，我和先生已经一起走过了二十二个春秋。我从无知少女步入了不惑之年。

这些年，我有为家庭里的琐事烦恼过，有为父亲的离世悲痛欲绝过，有为工作中的事情焦躁过，有为儿子的成长担忧过；曾在婚姻的灰暗时刻迷茫徘徊，曾在事业的特殊时期如履薄冰，曾看不惯阿谀奉承、拜高踩低，曾想不通世态炎凉、人心凉薄。

余华的《活着》教会了我该怎样地活着。人是为活着本身而活着，而不是为活着之外的任何事物而活着。在面对苦难、误解、不公平、被轻视、被伤害的时候，我们该有怎样的态度，该如何走出这些至暗时刻，又该如何说服自己依然保持善良和乐观？

到了这个年龄，人世间的八苦，谁没有品尝过？

看到过一句话：有的人十六岁就长大了，有的人六十岁了还没长大。什么叫长大？回忆曾经的过往，我感觉长大就是你受过了多少苦，挨过了多少痛，放下了多少放不下的，想明白了多少不明白的，练就了怎样的坚忍，让自己能平静地接受任何人所做的任何事和所说的任何话。

人人都说：天下夫妻多，珠联璧合少。我不敢自诩我和先生是珠联璧合、举案齐眉，但至少我能在风起的时候，感受得到什么是温暖。

对于家庭幸福的诠释和理解，决定着每个人对婚姻的感受。也许我是一个要求不高的人，生活中有什么就喜欢什么享受什么，没有的想想即可，绝不强求。我的先生不去追求高官厚禄，我就喜欢他能时常陪伴在我和儿子左右；我也不去追求豪宅豪车，我就喜欢小小温暖的静斋；我的儿子没考上清华北大，我就喜欢他懂事善良；我不贪恋穿金戴银，我就喜欢休闲舒适。

不知是前世的修行感动了上苍，还是婆婆那句"吃亏是福"的醍醐灌顶，让我明白，不争是大智慧大自在，让我在今生能够平静地接受生活中的一切不公和委屈，而没有任何的不快乐。我庆幸自己能够得到这千金难求的美好。

路遥先生在《平凡的世界》里曾经说过："在这个世界上，不是所有的合理和美好的都能按照自己的愿望存在或实现。"是啊，人，独自一人来到这个世界，终将独自一人离开。从生到死的过程中，幸福和快乐往往有人陪伴和分享。而痛苦和磨难常常独自承受，至少在舔舐伤口的时候，只能自己体会自己内心的痛。既然如此，为何强求他人一定要对自己关爱呵护、包容理解呢？得不到这份殊荣是常态，得到了就加倍珍惜、加倍回报。这是人生应有的态度，也是找寻幸福的捷径。

喜欢雪小禅的一句话：在薄情的世界里深情地活着。

现在，我在狭小的静斋里，细细体味着时光淡淡的划过，静静地享受着平凡而又平淡的生活。与先生的志同道合、与儿子的共同成长使我们的家安静而祥和。

在平淡的日子里，儿子渐渐长大；在平淡的日子里，我俩慢慢变老；在平淡的日子里，把我们这个家沉淀地如普洱般醇厚，耐人回味。

2022年2月5日于贵德

喝茶，本是简单的幸福

前些天，和几个朋友去茶室喝茶，茶室的名字叫"心雨茶舍"，设计得古色古香。每一件陈设、摆件，大到茶桌椅，小到每款茶具、包间的门帘，文人书画的摆放设置，都恰到好处、古朴典雅。从细微处看，主人应该是个懂生活，会享受生活，知茶而且好茶，有情调且很文艺的人。果不其然，在他风趣的谈吐之间推荐的两款茶都是极好的。

一起喝茶的一位朋友，以前是个好酒之徒。近几年，职位升迁，意气风发，也就慢慢地开始跟风喝茶，却总也脱不了夸夸其谈的本色——对一知半解、道听途说之事殊喜在人前评论一番，更喜以价论茶、以价论器，失了茶之真味，没有了喝茶之真趣，难免有些附庸风雅的俗气，洋溢着官僚的铜臭气。

第一泡茶汤刚匀到杯中，欲品未得之时，他已经开始大肆吹嘘茶桌礼仪是如何的优雅大方，应当如何，不应当如何，又说这些礼仪是中华文明之传承等，诸如此类，且声调居高不下，扰了茶室清静雅意。同饮者偶有提醒，却也置若罔闻。实在是耳根子不得闲。

我无奈地对他说："喝茶，喝的是心境，喝的是心静。茶桌礼仪是商业化的产物，或者说是为了适应商业发展兴起的一些仪式。就算是中华传统文化，也没必要任何场合都要去遵守。喝茶的地方，如果高谈阔论，坏了茶室的清静，那不如再起酒局，喝什么茶，装什么雅。"他听出我对其话题不感兴趣，又开始说起了茶席设计。没多久声音又拔高了几度。我实在是难以忍受其一知半解、似是而非的高见和没完没了的聒噪，草草应付几句，便借故离开了。

而我提前离席的根本原因，是我始终认为喝茶本身是件很简单、很幸福的事。

乘着午后的斜阳，倚窗而坐，观雨听风，赏花观雪。随手取用合宜的茶壶、盖碗或杯子，取几许茶叶投入，烧水冲泡。喝什么茶，看什么书，干什么事，一切均不用刻意，随心就好。

看茶叶在器皿中随水翻滚，在氤氲的茶气中沉浮，直到夕阳西下，月上西楼。那是一份难得的宁静、安逸和闲适，那是直观自己内心的时刻，是我和自己的对话。也只有此时，我可以穿越时空，天马行空般俯瞰秦皇汉武的金戈铁马，徜徉在唐诗宋词的无限绮丽中，那是多么惬意的事情。

喝茶，茶叶的一摄一投，莫不是取舍，一沉一浮之间也尽是人生百态。喝茶的时间，让我学会了放下柴米油盐的烦忧，学会了淡泊功名利禄、远离尔虞我诈的牵累。喝茶也好，品茶也罢，无非喝的就是人生，品的就是生活。拿起放下，恰是苦求不得的洒脱和率真。

兴之所至，焚一炉清香，伴着袅袅飘散的烟柱，神游寰宇，权作庄子一游，与鲲鹏为伴，与蚍蜉为邻，所谓"神游"二字，不外如是。但是，如果什么都要讲礼仪规程，那我焚香前岂非还要净手沐浴，虔心祷告。如此一般操作，也就早失了那份求静的心意，哪还有什么心境去焚香、喝茶。

蒋勋在《路上书》中写道："佛的经典岂不正是要问秽污之处说法吗？"再问："两手洁净的人如何领悟道德实践的意义？心灵洁癖到不容浊秽的人岂有真正慈悲的领悟？"也许佛祖关于道德的训示是正确而伟大的——用洁净的心灵去悲悯地开释沾染污秽的众生。只是，被宗教的仪规给约束和曲解了。

喝茶、焚香也一样，本来是简单而快乐、随心所欲的事情，求得是内心平静和洁净清心。如果非要讲究礼仪程式，定须净手祈祷，茶席设置去合什么古法，再要讲究个什么日式或中式，或者要刻意营造"一花一木一世界"的微妙意境，那么，我还是不要喝茶的好。

意境也好，法度也罢，随意之间若上合古法，偶得岑寂，那自然是很好的。如非如此，也不用苛求，毕竟，只是喝茶而已，随心就好。

读书，是喝茶上好的伴物。

沏一壶茶，如果再放点悠扬的古琴曲或低沉宛转的洞箫曲，捧一本自己喜欢的读物，什么类型的书都可以，只要是自己喜欢的，能让自己有读书的欲望，而不是烦躁得读不下去的那种类型的即可。在温煦的阳光下，伴着壶中清香，在浅啜慢吟、悠远深沉的余音里，品茶中滋味，随书中悲喜，偶有所得所感，皆是人生至理，间有所叹所悟，亦是人生苍凉。如无所得，也如清风拂面、细雨润田，一丝愉悦、一缕愁悲，总是会有的。

我和夫人都喜欢读书，我读书较快，想读就读，不想读书的时候，我宁愿独自呆呆地坐着。夫人读书很慢，如无杂事干扰，她每天都会去读书。所以，她读的书，应该比我多一些。

因为喜欢读书，难免就会买书。书多了，家里便多了许多的书柜。我居住的楼房面积不大，只有八十多平方米，却塞了三个大书柜。后来，还是塞不下书，遂拆了电视墙，做了整面墙的书架。最近，又把卧室的床搬走送人，做成了木板坑，又做了一面墙的书架。书多了，有些书读了好多遍，有些书浅尝辄止，有些书则长期束之高阁，这依然和个人的阅读喜好有关。

读书和喝茶一样，更是不宜受约束，可以坐在阳台上喝茶时看，可以躺在沙发上就着小吃看，更可以趴在床上将眠未眠时看。我喜欢茶桌上、沙发上、饭桌上、卧室里，甚至是卫生间也都摆放着书籍。虽然，难免有些凌乱。但是，可以让我任何时候、任何地点，随意地用各种舒服的姿态去读书。

读书、喝茶、焚香、听琴，都是简单而闲适的事情，是物我两忘或物我交融的平静和淡泊，是心至所起、兴之所至的随意，是拿起、放下的洒脱，是万万受不得沾染上刻意的呆板和条条框框的约束的。

"不以规矩，不能成方圆"，有些规矩和约定是必须去遵守遵从的。否则，这个社会就会没有了道德和法制的准绳，世界也会乱了套。但是，这样的规矩、规则，在现实生活中已经够多了，而且还在不断被创造和完善。作为一名喜欢喝茶的清客、喜欢文字的读者，完全没有必要，去给喝茶、读书、焚香、听琴这般私人化的事情加上一些程式仪规了。除非，你有表演的欲望，或者，你本身就是此类表演者。

喝茶，本就是简单的幸福，而我，也只是想用一些方式和途径，让我始终保持着简单的自己。也可以说，是在享受喝茶、读书、焚香、听琴的简单享受里，回归曾经简单的自己。

辛丑年立冬次日于贵德

站台的夕阳和夜色下的较量

许久不曾在超限站[1]的院子里欣赏黄昏的夕阳了。

这个时候，不是在吃饭，就是在去祭五脏庙的路上，而食堂和家的方向恰好在夕阳的对面。

也许久不曾在站台上眺望过夜空了。

久到我都有点怀疑，怀疑白天和黑夜之间的界限是否清晰如常，怀疑我颠倒的生物钟是否无法感受夜的清凉和凄美。

总是在努力地埋首向前，忘记了驻足回首，抬头仰望，忽视了刹那间触手可及的美好，忽视了人生路上无边的风景。

超限站，就在西山脚下，远离城市的繁华和喧嚣，驻守在村庄的边缘，孤独的与茫茫山峦为伴。像孤独落魄的荒野游吟者，与风雪为友，在四季轮转里，一成不变地进行着接班、检测、吃饭、交班、睡觉的单调无趣的生活节奏，乏善可陈。

每天都有黄昏，夕阳却不是每天都有。阴云密布、风雪交加的时候，见不到夕阳的颜色，只有孤独的站台，浑然不知黄昏何时来临，又何时悄然隐入夜的寂静。

小雪无雪，反而天清气朗。蓝色的天空像被谁精心擦拭过的镜子，看得见每个人的心灵。路边枯败的白杨树无声地抗议着，抗议冬天的寒风撕去了他艳丽的衣裳。一群乌鸦在歌唱，歌唱黄昏的将临，那是即将降临的属于他们的舞台。

夕阳挥舞着巨大的、光芒万丈的金红色长剑，在做最后的挣扎，与

---

[1] 超限站，是指青海省贵德公路超限检测站，隶属于青海省公路路政执法总队果洛公路路政支队，主要从事公路超限运输管理工作，是作者目前所在的单位。

湛蓝天空做最后的搏杀。那是惨烈而壮观的战场，金色的光芒撕裂蓝色的战旗，红色的鲜血在流淌，燃起昂扬的火焰，占领半壁江山。

天空也在努力着，努力地弥补一条条割裂的伤痕，扑灭一道道熊熊火焰，尽可能地用蓝色的光和着冬季淡薄的水汽，用逐渐变淡、变浅的蓝修补所有的伤痕。

鲜血在缓缓流淌中回缩，流向夕阳的心脏。无援的火焰在跳跃的光芒中一点点被蓝色侵袭、蚕食，慢慢地熄灭，缓缓地陷入归寂的深渊。

夕阳依然不死心，还在挣扎着，把漫天的剑光聚拢，召回残余的火焰，凝聚为孤注一掷的反击。他把大部分天空，让给严阵以待的蓝色，缩成一团耀眼灿烂的光球，凝成一把金红的燃烧着勇气和尊严的伐天之剑，左冲右突。最终，不得不退却，退守深沉的归墟，驻守扶桑树的华冠，砥舔累累伤痕。

天空湛蓝的战旗，沾满黑色的斑斑血迹，还有夕阳之火的灰烬。蓝色不再纯粹、不再明亮，变得越来越浅薄和暗淡，慢慢地变成淡青色，最终浸染成昏昏沉沉的墨色。

胜利者，并不是蓝色的天空，失败者也不是绚丽的夕阳。

一切荣耀归于未知中降临的黑夜。他用深沉的、极致的黝黑窃取了整片天空，把万物纳入他的怀抱。欢呼的乌鸦也不得不停止歌唱，茫然地在白杨树上凌乱的巢穴中沉沉睡去。天空也只能等待，等待夜的幕布打开。夕阳也在沉睡，在沉睡中积蓄着明天的爆发。

孤独的站台在深幽寂静的夜里，愈发地孤独了。

一阵阵刺耳的刹车声，打破了孤独的意境，划破了夜的寂静。还有伴随着的大声叫骂和恶毒诅咒，瞬间如恶臭般飘散，弥漫整个站台。我听不到战友们的声音，他们不敢出声，担心过高的声音引来更加激烈、更加恶俗的攻击。担心太大的声音吵醒了沉睡的夕阳，还有乌鸦。他们是唯唯诺诺的承受者，是规则束缚着的勇士。只有勇敢者，才无惧尖嘴薄舌里唇枪舌剑的征伐。

一切杂乱的声音，在汽车喇叭骄傲地象征胜利的鸣响里远去，黑夜再次归于沉寂。

我的战友们依然不能睡去，只能像战败的夕阳一样，静静地舐舔受伤的心灵，偶尔发出一些只适合在黑夜里自言自语的牢骚。然后，准备迎接下一次刹车声的响起。也许迎来的不再是横眉冷对的辱骂和无理取闹的指责，也许是一句期待已久的温馨的问候。

胜利者也并不完全是黑夜。

夜幕降临不久，天狼星从东南升起，逐渐，所有的星星都将冲破夜的樊笼，点亮夜的黑暗。当然，还有半遮半掩的下弦月，不时探头探脑地张望。它们是黑夜里的希望，让冬天寒冷沉寂的夜空多了许多遐想，也让空旷苍茫的大地上那孤独的站台多了一丝温暖的气息。当然，还有那些睡眼蒙眬，却依然坚挺着、守望着的战友们，这一丝温暖，也让他们点燃了希望，看到明天的美好。

他们半坐着，在半梦半醒之间遐想"会挽雕弓如满月，西北望，射天狼"的雄健豪迈和磊落激荡。当然，只能是在梦中了。现实，依然残酷得会被一声声刺耳的刹车声击碎，碎得七零八落，碎成一地残渣，就像满地枯败的落叶残枝。

天空，是永不停息的战场，东方渐露的鱼肚白，缓缓褪去夜的深邃，预示着一场风云激荡的再起。

大地，是古老久远的阵地，没有硝烟的战争随时随地上演着诡谲的较量，在黎明下、夕阳里、夜幕下悄无声息地轮番上场。

孤独的诗人黑塞说："没有永恒这个词，一切都是风景。"

天空和大地上，也没有永恒的胜利者，都只是浩瀚宇宙里渺小的棋子。

2021年11月22日小雪于贵德

家乡的黄河

我曾站在三江源头的巴颜喀拉山北麓，仰望苍茫的雪山，一眼清泉突破沼泽的围困，突兀地出现在高原草甸之间，缓缓地流淌。泉水喷涌，潺潺溪流在不断地壮大，逐渐地布满草原，如放射状的网一样蜿蜒地流向远方，朝着日出的方向，在阳光下汇聚成一枚枚闪亮的珍珠，那形如珍珠的一汪汪水泊，如坠落大地的星宿，布满巴彦喀拉山下的玛多谷地。

"君不见，黄河之水天上来，奔流到海不复回……"我敢肯定，狂放不羁的李白肯定是只见过黄河入海，而没有见到过黄河之源。一切都是他自以为是的想象。而他恣意妄为的想象，却是欺骗了无数的人们无尽的岁月。黄河的水，其实是大地孕育的。只是，李白那天马行空般的想象，也打开了无数追随者的想象力，打开了如梦如幻般的奇思妙想，勾勒了一幅从天际垂落的大河，一路浩浩荡荡、气势磅礴的雄壮画卷。

也许，对于李白而言，黄河之水从海拔几千米的高原，冲破万年冻土的冰封阻隔，喷涌而出，突破千山万壑的阻隔，万川归流，奔向苍茫大海的怀抱，是气势磅礴、摄人心魄的。而这浊浪滔天、奔流不息的雄浑，在他看来，无异于天河倾覆，原是不用去想象或臆造的。

黄河的源头，是星宿的海洋，是星罗棋布的湖泊。黄河源头的玛曲，只是在高原上的沼泽间舒展了整个身躯，恣意流淌在草原上的宽阔的溪流。

黄河，在高原上是宁静无声的。当这条宽阔的溪流突破龙羊峡谷的闭关封锁，压缩自己宽阔的身躯，穿越陡壁万仞、怪石嶙峋的峡谷，从仅有三十余米宽的峡口倾泻而出时，它依然是那样的宁静。只见得河水汹涌、碧浪翻滚之态，却难闻波涛激荡，惊涛拍岸之声。

始于龙羊锁关，终于松巴闭户。流经贵德的黄河，始终在这条古老的河道里静静地流淌，静如处子，静如佛陀。

　　自由而舒缓的黄河，好不容易突破龙羊峡群山的封锁，尚来不及发泄积蓄的怒火，就化作了一片巨大辽阔的湖泊，重新舒展了自己的身躯，驻足在层峦叠嶂、沟壑纵横间，化作比原来更加宽广的巨人。

　　龙羊峡水库，水面辽阔，波澜不惊，平静地就像一面镜子。从峡谷到整个库区，水的颜色以一种极致的清澈，呈现着深邃的幽蓝。

　　大约三四年前的初春，我们一家三口，去共和县办事，返回贵德途中，先到龙羊峡镇吃了顿美味的三文鱼，本想着驱车游览龙羊峡大坝，却被告知暂时封闭，禁止通行，只好遗憾地离开。出了镇子，在蜿蜒崎岖的盘山路上，山下是如龙似蛇、互隐互现在山峦起伏间的黄河水。我们一面在感叹着未能一睹龙羊峡大坝的遗憾，一面游走在如画的风景里。走了大约十公里，发现公路右手边开了一条新柏油路，路边上立着一块奇峻的人造巨石，上书"龙羊大峡谷景区"几个大字。

　　于是，我们仨驱车向里，起初路还算宽阔，路两边的滩涂上看似零乱地摆放着许多巨大的黄河石。在我的提议下，三人下了车，挨个地端详并评论着。别说，还真有几块，论的上是精品，有动物肖像图案，有比较清晰的文字，有具象的山水，有轮廓分明的人物……那些在岁月的沉淀中无比坚硬的黄河星辰石，被大自然的鬼斧神工加以天然地雕琢和修饰，又被奔流的黄河水细细打磨得了无痕迹，圆润得天衣无缝。而这些大自然赐予的美好，就这样随意地散落在荒凉的黄河谷地，任人欣赏，任人评说。我动了占为己有的心思，却只能对着它巨大的身形，望而兴叹。我知道，这些都已不再属于大自然了，这些已是有主人的商品，石头的边角都用毛笔写上了电话号码和主人的姓名。

　　恋恋不舍地离开黄河石，继续朝前走，路越来越窄，几近无法会车，每隔百来米就有一块加宽路基的会车台。路也越来越陡，蜿蜒曲折的小路始终在向下、向下……路两边从山崖上滚落的碎石较大，植被很少，偶尔见到一两丛长在草丛中的席芨草在风中瑟瑟摇动。

　　驱车五六公里后，地势稍见平缓开阔，修了一半的景区大门敞开着，路右手边是尚未完工的售票处和停车场。把车停在停车场里时，已经能看到不远处波光粼粼的龙羊峡库区。

离车步行不远，整个湖区就豁然开朗地呈现在我们面前。

如一块遗失的美玉瑰宝，在粗犷的高原峡谷里散发着翡翠般的光芒。"高峡出平湖"，我没去过三峡，但是，这不影响我第一个想到《水调歌头·游泳》里的句子，那应该是同样的意境。

天蓝如洗，水却比天更蓝。清波荡漾的湖面上，倒映着几朵白云，在水面上轻轻地沉浮。四周险峻的群山也倒映在水中，水的四周是苍凉贫瘠的群山，水中是被碧波浸染的群山苍翠。

水面上随波起伏的圆形网箱里面，是肥美的三文鱼和高背鲢的温床。几叶孤舟在远处游弋，不时地撒下渔网，在阳光下激起粼粼光芒，泛起阵阵涟漪。不时地，有飞鸟从天空俯冲，掠过水面，破开平静的画面。

在高原上，在宁静的山谷里，动静相合的山、粗犷的高原渔民、飞掠的鸟儿，共同展开了一幅江南水乡的画卷，充满桂林山水般的唯美意境。

身后，不远处的山坡上，一匹马的嘶鸣，打破了沉寂的、梦幻的山谷。

回首望去，只见一匹白马人立而起，蜷曲的前肢努力地伸向太阳的方向，不停地嘶鸣着使劲地踏向虚空。我似乎看到了它额头中央闪出明亮寒光的利剑，刺向遥远的天空。我恍然如梦，不知他是唐太宗"昭陵六骏"中复活的照夜白，还是穿越时空的西方瑞兽——独角兽。

待得它安静下来，低着头，沐浴在西斜的阳光下。几缕透过白云的七彩光芒，斜斜地照在它圣洁如雪的白色毛发上，我愈加肯定，它是不属于这片大地、不属于人类的神兽。它静静地在这片沉寂荒芜的大地上，凝成一座梦想中的雕像，勾起无数的遐想。

我们悄悄地靠近它，它扑闪着灵动秀气的大眼睛，"扑哧、扑哧"地打了两个响鼻，就漠视了我们的存在。

我静静地打量着它：身长近三米，通体近无杂色，洁白如雪，长长的鬃毛和尾巴柔顺地垂下，四肢修长健硕。我目测着，身高应该比我高，超过了一米八。

我们仨赞叹着，惊讶和折服于它的骏美无瑕，在夫人不停地"不要打搅它"的催促里合影留念，依依不舍的告别。

我也见过一些马，用来骑乘的、干活的，或者在景点上照相挣钱的。但我认为，这是我见过最骏伟最漂亮的马，没有之一。而这种骏美，似乎，只存在于想象的世界和影视里。

骏马，本就是美和力量的结合体，是勇气和力量的象征。这匹白马，让我瞬间对"宝马赠英雄"有了共鸣，也有了"白马金鞍从武皇，旌旗十万宿长扬"的激情和向往。

沿着木质栈道向下，就到了湖区边上，能清晰地看到峡口翻滚的波涛，却依然听不到水流激荡的声音，也看不到水中峡口的倒影。极致的深邃和幽暗，让河水失去了碧蓝的颜色，变成了深绿，越靠近峡口，绿色更深更暗，最终变成泛着明光的墨绿，几近黑色。那幽深的墨绿，恰如墨玉，如极品冰种翡翠，充满无法抵御的诱惑，让我难以抑制投入它墨绿色怀抱的欲望。

出了龙羊峡，黄河依然静静流淌，并孕育了高原古城——贵德，成就了贵德这个小县城"高原小江南""天下黄河贵德清"的美誉。

并不是所有人都能到荒凉的巴颜喀拉山、玛曲等源头之地，欣赏清澈的黄河。于是钱其琛副总理题写的"天下黄河贵德清"的赞美之语，便揭开了清清黄河的面纱，展现了黄河之源的真面目，也颠覆了深植人们心中的、汹涌跌宕、浊浪滔天的黄河印象。

贵德的黄河是清澈洁净的。

清澈得就像一面面镜子汇成一条镜像的河流，能清楚地看到河里的世界，红色的、白色的、青色的、黑色的……各色混杂、线条迥异、大大小小的石头铺满河床，像垂手可得的珍宝。甚至，能清楚地看到每个石头上的纹路，还有神赐的画面。

清澈的河水里，游鱼如龙，成群结队地嬉戏浅水；浮虾似弓，弹射自如间难觅其踪。当然，芦苇荡里还躲藏着更加美味的食物：中华绒毛蟹和小龙虾，这是上天的恩赐。

贵德的黄河，运离了群山，在这片开阔丰腴的谷地上缓缓地向东流淌，两岸绿树成荫。河中间有多个长满红柳的小岛。不时有鸟儿们盘旋天空或划过河面。清澈的黄河把这一切都纳入其中，成为它的镜像。当然，还有蓝天、白云。于是，清澈的河水便成为水天一色的碧蓝，而这碧蓝的河流比天更蓝了。这是大自然的杰作，是大自然赐予贵德的宝藏，是一幅自然天成的、灵动的、流淌着的青绿山水，是真正鲜活的《千里江山图》。

贵德的黄河是清澈的，但是，依然有浑浊的时候。当雨季来临时，淅淅沥沥的雨滴掉落，在黄河里激起一圈圈涟漪不绝，黄河就会勃然大怒，它不满从四周沟壑涌入它身体的泥沙，污浊它洁净的身体。于是，河水也不复平静，顷刻间，浊浪翻涌。雨过天晴，没过多久，急性子的黄河，已然冲散、沉淀了所有的污浊，再次恢复了清澈、洁净、平静和舒缓。

"天下黄河贵德清"，这是家乡的黄河应该有的模样，也是黄河之源本来的模样。

2022 年 2 月 13 日于贵德

冬韵无色待春归

过了立冬，没有几天，树上的金黄、深红，诸色杂呈、五彩缤纷的树叶就全部枯萎了。而且，似乎是一夜间就枯萎凋零了。没有了秋天的色彩纷呈，整个天地只剩下了荒芜的萧疏和苍茫了。

冬天的颜色本就是破败的、单调的灰色。高原上的冬天尤其如此。南方，应该稍好一些，还会有许多尚存的色彩。

太阳尚未升起，或者，被冬天的阴霾给遮蔽。天空呈现着灰暗的苍凉，地上是被落叶拥抱着的各种树木。所有的树上都只剩下光秃秃的枯枝，如剑如戟般直刺天空，就像征战沙场，伫立于万里黄沙之上、于遍地尸骸之中，依然仗剑直指，不肯回望的迟暮英雄一般。是生命不屈的抗争，还是生命不息的呐喊？

一只在柳树底下灌木丛里觅食的褐马鸡，被莫名的气息惊起，从树丛里"扑棱棱"地飞走，笨拙肥胖的身躯，撞落了树上仅有的几片枯叶。

几只乌鸦，在高高的白杨树干上搭就的凌乱的鸟巢里不停地出入，繁忙地寻觅着大地上最后的食物，为漫长的冬天做着最后的努力。偶尔，着急的乌鸦，发出一声声呜咽的叫声，也如这冬天一样低沉。整个冬天里，到处都是"枯藤老树昏鸦"的寂寥高远，"小桥流水人家"的田园景象应该还在遥远的南方。

远处的"胜保扎"（贵德东山）在灰暗的冬天里显得越发的朦胧，依稀可见石崖峥嵘、雄浑壮美、绵延不绝地盘踞着，无视冬天的风雪，依然保持着四季固有的色泽和姿态。

县城四周的山各有特色。习惯上被称为"胜保扎"的东山，石峰林立，石崖纵横，沟壑通达；北山以丹霞地貌为主；南山、西山则是典型的砂土山。虽然风景迥异，却也有相同之处，那就是一年四季都是光秃秃的，只有山体的本色，没有四季的变换。

有一个不雅的讽刺笑话："贵德好，贵德好，贵德的山上不长草，贵德的姑娘不洗澡。"

除了冬季，贵德县城就像是隐身在林海之中的精灵之城，淹没在一片绿色的海洋里。四面山上却明显又是一种风格，红的、青的、黄的、灰的，都是山峰的本色。所以，初到贵德的外乡人总是以为这里的山是不长草的，而原住民在旧社会的一些陋习，也就道听途说地成了不洗澡的实证。

其实，洗澡肯定是洗的，毕竟，是文明社会。山上其实也是长草的，有各种各样的野草、琳琅满目的野花，还有许多不知名的灌木。只是因为鲜有高大的树木，野花野草也不丰盛，灌木稀疏等巧合的原因，远观带来的视觉误差罢了。

贵德的山水，虽然，感觉上少了一些南方的翠绿俊秀，少了一些江南的灵韵精巧。但是，高原上的山，呈现出的雄浑、博大和辽阔，也正是北方人独有的内涵，北方人独有的风骨。一方水土养一方人，高原人恣肆豪放、不拘小节的粗犷，恰恰来自这山山水水得天独厚的滋养。

黄河里的天鹅一年比一年多了起来，来得也一年比一年早。

走在黄河边的防洪堤上，成群成群的大天鹅在清澈的黄河里游弋、嬉戏。

听儿子说南京玄武湖的大天鹅也比往年多了，应该比贵德黄河里的还多。我想也是的，毕竟，这些南归的精灵们，目的地应该是温暖如春的南方。况且，过不了多久，高原上的冬天还未远去的时候，那里的樱花也要盛开了，那是南方的早春。

是什么让这些精灵在寒冷的冬天里爱上了这片苍茫大地的枯寂，宁愿舍弃南方的花红柳绿？又是什么让这些精灵遗忘血脉中流淌的指引，以大河为家、群山为岭，甘愿以水墨丹青为伴？

我漫无目的地游荡在冬日残阳里，用脚步丈量这片土地，用心灵感受冬日的寂寥苍凉，寻找这个冬天里最美的色彩和不一样的风韵。

是的，冬天，自有她独特的风韵，是孤独的、卓尔不群的高雅风度，是冷傲的、苍茫辽阔的豁达韵味。

冬天是赤裸的。只有在冬季，没有了绿叶的遮掩，没有了红花的衬托，扫去一切可以障目的阻碍。冬天，把天之高远、地之宽厚、江河之本色，一览无余地展现着。

循着风的方向，我沿着河流游荡，聆听冬日里生命不息的心跳，我看到深埋地下春天的希望，还有蝼蛄鼠蚁们密谋着春天的暴动，没有硝烟，没有危险，只有对生命的敬畏礼赞，还有被季风送来的远方春天的气息。

我在冬日冷峭的微风中游荡，欲做"不辞幽径远，独步入东山"的寻幽探秘之举，奈何，已是双腿飘然，如云端漫步。力不从心，徒唤奈何。

时已过午，一缕光从冬日里灰暗如昏的天空透出，瞬间洒满整个大地，温暖也随着光明洒落。

坐在老家宽阔的阳台上，沐浴在冬天难得的温煦里，少了夏阳的刺目和霸烈，不禁有些"绿蚁新醅酒，红泥小火炉。晚来天欲雪，能饮一杯无"的向往。虽然，没有大雪纷纷、寒风凛冽，在冬日暖阳里，就着满园枯枝败叶，煮酒论道，何尝不是一大幸事，一种风雅。

老宅院子里的花草树木，庇佑在高墙大院的围挡中，免去了冬风的摧残，虽然枯败，却依然保留着秋天的色彩，只是略微显得有些异于秋天的暗沉。尽管如此，它们也在这个冬天里，坚守着这片迟早失守的阵地。梨树上，早已失去了所有水分和色泽的长把梨，也干巴巴地挂在树上，不顾冬风的嘲讽，眺望着远方的春天。

"一岁一枯荣"。冬天的枯寂、冷冽，用近乎苍白死寂的双手，按下时光的暂停键，沉淀着春的薄发，孕育万物生长的荣光。

冬天沉寂的气息，不是死亡的气息，更不是灵魂归寂的气息，是积蓄中的等待，是蕴藏起来的锋芒将露的气息。

高原的冬天，是一幅空灵岑寂、幽远清净的枯山水。用暗沉的灰白，隐藏春夏秋的绚丽，静静地等待着岁月之笔的渲染。在某一清晨的骄阳里，某一夜随风而来的夜雨里……悄悄地绽放，用色彩填补所有的留白。

2021 年 11 月 23 日于贵德

冬天的色彩

难得迎来初冬季节里艳丽的晴天。离开阳台的茶桌、柔软的沙发，暂别宅家的温暖，走向大自然，去寻找冬天的色彩，聆听冬天的声音，发现冬天的故事。

受疫情管控的影响，街上行人稀少，西久公路上车比往常少了许多。听说，西宁封控区解封了，这真是个期待已久的好消息。

走在西久路上，中央隔离带里，鹤立鸡群般高高挺立的黄金榆，早已卸下招摇了整个春夏秋的黄金盔甲，早早地躲进了冬天的怀抱，融入冬天的苍白。

公路两侧，人行道上的紫叶李，倒是高傲地保持着一贯的高贵端庄，用暗紫色的妆容展现着冬天里的特立独行，在满目沧桑的枯树的映衬中，用挂满枝头的紫叶蔑视冬天的风霜雨雪。

白杨树早已脱下一身戎装，虽然，挂满了冬天的尘埃，却是依然保持着昔日整肃的军容，行列齐整、静默无言地等待着下一次的集结和召唤。它们是大自然的士兵，是下一个春天里的先锋，是征战西北高原，开疆拓土的勇士。

柳树是有先见之明的，也是最固执的。当冬天的西北风刚刚刮起的时候，就已经提前挤干了所有叶子的水分，却固执地坚守枝头的阵地，在迎宾路上、环城路上固守春天的气息、夏天的色彩、深秋的余韵。

这失水的枯绿，掩映在一串串红灯笼式的路灯下，在明城墙外夕阳的余晖里，凝视着古城的昨天、今天和明天。它用整个冬天的固守，延续春天的希望、夏天的繁华、秋天的喜悦，平静的、默默地讲述昔日的沧桑。直到二月的春风吹响，才会在夜色蒙蒙中退场，凋零如雨、飘散如风，重新吐露生命的新芽、春天的芬芳，化身春天的舞者。

南大街两旁的槐树是城市化进程下的败笔，是错误的、非科学的引进非本土植物的物证。

在春天即将步入尾声时，槐树才仓促地绽露绿色，快速地展开所有的枝叶，争抢着春季里所有的春风雨露。然后，又用整个夏季，不时地呕吐着身体内堆积了整个冬天、大半个春天和半个秋天的，充满了暗黑气息的黏稠液体，将他的领地里所有的一切都沾染成肮脏的黑色，包括他生长的那片土地，还有偶尔路过的生灵，包括我们。在秋天还未结束时，抖落一身的包袱，早早地用死寂的黑灰色包裹个身体，在死寂中储存夏天的武器。

入侵的槐树，其做派，就如南大街西侧的建筑一样——仿徽派的白色骑墙和青色琉璃瓦片，底下又是藏式的屋檐和廊柱，仿如大袖飘飘的风流人物头戴欧式礼帽，拄着文明杖，说着"beautiful"一样，从上到下都是格格不入、似是而非的别扭。不过这一切，高高在上的人是看不到的，或者说，是视而不见的。只有走在人行道上的老百姓们，被槐树流淌的汁液打到衣服上、被横在中央的柱子挡住道路时，才会发出不满的抱怨，也只能这样抱怨了。

大佛寺门前的大榆树也早已一派冬日气象。干枯的枝桠斜斜地低垂着，在重重飞檐下的风铃声中，在隐隐的檀香里站成孤独的行者。偶尔，一只惊起的昏鸦嘶喊着飞起，抖动平静的树枝，才会打破宁静禅定的心灵。

乌鸦是暗夜里的精灵，游荡在冬日的堕落者。也只有在寒风凛冽的冬季，才会有目光关注它的身影，聆听它的呼喊。古刹、枯树、乌鸦，这是冬天的绝配。如果，再落一场雪，有一个孤独的朝拜者匍匐的背影，那就更有冬天的韵味了。

一丛小叶冬青，自由散漫地在佛寺前的花坛里恣意生长，幸运地没有被饰以规整的几何图形。在周围杂树的阴影里倔强地展示着独一无二的碧绿苍翠。仿佛，冬天的寒风，丝毫没有影响它的郁郁葱葱。这丛冬青，是这个冬天里，能见到的最后一抹绿色。

沿着环城路，一路向东。

枯水的季节里，河中央裸露的卵石沙滩，成了明显的分界线，分开了光明和阴暗，分开了温暖和阴冷。

一群大天鹅在北岸波光粼粼的河道里，用高昂的声调歌唱，用此起彼伏的悠扬赞叹着灿烂的阳光，赞美生命的高贵，感恩大自然的馈赠。它们是高贵的天使，在不断闪烁的闪光灯里，用一贯的优雅扬起高贵的头颅，毫不吝啬展示所有的美好。

一大群野黄鸭在分界线东面的河道里聚集，在红柳的阴影里觅食。它们也在用短促的喑哑呜咽般的叫声争执着，争执着如何分配下一段河流的物产，也不停地嘲讽着对面阳光下的虚伪和自以为是的高贵，然后，又忘乎所以地埋入水中觅食。

河两岸的红柳，是高原上的原住民，是整个冬天里最温暖、最盛大的舞者，而舞台就是这奔腾的大河，整个雪山都是它们的幕布。

红叶早已落尽，它们依然无法放弃枣红的本色，成片的装点整个冬天里的苍茫和沉寂。在湛蓝如洗的天空下，在碧蓝幽青的黄河两岸，燃起跳跃的火焰丛林，形成燃烧的风景，渲染单调的冬季。

冬天，除了苍白的枯寂、破败的灰暗，还是有色彩的。虽然，这份色彩，已然失去了春天的鲜活灵动、夏天的明艳光泽、秋天的斑斓陆离，但是，依然是有丰富的色彩，丰富的内涵的。

2021 年 12 月 5 日于贵德

炊烟里的故乡

炊烟是古老村庄飘扬的信号旗,是故乡招摇的风幡。炊烟是村庄鲜活的气息,是故乡根深蒂固的味道。

缕缕炊烟在淡淡的晨雾中袅袅娜娜地舞动,如流云水袖甩开舞台的精彩,如奇幻的精灵唤醒沉睡的森林。

村庄也在炊烟中再次复活。

暮色方兴,在夕阳最后的余晖里,炊烟从屋顶冉冉升起,越过墙头,越过树梢,飘散如雾,化身为霭。却是依然带着各家各户厨房里殊异的味道,带着各自母亲的呼唤,提醒着早出晚归的人们,还有在外漂泊的人们回家吃饭。

不知何时起,炊烟似乎从村庄上空消失了,消失得无影无踪。也许,是我在水泥丛林里跋涉得太久,忘记了关注家的方向,也许是我熟悉了城市的五味杂陈,模糊了家的味道。炊烟,已变成了心中的映象,朦朦胧胧,时隐时现,只在最孤独的夜晚,最悲凉的月光里,雨后的凄凉里,才能从记忆深处捕捉到它的身影,勾起最深沉的思念。

站在老宅二楼的层顶眺望,整整齐齐排列着的,鳞次栉比的屋顶之间,总是被突兀的小洋房给斩断,或者间杂诸多冰冷的蓝色彩钢瓦的简易棚屋顶,像是村庄新患的疥癣,或是刚补的疮疤。在那耀眼的鲜艳里,少了泥土的厚重沉稳,少了村庄原有的和谐,呈现与村庄格格不入、背道而驰的气质。

当然,这一切都是美好的愿望和时移势迁的变化。村庄也是紧跟时代的步伐,不断发展前进着的,是逐渐远离贫瘠,走向富裕的。但是,这样的村庄,少了历史的沉淀和时间的酝酿,无法融入记忆中乡土的气息和田园。毕竟，咄咄逼人的城镇化趋势下，萎缩的村庄最终与原始的、原汁原味的村庄有了些许区别，有了些许距离。

泥土的气息正在远离村庄。就像脚下这片屋顶，新型的防漏材料代替了古老的房泥，于是，屋顶上的风滚草消失了。冬天的北风吹起，风滚草抱成团在屋顶翻滚的声音没有了，随风起舞，沿着屋檐飘落，或轻扬着在空中起舞的景象也不见了。一年四季，深绿如墨，饱满松软的、湿漉漉的墙苔藓也不见了，只剩下裸露的墙头与冬日的枯寂，孤独地交相辉映着。那低矮卑微的墙苔藓，是积蓄经年的历史，是岁月沧桑的印迹。当这一切都在这个冬天消失殆尽，村庄也就只剩下追名逐利的肤浅和爱慕虚荣的浮躁了。

村庄里，原生、记忆中的土庄廓已经不多见了。取而代之的是绵延的一幢幢拔地而起的小洋房。阔绰地沐浴在冬日的阳光里，与周围零星的土庄廓形成鲜明的对比。

就连村庄十字路口，沐浴北墙根儿下冬日暖阳里的乡亲们，也不在聊着家长里短的事情，那是聊了千年的话题。现在只聊与金钱、功名有关的话题。

站在冬日的屋顶，我思绪如风，目光如电，我跨越时间，无视空间，俯瞰着村庄边缘磨渠沿的欢乐景象。那里烙印着我成长的痕迹，流淌着我思想的源泉。

磨渠沿是成年人和儿童的分界线。此线以西是父辈们面朝黄土背朝天的舞台，此线以东，是儿童的天堂。再往东，才是家的方向。

几代人的童年都留在狭长的磨渠沿上，生根发芽。就连缺失了一半的石磨盘，也迷失在童年的欢乐里，不再孤单。我也是其中不可或缺的一员，在那里卸下所有的烦恼，只剩下无忧无虑的欢娱，只在夕阳西下的时候，才会望向家的方向，等待炊烟升起，在母亲声声呼唤里恋恋不舍地离开。

村庄是如此的寂静。

我站在屋顶，四周寂静，如入深渊，如涉密林，天地间只有我的呼吸，我的心跳。没有鸡追鸭逐的喧嚣，也没有狗吠猫叫的嘈杂。

我不由地怀念县城里楼房内的清晨。第一抹鱼肚白在第一声鸡鸣中亮起，第一声狗叫打破夜的宁静，引来周围的、远处的、更远的地方的鸡鸣狗叫。于是，天地复苏，热腾腾的朝阳在动物们狂欢的热闹中升起。这是我家小区外面，县城安置小区的清晨。这也是村庄原有的声音，才是生动的村庄，鲜活的故乡。如今，像今天一样的寂静，压抑地让人欲癫欲狂。

总会有一些声音打破这深邃的静。

一群麻雀在楼房后面的杨树林里叽叽喳喳地吵闹着，争抢着落叶下掩藏的食物；一只乌鸦在远处的白杨树冠上孤单地埋怨，埋怨寒冷的冬天。我只听见它们的声音，没有发现它们的身影，它们是留守这片土地上为数不多的精灵。

我由衷地感激它们，让我从孤独的压迫和寂静的束缚下惊醒，重新感受生命的温度。是的，每个生灵都是有温度的，能温暖彼此的心灵。

我努力地驱赶着太阳，快马加鞭地向西。在金黄的晚霞里静静地欣赏一群蚂蚁在屋顶上，在莫名的指引下，杂乱无章地穿梭，寻觅过冬的最后一粒食物。我看见一片枯叶，被微风吹落，依依不舍地离开树梢，盘旋着、盘旋着飘落，瞬间消失在落叶堆里，不分彼此。我在麻雀的争执和乌鸦的抱怨里焦急地等待，等待夕阳下炊烟的升起。

夕阳即将落入山的怀抱，夜的幕布从远方的树冠渐渐升起，冬天的寒冷也随着夜的吞噬和浸染，开始有些刺骨。我始终没有等到炊烟如愿地升起。不要说此起彼伏、互相辉映着在村庄里升起，一缕炊烟我也没有等到。

没有炊烟升起，飘散如雾，渲染、皴擦天空的色彩，夜的降临便有些突兀了，夜的幕布仿佛突然间就被拉上，没有缥缈虚无的炊烟，夕阳和夜色也就失去了遐想的空间，没有了如梦如幻的朦胧之美。

老宅西角，母亲的厨房已经尘封了许久，炊烟自也消失了许久。我望着夜幕下空荡荡的村庄上空，终于沮丧地收回等待的目光。

记忆中的炊烟，再也不会升起在这个村庄的上空了。我甚至怀疑，我是否曾经真切地看到过炊烟，抑或那是一个流传千年的田园童话。

绵延百年的村庄，终将消失在城镇化的进程里，消失在历史的长河里，就如先它而失的炊烟。

村庄不见了,炊烟又能在何方升起?

乘着初升的月光,我小心翼翼地把故乡,把原来的村庄纳入梦想的一缕炊烟,埋入心海。然后,在余生每个黎明的晨曦里,每个夕阳的辉煌下升起,飘扬如旗,幡动如风,指引我回家的方向。

此心安处是吾乡。故乡的炊烟在心中升起,炊烟里的故乡也常存于心。

2021 年 11 月于贵德

红红火火的日子

每个希望都是新的开端和起源,也是另一个希望的结束和延续。

——题记

冬天的阳光总是如天使般光芒四射,如高明的梁上君子一般不知不觉间蹑手蹑脚地溜进房间,然后一点点拉长身影,在细微的不可察观之际,占领阳台,占领大半个客厅。

阳台的茶案上,凌乱的茶器、焚香的铜炉,在斜斜的温暖里折射出锃亮如油的光芒,毫末俱现岁月流淌的痕迹和摩挲把玩的油渍及印痕。

恣意繁荣的君子兰、扶疏挺拔的紫檀树,所有的叶片,无论形状和大小,在阳光里,如片片翡翠一样温润,争相露出半透明的秀美身躯,欣欣向荣地在冬日里的阳台上茁壮生长。

两串辣椒从阳台顶上垂下,在冬日的阳光里静静地变化,褪去夏季青涩的面孔,在时间的脚步里,换上红色的妆容,在阳台上流淌如火。

那流淌的火红,是漫长冬季里,除了阳光的金色外,最温暖的色彩。那流淌在阳台的火红,始终洋溢着田园的味道,充满红红火火的生活里蒸蒸日上的希望。

那流淌的火红深处,是大兴安岭拥抱着的漠河。茫茫雪原,原木搭建的粗犷原始的木屋前,唯有那挂满屋檐下的串串火红的辣椒、金黄的玉米棒子,孤零零的,用异于季节的色彩,在皑皑白雪的怀抱里,变幻莫测的星空下,诉说人间烟火的气息,传递着大地上希望的种子。

每一次诉说都是一个春夏秋冬的轮回,每一次传递都是漫长四季的等待。

　　那流淌的火红里，是清凉的仲秋之时，母亲亲手从院子中心的果树上摘下火红的沙果子，精心挑选出她所认为的最美最红的果子，心满意足地分成三份：一份献给远在天堂的先人祖灵，一份留给中秋圆满皎洁的月光，最后的一份，系上五彩丝线，系成圆润如意的球形，在我垂涎欲滴的目光里，小心翼翼地挂在上房的房梁正中。

　　于是，浓厚馥郁的果香便飘满整个房间，绕梁三月，随着炊烟飘向不知所在的神灵，分享丰收的味道和喜悦。果香里飘散着虔诚的农耕者质朴的祷告，包裹着卑微的耕耘者向苍天大地的真诚祈愿，充满对生活的感恩之心和对美好生活的期盼。那飘散的果香里，是永恒不变的、最美的田园色彩和最浓郁的田园味道。

　　岁月的脚步依旧不疾不徐，随着日落月升的步伐平静流逝。而我，却在四季如常的轮转里日渐老去。不知不觉地爬满眼角的鱼尾纹，以岁月为刀，记录着我跋涉的轨迹和曾经的点滴。

　　不知何时起，我远离泥土的芬芳，远离充满欢乐和辛酸的村庄，却依然心存希望。

　　每一个活着的人，其实都有希望。无论是充满阳光的，还是充满邪恶的。活着的人，就是希望，死人除外。希望，是每个人永远的初心，是活着的气息。

　　我的希望，总是在春天的气息里发芽，在夏天的骄阳似火里成长，在秋天的月光里蕴藏，只在明媚灿烂的冬日暖阳里绽放，盛开红红火火的希望的花朵，流淌在蒸蒸日上的岁月里，铸就美满幸福的日子。

　　我和夫人历经千辛万难的新婚，是两个生命在冲撞磨合里同化的开始，也是另一个希望的开端，是前一个希望的轮回。只是多了一些不可预知、不可更改的时代特有的因素，便有了鲜明的变化。而这种变化沾满了整个时代赋予的奋进，积极向上的气息，却也充斥着精神上的迷茫和物欲横流的气息。

　　总会有一些美好的东西会消失，碾碎在历史的车轮下。有些东西依然保留如初，记忆如新。

　　在"哇哇哇"的哭叫声里，一个精灵极不情愿地被打落凡间，屁股上还留着神灵的脚印——一大片醒目的青。那似乎是所有炎黄子孙的血脉痕迹。蒙眬地睁开双眼，打量陌生的世界，一眼就记住了父母的脸庞，熟悉了终生难忘的味道。

于是，又一份希望也随之而生，虽然，这份希望，会让步履维艰变得更加沉重，但是，这份沉重，无疑是生命绵延不绝的根本，也毫无疑问的，所有的步履维艰和沉重，都会被记忆中流淌的果香和新生命诞生的欣喜给冲击得支离破碎。

这个精灵的到来，无疑是新希望的起点，是美满生活的开始。

从租住屋到现在的蜗居，居所更换了五六次，但始终没变的是，每个寒冷冬日里，挂在阳台上那串红红火火的辣椒里流淌着的希望。

这个精灵降临的那个冬天，夫人以虔诚之心，挂上那串串青色的辣椒，在那租住屋的阳台上，许下美好的愿望："希望我们仨今后的日子红红火火，蒸蒸日上，幸福美满。"

也许是夫人的虔诚，打动了虚无的神灵亘古不变的冰冷，也许是这个精灵，捉住了缥缈的好运，也许是先辈们沉淀流转的福报，日子，却也一天天地变得好起来了。

算不上富足，但也算勉强过上了滋润的小康生活。当然，这不仅仅只有我一个人，在这个美好的时代里，许多与我一样的人，都是如此。

抛开虚无的精神寄托，这是时代的变化，是时代发展的红利，源于我们所忠诚的信仰之光。我荣幸之至地感恩这个时代，虽然每一片光明都隐藏着同样的黑暗，但是，我绝不奢求绝对的公正和光明，那是愚蠢之人和可怜之人的无知和卑微。我只企望着每一个希望都能在冬日暖阳里绽放。

从那以后，不管在什么地方生活，夫人总是会在冬日里，挂上几串青辣椒，然后，把剩下的一切交给时间和冬天的阳光，在岁月静好，琴声悠扬里等候每一个希望的成长，静候那串火红在阳台上流淌，再次绽放新希望的花蕾，盛开明媚灿烂的明天。

芝麻开花节节高。

这流淌着的火红就是节节攀高、日新月异的生活，流淌着幸福美满的明天，绵延着世世代代渴求的红红火火的日子。

红红火火的辣椒串，红红火火的新时代，这是多么相得益彰的事情，新的希望又盛开在通红的朝霞里，从东方冉冉升起。

2022 年 1 月 6 日于贵德

第五辑
山月忘机且停停

我和夫人相识在青南果洛,婚后两地分居,我回到花石峡公路段,随后,又辗转玉树,直到2006年,又再次相聚在贵德古城——我的家乡,从此再未分别……

缘起

花石峡[1]，一个令人遐想的名字，一个孤独的小镇，静静地坐落在阿尼玛卿雪山和巴彦喀拉山的脚下，扼守着通往三江之源的咽喉。

花石峡，是个很小的地方，名字来源于矗立如碑、色彩斑斓的巨大石崖。花石峡，也是一个不大的镇子，就叫花石峡镇。

在我的记忆里，全镇，只有为数不多的几家单位。最大的是公路段，最小的是邮局。当然，所有的单位名称，前缀自然也都是花石峡。麻雀虽小，倒也五脏俱全。除了公路段有百来号职工之外，其他单位只有寥寥一两人。最搞笑的是交警队，竟然只有三个人，而且分属三家单位，从事三种执法工作，分别是交警执法、公安执法、交通运政执法。交警队只是一种合称，是大家为了方便称呼对它们的简称，和正规意义上的交警队是不一样的。单位之外，镇子两边有两三家饭馆，最多的是汽车修理铺，兼着杂货铺、小卖铺的功能。居民只有三五户定居的牧民，其他就没有什么了。

说它小，最直观的描述是镇子全长只有百余米，形如两端长中间短的三叉戟模样；短的那头，伸向阿尼玛卿雪山，面向太阳升起的方向；长的两头，一头伸向巴彦喀拉山，一头连接着鄂拉山。这样微型的小镇，就算是在人烟稀少的青南牧区也是不多见的。

整个镇子沿着花石峡那块巨大的山崖，形成一片小小的不规则三角形。大部分的房屋都依山而建，花石峡河在山脚下波澜不兴地缓缓流淌。镇子一头连着海南藏族自治州，一头连着果洛藏族自治州，还有一头连

---
[1] 花石峡，是指果洛藏族自治州玛多县花石峡镇。1999年至2001期间，作者在花石峡公路段工作。

着玉树藏族自治州，现在应该叫玉树市了。花石峡就如纽带一样，连接三个兄弟般接壤的自治州，形成血脉相通的牵连，流淌着雪域高原的精华，交换彼此新鲜的血液。

前些天晚上，贵德家中的窗户外面，已是夜色深沉，虽万家灯火，却唯独看不到星空。

和夫人坐在阳台上看书，喝茶聊天。聊聊读书偶拾的经典，分享妙趣横生的片段，聊聊远在古都南京的儿子，聊聊柴米油盐的琐碎。这是个闲适宁静的夜晚，是空巢老人惯有的寂寞。虽然，奔五的我们，还算不得老人，远远列不得此列。只是，见今如明日，岁月匆匆催人老。

突然，夫人心血来潮般提议道：

"你为什么不写写花石峡？"

"花石峡？为什么写花石峡？"

"我觉得花石峡对你而言，不仅仅是一段普通的过往，一段简单的经历。花石峡，应该是你一生的幸运，一生的精神财富，我觉得，你是时候写一写它了。"

夫人，永远是我的知音，曾被我戏称为"我肚子里的蛔虫"。她是我思想的挖掘者，她的许多提议和适时的感悟，总会打开我封闭的、生涩的思维，让我的思想和灵魂自由地流淌，汇聚成文字的海洋。但是，对于写写花石峡的事，依然有些茫然，那是熟悉至极的陌生，是"犹抱琵琶半遮面"的朦胧。

花石峡，这是个记忆中多么遥远陌生而又熟悉的地方，是记忆中恍如昨日，似乎触手可及的地方。我能清晰地讲述曾经所有经历的细节，清晰地记得共事的熟悉的每个人的名字和脸庞，却又觉得那一切是模糊的印象，是似是而非的记忆。我总是混淆向往和回忆的界限，模糊梦境和现实的距离，对于花石峡，也是如此。

"你可以写，并应该写写花石峡的风、花石峡的雪，还有花石峡的孤独，那是你记忆深处，最美的东西。"

夫人在旁边继续提示一般提议着。

是啊，花石峡，这个苍凉落寞的孤独的小镇。对我而言更像是一座驿站，一座坐落在我内心深处的驿站。

我在花石峡有两年多的工作经历，实际上，待在花石峡的全部日子，应该只有短短的半年。但是，这仅有的半年，却始终在寒冷的冬日里让我感到温暖，在寂寞的黑夜里让我坚信光明即将来临，在寂寞无助的困境里让我不再彷徨，始终心存希望，不再孤独。那孤独的镇子里矗立的山崖，是我坚韧不拔的靠山。

离开花石峡的二十一载岁月里，我的足迹遍布祖国大半个大好河山。我在许多地方驻足过，停留过，甚至动过定居的心思。但是，没有一个地方如花石峡这孤独的驿站一般，让我动辄思念，不由自主地贪恋和牵挂。

我也知道，时隔多年，那里早已物是人非，今非昔比。所以，我也只是在脑海中不时地翻动记忆，阅读、品味曾经的花石峡。

对于夫人而言，花石峡，只是人生征途上仅有的两次偶遇，是真正陌生的地方。之所以烙印在她心头，是缘于我曾经在那里工作的经历，源于新婚燕尔之时两地分居的渴望，源于我在以后的岁月里不厌其烦的赘述。

喜欢读书，是儿时的喜好，是来自母亲怀抱里的故事，是对连环画的痴迷，是对虚无缥缈的江湖风云的向往，是对古往今来英雄侠义的景仰。而喜欢上静静地写作，书写自己所见所悟，记录生活点滴，那是源于花石峡的孤独和对爱人、对家无穷无尽的思念。

花石峡如万马奔腾般呼啸的风，花石峡铺天盖地、气势磅礴的雪，花石峡璀璨深邃的星空，还有花石峡深沉如夜，漫漫如水的孤独，都成为滋养我成长的精神食粮，支撑着我在所有困难、偏见前倔强挺立的支柱。

当然，不可或缺的还有花石峡恶劣的自然环境，让人窒息的4320米的海拔，还有和蔼可亲，质朴温暖的脸庞，都成为始终温暖我心灵的土壤，让我的思想蔓延，让我的灵魂升腾，让我清醒地穿梭在精神世界中而不会迷失，让我时刻不忘发现身边的美好，体味细微之处简单的快乐和喜悦。

叔本华说："人要么平庸，要么孤独。"

我始终觉得，在红尘中摸爬滚打许多年，早已身心俱疲，伤痕累累，却依然在职场底层悠然地活着，依然一事无成，只沉浸在自己孤独的文字里，孤独地就像苍凉的花石峡。我已然像是个庸俗之人，不得不折腰于五斗米之前，卑颜于现实面前，彷徨在灯红酒绿的迷茫里。

当然，这一切，都与夫人的提议无关，不妨碍完成夫人的心愿。因为，夫人算得上是我所有文字的第一个读者，兼职校对和评论员，所以，这点心愿还是应该满足的，那么就用我拙劣的文笔尽可能地去写下它吧。

写下花石峡，并不仅仅是夫人的心愿，更是为了深埋的梦想。

2021 年 12 月于贵德

花石峡，一块孤独的石头

被上帝遗忘在角落里的一块孤独的石头，这是我初见花石峡，几乎全部的印象。

从果洛州州府玛沁县出发，穿过八月初水草丰美、野花满山的东倾沟，在尼卓玛山雪线以下，回想着熟悉的《采蘑菇的小姑娘》那欢快的旋律，我在海拔3800多米的雪山下享受第一次采摘野生黄蘑菇的快乐。密密麻麻撒满高山草甸之间的野黄菇随处可见，俯首即得。让刚刚踏上高原这片土地的我，欣喜莫名，收获满满。期待着揭开高原神秘的面纱，更期待夜晚来临时，在星空下大快朵颐地享用黄菇炖羊肉的幸福时刻。

草原鼠兔，这片高原上泛滥的精灵，以独有的萌宠姿态和狡黠的神情，成群地在草原上追逐玩耍，时而疾行如风，在草丛中忽隐忽现，时而凝神驻足，注视陌生的我，神形皆殊，姿态各异，不一而足。雪线以上的山脊后面，雪鸡发出和家鸡一样"咯咯哒"的叫声，却谨小慎微地隐藏着，只闻其声，不见其身。更远的山崖上，岩羊，也许是黄羊，在悬崖峭壁上高傲地俯视着，自如地跳跃奔跑着。

雪线以上，盘旋上升的公路两侧还有残雪。残雪下，野草依然在生长，旁边的草依然坚挺地绿着，向我宣示着：这是夏天的领地，是最有活力的夏季。

沿着山脊蜿蜒盘旋的公路，向西北方出发，翻过尼卓玛山，再到玛积雪山垭口。不远处的玛卿岗日主峰，披着厚厚的冰雪盛装，庄严肃穆地屹立在苍茫的天地之间。我似乎看见晶莹剔透的雪峰在夏日的阳光下散发着圣洁的七色佛光，依稀听见穿越时空而来的朝圣者们虔诚的诵经声。那一瞬间，我仿佛心有灵犀般，顿悟了神山之名的由来，洞见了玛卿岗日所有的神圣和神秘，那是亘古以来，人们对宏大、壮观的自然万物由衷的敬畏和敬仰之心。那是护佑一方的神灵之心，是天地间万物生灵最后的归宿。

站在垭口，在安装老北京吉普车空气滤芯的间隙里，夏天的太阳刚刚越过我的头顶，同行的老同志指着远方说：

"看，山下面，最远处的地方就是花石峡了。"

为了防止车辆因缺氧而熄火，有经验的司机，早在上山时就已经拆除了吉普车上的空气滤芯。我不知道这样是否真的有用。但是，老旧的吉普车总算是不负众望地翻过重重山峦。

我顺着老同志手指的方向，放眼望去。一条蜿蜒如蛇的公路从山顶盘旋而下，然后笔直地向前，直到消失在一座巨大的山崖前。

"在哪儿？还要翻过那座山吗？"

"就在那个山崖前。"

在老同志笃定的回答里，我努力地用并不太好的视力在山崖前的草原搜索了许久，才看见一小片花花绿绿的，疑似屋顶或院墙的东西。说是一小片，确实细微到如果不细心、耐心的搜寻，就很难发现的地步。我不禁有一丝淡淡的失落。毕竟我刚刚离开古都西安，城市的繁华和草原的寂寥，反差还是太大了，大的就像我的期望和现实的距离一样。但是，很快，这份失落就被对未知的新奇和准备参加工作的喜悦给冲淡了。

下了山，公路两侧的草地上开满了红色、黄色、蓝色的野花，并不丰盛的野草，卑微地匍匐着低矮的身子，用平原上初春的黄绿色与远处的雪山争夺着短暂的夏天，而不是夏季里正常的翠绿。

这里几乎看不到任何活着的生灵。

在我视野所及的草原上，没有寂静的牦牛点缀辽阔的草原，没有白云般的羊群在大地上游荡，也没有零星的黑帐篷在天地间守候。整个天地间是寂静的，除了野草野花在风中瑟瑟发抖的身影，还有老旧的吉普车在沙砾路上咆哮着颠簸前行的轰鸣，只剩下风呼啸而过的声音。我所认知的高原所有的特征在这里都消失殆尽，了无痕迹。

那是1999年的夏天。通向花石峡的方向，只有沙砾路，几乎没有农区常见的柏油路和硬化路面。直到两周后，我才知道，我即将去报道的花石峡公路段百多公里的养护路段里，只有二十多公里的柏油路，其余的，都是砂砾公路。

我听着风的声音，循着风的方向，在笔直的公路蜿蜒地前行。渐渐的，那片花花绿绿的东西在慢慢地放大。我终于看清楚，那不是什么房屋。而是一座超大的经幡，高四十多米，类似苏鲁锭一样的旗杆为柱，笔直地立在中间，再从顶端斜斜垂下鸡蛋粗的绳索，均匀地固定在草地上，形成了以中间的旗杆为圆点的巨大圆形空间，所有的绳索上挂满了五色杂陈，印满经文的风幡。

我一边高喊着停车，一边迫不及待地跳下尚未停稳的车辆，钻进如穹如庐的经幡之下。庞大的经幡在风的吹动下，不断地发出巨大的"啪啪"声。那是宏伟的、庄严的法会，是崇山峻岭中古刹深处传来的深沉诵唱。我透过经幡的空隙，看见四周绵延千里的群山全部复活，化身为龙，在天地间欢腾，在蓝天下翱翔。我看见缕缕阳光中降临的佛陀，沐浴着七彩霞光慈祥地凝视着苍茫大地，露出深情的拈花一笑。我静静地闭上双眼，像佛教徒一样以虔诚之心完成一场跨越时空的交流。

时至今日，当我回想起那一刻的心神激荡，才洞悉了这片土地缘何在多年以后，让我依然魂牵梦绕。

我从空灵里醒来，从虚无处回归。才发觉心跳如雷，头痛脑涨，胸腹闷痹。后来我才知道，原来那就是高原反应的症状，是我在极度缺氧的状态下，物我两忘的神游。虽然，我只是小跑了五十多米。只是，初临高原的我，还是小觑了高原的威力。

我缓缓地离开经幡，走到路上，抬眼望去。一面灰色、深青、棕红等多种颜色糅杂在一起，色彩纷呈的巨大山崖，以黝黑的底色矗立在蓝天之下，矗立在公路的尽头，阻断了眼前这方天地。像一座巨大而粗糙的金字塔，像一扇巨大三角形的屏风，阻断了所有前进的方向，斩断了所有眺望的目光，塞满了整个天空，如一块石头般塞满我的心房。

那是一块怎样的石头？

孤独的远离群山，倔强地让蜿蜒的河流、零星的房屋都以它为中心，环绕在它的周围，成为它的俘虏。孤独地就像是人为的安放或遗忘在这里，突兀地出现在天地之间，扼住所有通道的咽喉。从任何一个方向过来，都看不到前面的路，只有那矗立沉默的巨大石头。不，绝对不是人为的。人类，没有足够的力量和勇气完成如此波澜壮伟的事情。这绝对是神迹。是混沌初开时盘古斧迸裂的碎片，是女娲造人时随手甩落的补天石。只有他们，才会营造出如此雄壮苍凉的悠远气息，才会赋予它与阿尼玛卿雪山互相辉映的勇气。

那完全由嶙峋峥嵘的坚硬石头堆砌的山崖，陡峭得让人绝望，杜绝了征服的欲望。在这群山怀抱的辽阔草原上，突兀地耸立如神，挺立如戟，撕裂四面八方呼啸而来的寒风，咆哮着洒向草原，洒向雪山深处。

4380 米，这是花石峡的海拔，更是我眼前这座巨石纯粹的高度。他用这个让人们绝望的高度，宣示着生命禁区不可逾越的高度。

这是个孤独的高度，是让人敬畏叹息的高度。巨大的石头，宛如地狱之门，宛如传说中的鬼门关，一面是生存的希望，春光灿烂；一面是死亡的深渊，冬寒料峭。巨大的石头，分开了人类和神魔的界限，这面是人类安详自如的家园，那面是神魔交战的战场。

"念天地之悠悠，独怆然而涕下。"我怀揣敬畏，和陈子昂一起，跨越历史的长河，感叹着独立苍茫的落寞和孤独遗世的寂寥。

我在老同志急促的呼喊和关心的问候中回过神来。眼前，依然只有巨大如碑的石头，我的心灵、我的脑海依然塞满它的身影，再也容不下其他任何东西了。

直到许多年后，我经常会在梦里渺小地遥望着这高不可及，却又仿若触手可及的石头，依然能听见石头后面神灵的呓语，神魔的咆哮，听见花石峡上空肆虐的风雪。

花石峡，这让我总是在不经意间想起，并深深怀念着的地方，在流逝的岁月里，也只剩下这块高不可攀的被神灵遗忘的石头，浮现在心灵深处，浮沉在脑海之中。

2022 年 1 月于贵德

风雪花石峡

一、风起

2003年的7月底,我和老曲,去花石峡路政管理所收缴罚没款,所有事情办完,已经是7月31日了。次日是8月1日,建军节。

那时候,全省的路政队伍大部分是退伍军人,依然还保留着军队上的一些习惯,我所在的玉树公路总段也是如此。加之路政队伍,也是一只准军事化管理的执法队伍,遂决定留下来,当天晚上陪兄弟们一起过节。

吃过午饭,所里的食堂已经开始忙碌,准备丰盛的节日聚餐。我和老曲到镇上买了箱酒,往回走时,天已经变阴了,灰蒙蒙的云层遮掩了整个天空,暗淡的太阳挂在天空,散射惨白却不刺目的光芒,远处的阿尼玛卿雪山、长石头山、再远一些的巴颜喀拉山都已经退入一片朦胧的灰暗里。只有身后屹立着的被遗忘的不知名的山峰,露着狰狞的面孔。

风从耳边吹过,掠过我的面颊。我能清晰地感受到,风在积蓄力量,积蓄咆哮的力量。我能听到风的声音,甚至能看到风起的模样。不远处的经幡在舞动,舞动的步伐越来越急,不停发出"啪、啪啪、啪啪啪"的声音。

"其实,我俩应该中午就离开,今天晚上要下雪,下了雪,明天又回不去了。"老曲看了看天色,有些担忧地嘟囔着。

"下雪?不可能吧?"

虽然我是名地道的土生土长的青海人,也没少听人们谈及夏天唐古拉的雪、格尔木的风暴,还有祁连山包子大的冰雹。对这些,我始终有些半信半疑。虽然在青南地区工作了五六年，见多了极端天气，但是，八月份下雪，我依然是有些怀疑的，对我来说就是天方夜谭。

"看这天气，应该错不了，算了，既来之则安之，也让你小子见识一下什么叫'高原的天娃娃的脸'，你还别不信，今儿晚肯定有雪。"老曲用一副老高原人的语气笃定地大声对我说。

也许吧。其实，我也很期待一场雪，一场盛夏里的雪。

我没有理会老曲的嚷嚷，心中却难免对未知的夜晚，有了一丝莫名的期待。

庆祝"八一"的活动中午就开始了，唱军歌、加上一些小游戏，时间并不长，大家玩得也还算开心。聚餐照常是下午三点开始，晚上天黑前是要结束的。花石峡还没通电，依然靠柴油发电机发电，照常是晚上九点半熄灯。

聚餐准备得很有特色，职工们自己动手把餐厅装扮得充满节日的气息，恍如又回到军营里，回到那段青葱岁月里。大家在嘹亮的军歌声里举杯共祝，在军歌声里对坐豪饮，在军歌声里回忆往昔。没多久，便有人在军歌声里啜泣，有人在军歌声里号啕大哭。渐渐地，热闹的餐厅里，人越来越少，声音越来越低，直到渐不可闻。

这是一伙可爱的人，脱下了绿军装，穿上了路政绿（当然，现在是路政蓝），他们依然保留着一些昔日的本色，不遮掩、不退缩、不扭捏。想唱就唱，该笑就笑，唱完了，闹完了，笑完了，再爽爽快快地哭一场，把往日的回忆、军人的荣耀、对家人的思念、男人的担当、所有的委屈和不快乐的事情打成四四方方的背囊，融入酒中，化入愁肠，凝成泪珠，这并不仅仅是悲伤。待到天明酒醒时，便一切随风而逝，依然是灿如阳光的阳刚男儿。

二、狂乱的夜

送走了一伙醉酒之人，拒绝了几个酒兴正酣的自认清醒之人。我已是酒气汹涌，难以自持。回到招待室，躺在床上，听着窗外呼啸的狂风，从阿尼玛卿垭口咆哮着倾泻而出，从巴颜喀拉山顶以侵略如火的姿态奔腾而来，沿途裹挟着这片天地里一切可以带动的物质：砂石、羊粪、枯草等等。不断壮大的风的力量，倾泻在花石峡这狭小的一方天地里，噼里啪啦地砸在我的屋顶上，晃动我破旧的木质门窗，发出不堪重负的"咯吱、咯吱"声。

我听见风的咆哮，听见两个方向的风在天空中的碰撞，那是两尊神灵的咆哮，是两支神庭军队冲锋的呐喊，战场就是花石峡。两股风呼啸着肆虐花石峡的天空，布满整片天地，所有的生灵都臣服于这天地之威，草低下了头颅，以更加谦卑的姿势匍匐在地上，风中隐约传来不远处马的嘶鸣、牛羊的吼叫，那是恐惧无助的悲鸣。

我听见风从我的屋顶跑过，沉重的脚步踩踏着发出隆隆的轰鸣。我看见狂野的风试图侵入我的房间，狂暴地撼动我可怜的门窗。我看见，这片天地间，虔诚的牧民在那即将倾覆的黑帐篷里向天地祈祷，向所有的神灵祈祷，祈求免于死亡和灾祸，越转越快的经纶伴着越来越急的诵经声，就像外面越来越狂烈的风一样，毫无停息的迹象。

屋外的狂风似乎吸空了天地间所有的氧气，头痛欲裂的我，独自在黑暗里承受着胸闷气短，口干舌燥的无助，不可避免的高原反应，还是出现在了最不应该发生的季节里。

我从床上艰难地爬起来，在外衣口袋里摸出几片红景天和去痛片，吞了下去。躺回到床上，就像头枕撕裂的深渊，外面是风暴踩躏的废墟。这是神灵蓄谋已久的针对盛夏的暴动，我心怀绝望地承受着风的侵袭，倾听神灵的怒吼，无助的隐入夜的黑暗，昏昏沉沉地睡去，任凭屋外的风和杂乱无序的思绪冲撞。

也许，今夜我会死去，但是至少有一样东西没有屈服在风暴的铁蹄下，那就是"善利万物而不争"的水，花石峡的河水依然在静静地流淌着。

"靠，死老曲，真是个乌鸦嘴。"

我在半梦半醒之间悻悻地抱怨着老曲。我期待的是寂静的盛夏之雪，而不是这该死的狂虐的风。

我也很庆幸，我不是这个夜晚独自在荒原上的跋涉者。

三、寂静

我从黑暗中醒来，努力睁开迷迷瞪瞪的双眼，使劲儿揉了揉僵硬的脸颊，捶了捶昏昏沉沉的脑袋，坐在床上隔着窗帘看着外面的明亮。

"天亮了？睡过头了？这该死的酒，这该死的高反。"

我晃了晃脑袋，慢慢地想起了昨夜的恐惧。

"嗯嗯，活着就好。"我一边起床，一边安慰自己。

拉开套间的门，准备去洗漱的我，被眼前的一幕惊呆了，外间的门缝底下是什么？

雪，晶莹剔透的雪，从门框下的缝隙悄悄地渗透进来，静静地铺在门后，被外面透进来的光映射地如璀璨的钻石。

真下雪了？

看了看手机，时间才是早上七点，西北的天，还未亮。我穿好鞋子，一把拉过外套，就匆匆地拉开了房门。

整个院子里都是洁白的，成了童话里的冰雪世界，所有的人应该还在梦乡里游荡，只有偶尔传来的鸟儿的鸣唱，打破这方天地的寂静。那是生命的欢歌，预示着这个清晨的寂静无声，不是如临深渊的恐怖无声，而是宁静祥和的寂静，是万物复苏前的沉寂。

噢，我竟然不是这个唯美的雪原上的第一个访客，雪地上稀稀落落的鸟儿的爪印，宣示着它们才是美景的发现者和拥有者，这让我不由得有些懊恼。

我轻轻地，小心翼翼地抬起脚，踩到雪上，"咯吱"，我的脚在悦耳的声音里，整个陷了进去，完全被雪包围。我欣喜地就像儿时，欢快地在"咯吱、咯吱"的声音里一步一步向院子外走去，我急不可耐地想去看看外面广阔的天空，只留下身后一串不似脚印的痕迹。

我在经幡下眺望，看不到天地的界限，所有的山峰已经失去了往日的棱角，就连高耸的阿尼玛卿神山，也已经引入了天地虚空，只剩下隐隐约约的轮廓。

昨夜的狂风早已不见踪影，盛夏里的雪似乎在一夜间，不知不觉地塞满了整个天地，拓展了这片草原。天地相合，惟余莽莽。失去棱角的山峰和草原一样平整，凸起的山峦，如祭献神灵的馒头一样圆润。四野茫茫，寂静无声，天空是静的、草原是静的、垂落如旗的经幡是静的。远处的阿尼玛卿雪山披着厚重的婚纱，圣洁的伫立，静候日出时绽放最美最雄壮的光芒。就连不远处的花石峡河也静静地被白雪覆盖，如飘飘欲仙的丝带缠绕在圣洁的雪山脚下。冰清玉洁的雪山，光洁晶莹的天地，美得不可方物，美得让人窒息。

这盛夏的雪，犹如天界洒落的一整片云锦轻纱，掩盖了昨夜风暴肆虐后的凌乱，让一切归于安宁和寂静。"一白遮百丑"，是真的如此吗？

所有的丑陋，其实都将暴露于灿烂的阳光下，雪只是遮掩了一时罢了。待到日出时，所有的一切都将暴露，所有的凌乱都会在一片泥泞里变得更加污浊不堪，但是这并不影响我欣赏雪的高洁和孤独。

这场飘落在盛夏里的雪，没有辜负我的期待。"不要人夸颜色好，只留清气满人间。"这皑皑白雪、茫茫草原，用单调的白色装扮着冰雕玉砌的世界，虽然没有悠远的梅香，雪后清新的高原气息却也沁人心脾，扫去了昨夜所有酒后和高原反应带来的不适。

我面对辽阔的群山，意气风发地大声朗诵着主席的诗词："北国风光，千里冰封，万里雪飘。望长城内外，惟余莽莽；大河上下，顿失滔滔。山舞银蛇，原驰蜡象……"

我在鸟儿的鸣唱中吟诵，唤醒这寂静的沉睡之地，仿佛又回到了那个战火纷飞的年代，听到了昨夜的风声。那个盛夏的早晨，我在草原上高歌放飞我的心灵，沉醉在天地的磅礴和辽阔里。

那是 2003 年的盛夏，"八一"建军节的清晨，我和暴风雪在花石峡的一次邂逅。

2022 年 1 月 26 日于贵德

静享孤独

易美珺

不知不觉，我已经退休九个月了。时间过得可真快呀！以前有同事退休，我并没有什么感觉，就是身边又少了一个同伴，很快又会有新同事代替了。轮到自己迈入退休老同志的行列，却别有一番滋味在心头。

先生还需要继续工作上班，有时还得加班。儿子刚大一，新鲜忙碌的大学生活使他无暇陪我们闲聊。我知道，他们都忙，我也曾经忙碌过。但是，似乎那已经是很久很久以前的事情了，久到我怀疑自己是否真的上过班，又或是，那只是我的一场梦？

每当我一个人独自守家的时候，我就想方设法地给自己找一些事情做。除了做家务、看书外，自学古筝和电子琴、吹陶笛、学有声演播……，我想让自己忙碌起来。然而，对往事的回忆总是能在我忙得忘乎所以的时候，涌上心头。而我的所谓的忙碌便戛然而止，跟随大脑回到我以为忘却了的，实际上却是刻骨铭心的青春岁月。

二十五年前，我参加工作，第一次见到工作单位的场景似乎就在昨天。我的工作单位在遥远的果洛州玛沁县，我跟着同事坐着单位的吉普车去那里。因为我是新来的，又是小姑娘，领导才破例让我坐单位的小车，这是对我的照顾和关爱。听说，很多同事都要坐班车，要走整整一夜才能到果洛。

那时，从西宁到果洛的公路还是砂砾路，一路上颠簸不说，最要命的是尘土飞扬。吉普车密封性不好，透过车窗的阳光里满是翻滚的尘土，车内充斥着浓郁的尘土气息，令人窒息，我只能拉起衣领，努力地捂着自己的口鼻，艰难地呼吸着。一路上越走越荒凉，翻了一座又一座山，数不尽的弯道让我的胃痉挛到抑制不住地想吐。在快到一处垭口的时候，坡十分陡峭，我看不到前面的路，颠簸的车辆在蜿蜒崎岖的山路上盘旋而上，山越来越高，车也越爬越高，仿若行走在天上，行走在云端之上。那感觉很神奇，至今深深地刻在我的脑海里。

沿途，我看到星星点点的黑帐篷，有藏族小孩放牛羊，他们站在路边看过往的车辆，睁着又大又圆的眼睛一直盯着我们的车，我想：这双眼睛什么时候才能看到外面的世界呢？

的确，每次去果洛，仿佛就是去另一个世界。那是遥远、寂静、孤独、与世隔绝的地方，而这种感觉，从第一次去果洛到现在，依然让我无法忘却。

在我浑身麻木昏昏欲睡的时候，车停了，直到车门被拉开的那一刻，我才意识到，我们终于到了。于是，我看到了我即将要工作生活的地方。而且，令我没想到的是，在那里，我整整坚持了11年。

由于单位的工作性质，我们跟当地的人接触不多。我每天只跟同事相处，很少出单位大门，一天二十四小时都在单位大院里度过，工作之余生活十分单调。那时，没有网络、没有电脑、没有手机、没有电视，而我又是为数很少的年轻人。孤独和寂寞一寸一寸地啃食着我的内心。不知为什么，虽然有大把大把的时间，可我却始终无法静下心来看书学习。

每个周末，不用上班，更是寂寞得要发疯，仿佛时间和空间都凝固了。我多想变成一只雄鹰，哪怕是一只最不起眼的小麻雀也好啊！我可以飞到院子外面去看看。其实，单位并没有锁闭大门，我们完全可以自由出入。但在那荒凉的地方，对外面陌生世界的恐惧和对陌生人的恐慌，让我选择了禁锢自己。有时，我待在宿舍里，啥也不做，只是呆呆地坐着，看着屋里的苍蝇飞来飞去；看着墙角的蜘蛛吐丝结网。我舍不得打死它们，只有它们是这屋里除了我之外唯一能动的生物，只有它们肯陪陪我。

两年之后，他出现了——我的先生。他总是在晚饭后来找我聊天。渐渐地，我发现我跟他真的很能聊到一起。数不清有多少个夜晚，我们坐在从不使用的篮球架上，一起看果洛独有的星空，一起欣赏着繁星点点。

果洛的夜，没有车水马龙，没有霓虹幻彩，黑暗苍穹之下，星空显得格外寂静，格外深邃，格外闪亮。也许是果洛太高了，离天太近了，感觉伸手就能握住自己喜欢的那颗星星。就在这属于我们俩的星空下，他给我讲了他的故乡。不知是孤独得太久，还是我们真的有缘，我又渐渐复活了。他像一缕阳光，穿透阴霾，照亮了我近乎停滞的心，就这样走入了我的世界，陪伴我至今。

多年以后，也是在遥远寂寞的果洛，他又给我讲了他的花石峡。一个比果洛州玛沁县海拔更高，气候更恶劣的地方。虽然先生用诗情画意的语句给我讲述花石峡的山水人情，但我能想象得到在那个高冷孤寂的地方，先生过着怎样更加寂寞更加艰苦的日子，我也感受到了他比我更加强大更加坚忍的内心。也许是"同命相连"才有了惺惺相惜，也许是身临其境才有了感同身受。时至今日，我更加怀念更加感谢那一段刻骨铭心的两地分居的生活，它教会了两个年轻人应该怎样共同面对生活中的艰难困苦，应该怎样不离不弃、相濡以沫的携手人生。

岁月匆匆，时光飞逝，我俩都已长出白发。曾经的二人世界已经变成三口之家。

如果说，是先生从封闭的孤独中复活了我，那么儿子就是我生命的升华。在我们的儿子两岁的时候，我再一次离开了西宁，在儿子撕心裂肺的哭喊声里，踏上了去往果洛的路途。

这一次分别，让我饱尝的不仅仅是孤独寂寞，更是对儿子深入骨髓的思念和牵挂。小小的儿子，也和我一样，日夜想着我，不知道我什么时候会突然不见了，也不知道什么时候会突然出现。因为怕他哭闹，我总是在他睡着后悄悄离开，不敢告别。

记得单位食堂院墙后的山坡上，住着一户牧民，牧民家里有个小男孩，好像跟我的儿子大小差不多。每当我们开饭的时候，牧民家的小儿子都会在帐篷前的草地上玩耍。我几乎天天端着碗，站在食堂门前，一边吃饭，一边看这个小男孩，一边想着我的儿子有没有好好吃饭、有没有好好睡觉、有没有哭闹、有没有想我……经常是饭凉透了，人走完了，我还在出神地看着小男孩。炊事员锁门的时候叫叫我，提醒我赶紧吃饭。我就端着饭碗，回到孤独寂寞的宿舍，继续思念家中的儿子和远方的先生。饭，吃不吃，也就那样了。2007年，我幸运地调回了贵德，结束了长达十一年的果洛生活。

没有经历过分离的苦楚，便不知团聚的甜蜜。我们仨，再也没有分离过，直到儿子上了大学。为这难得的团聚，我和先生放弃了各种升迁的机会，只愿守着儿子一家三口平平静静的生活着。

我很喜欢安静，先生亦喜舞文弄墨，巧的是儿子也安静得像个姑娘似的。先生盼着儿子闹腾些，闯点小祸，可是我们这乖巧可爱的儿子是结结实实地遗传了我俩的基因，真是：不是一家人，不进一家门。

我和先生已人到中年了，每每我抚琴他品茶或者我看书他写作时，是我俩最喜爱的时光。我俩一直贪婪地享受着没有纷争没有功利的生活。我每得一本好书，比得一件新衣更欢喜；先生每得一篇佳作，比每得一次升迁更兴奋。二十多年来，先生已积累了十多万字的作品。我是第一读者，儿子是第二读者。把这些作品汇总，出一本书，不仅是先生长久以来的夙愿，更是我们仨共同的期盼。这书便是家中的镇宅瑰宝！

愿我们三人平安喜乐！愿梦想成真！愿岁月静好！

2020年1月26日于贵德

爱上孤独

孤独实际上是每个人心灵的独白，学会倾听，静享孤独，漠视的只能沉沦为寂寞。

——题记

花石峡是个很孤独的地方，孤独得只有一条长长的一眼就望到头的街道，只有一块孤独的飞石为峰。

花石峡的人很寂寞。寂寞的人们，除了喝酒打牌，几乎无事可干。尤其是在漆黑的夜晚，只能在烛光下翻来覆去地给听了无数遍的人们讲过去的故事，然后深沉地醉倒在床上。所以，孤独的花石峡，几乎没有秘密。

花石峡的人都寂寞。但是，孤独的只有我。也许，还有其他人，但是我可能没有遇到。

1999年，我刚到花石峡报到，在感叹花石峡的荒凉、寂寞、苦寒之余，我就已经感受到了，充斥在这方天地之间的孤独韵味，与我非常契合的，这是与生俱来的孤独的味道。

我是单位里第一个全日制毕业的大学生，但是，在别人眼里，我肯定是出于某种原因，如学习不好，犯错误了等诸如此类的原因，才会到这个地方，不然应该没有大学生会来这里。

在他们眼里，我是与他们气息不符、格格不入的。甚至，在几年以后，他们依然觉得我是一匹野马、桀骜不驯的野马，是一匹孤狼，独来独往地游荡在花石峡荒原里的独狼。只有为数不多的几位，用他们丰富的阅历和大度的宽容，接纳了我的到来，默默地观察着我的存在，而这些人最终成为我人生路上的领跑者。

我喜欢读书，从看连环画开始，四到五年级就开始翻看各种演义小说，《杨家将》《隋唐演义》《说岳全传》等。二姐上高中时和同学们借了好多书，于是上初中的我也有了接触一些名著的机会，如四大名著、《钢铁是怎样炼成的》《儒林外史》《巴黎圣母院》等。那会儿什么书都读，因为书很难找到或借到，读得倒也不多。高中的时候，又读了一些外国名著。同时，也迷上了武侠小说，这也许是那个时代的潮流。大学期间，学校有两个图书馆，一个是学校的，专业书籍较多；一个是私人的，什么书都有，以租借为主。两年时间，我看完了这个私人图书馆的所有藏书，对于当时的我而言，确实耗资不菲。这其中对我影响比较深的是《穆斯林的葬礼》《白鹿原》《人间词话》等书籍。

花石峡孤独的气质，对我而言是恰到好处的。

单位工作不忙，我可以随时跑到草地上，采几朵开满草原的野菊花，沏杯茶，把自己舒展在柔软的草甸里，仰望蓝天白云，静静地和海子一起品味他的孤独，思念我们的爱人和姐姐。在草原上听花开的声音，听风的轻吟，海的歌声。夜晚，我也可以静静地在海拔四千米以上的寂静之地，远离灯光污染的青南高原，欣赏比哈尔盖更加明亮、璀璨、触手可及的星空。

我像一股来自雪域神山的风，沿着马丽华《走进西藏》的步伐和足迹，飘荡在孤独的花石峡，与山川河流凝视对望、与日月星空神念交流，在荒原上聆听独石山峰的呢喃，倾听心灵深处的独白。

是的，那时候我喜欢读诗，海子、西川、顾城、食指、艾青、徐志摩、仓央嘉措……那是我和他们心灵深处的共鸣，是孤独气息的吸引。花石峡是共鸣和吸引的基点。

花石峡的孤独是自由的、浪漫的、包容的。

工作之余，无论你干什么，只要不逾矩、不违法，你干什么，都不会引人非议。

我可以静享孤独，也可以和寂寞的人们，聚在烛光下的酒桌上，让炉火的温度和酒精的温度点燃我少年老成的激情，交流年少的荒唐，分享各自的寂寞。酒醒之后，寂寞的人依旧寂寞，孤独的人，如我一般孤独。

直到现在，就我身边的大部分人而言，我依然是孤独的，我依然喜欢静享孤独、静享阅读。多年积攒下，家中藏书逾两千册。夫人读了三分之一有余，儿子读了可能有三分之一，而我，远远落后于他们。我把大部分时间，交给了喝茶和无谓的思考，当然，这是自我安慰之语。

那个时候，我是花石峡的文书，负责上传下达和一些文字处理工作，还有与工作有关的写作，主要是信息报道。每篇会有五元到十五元的稿酬，对于月薪才几百元的我，是很大的诱惑。基于这份诱惑，我第一次真正地开始了写作，并大量发表在一些杂志上。这些稿酬和单位每年的信息报道完成奖，反哺和滋润着我的生活，并激励我不断地去写作。

其实，那时候的所谓写作，还是应该称之为习作。主要以模仿学习为主，但绝不抄袭，这是个原则。

喜欢写作，也是由来已久的事情，有一好友，从小学到初中，一直形影不离。直到上了初中，才在一个偶然的机会下知道他父亲叫轩锡明，是写小说的作家，他母亲则是我的初中老师。

他父亲，那时还不出名，应该还处在创作阶段。但是，在我眼里，他父亲是个神秘的人。每次去他家玩，我很少看到他的父亲，只有在吃饭时才会看到他，从隔壁的房间走出来，消瘦的面孔略显苍白，穿一身深灰的旧衣服，始终严肃地板着脸，很少和我们交流。有一天，他父亲夹着手提包出门，我俩溜进他父亲闭关的房门，房间里除了书架，就只有靠窗户那面摆着一张书桌，上面堆满了凌乱的书籍和一堆稿纸。

他有些骄傲地告诉我：

"我爸在写小说，他是个作家。"

那天下午，我们就坐在书房里，翻看他父亲的手稿。如果我没记错，那应该是《背水者》一书的初稿。也是从那天开始，我就又多了一个梦想：当个作家，当个和同学爸爸一样的文化人。

花石峡的孤独，让我有了很多的时间和精力去做这些事情，去圆我这个梦想。虽然，我的能力和水平，尚不足以支撑我的梦想，但却不影响我去做一些尝试和努力。

在单位领导的支持下，很快，我在单位创办了一个内部刊物《雪域情怀》，征稿对象是一线养路工人。

我去每个工区做动员，动员年轻人投稿。从最初的第一期稿子，十余份，每份百余字，到后期，稿子每期都有几十份，定稿十余份，稿子质量大幅提升，这让我甚是欣喜。这份内刊的创办，最终激发了好多人的写作爱好，培养了一批文字爱好者，许多人从一线脱颖而出，脱下了养护服，走上了文字工作岗位，这是值得欣慰的事情。

每个人都有一个文学梦，每个人都有一个文学王国，有些人成功了，有些人没有坚持下去而已。

《雪域情怀》总共存在了两年多，在我调走的第二年就夭折了，而我调走的那一年，我的文学梦也夭折了。

我始终在想，如果当年我放弃一些追求，留在花石峡，我的文学梦是否会茁壮的成长，长成一棵参天大树呢？也许，真的有可能吧。

离开花石峡已经二十多年了，我始终在怀念那片孤独的苦寒之地。虽然，因为身体和工作上的原因，我没有再踏上那片土地。但是，我不得不说，那是我的文学梦想启航的地方，也是我爱上孤独的地方。

2022 年 1 月于贵德

传承

对于花石峡而言，我只是一个游客，几乎没有留下任何印迹。

从1999年9月到2001年7月，我是一名花石峡公路段的文书。将近两年的时光，实际待在花石峡的日子并不多，大部分时间都处于借调状态。而花石峡对我而言，却影响了我的半生，镌刻在我的脑海中，成为无法磨灭的点滴。

花石峡的人是热情的、体贴的，是温暖的、善良的。

刚到单位，和领导见了面，简单地聊了几句，领导就很体恤地让我先去收拾屋子，安顿下来，然后，休息一周，先适应一下气候，熟悉一下环境，再安排工作，正式上班。这简直让我受宠若惊，我是从来也没有奢望过这样的待遇的。

前任文书带我到院子西边的第三间平房，一边开门一边说：

"这间屋子，以后就是你的宿舍了。以前是书记办公室，新办公室盖好之后，就空了，分给你住。水缸里的水是昨天放满的，你先收拾一下卫生，有需要再找我。"

在我不停的道谢声里，前任文书微笑着离开。我推开门，足足有近三十平方米的一间空屋子，挨着门立着一个用废弃的汽油桶改成的水缸，水缸里面还有满满一缸水，水面上浮着一个旧时的俗称"马勺"的水舀子。门的右手边有一扇套间门，门旁边是泥土砌的火墙炉子，这个东西，我去果洛公路总段报到时见过，也用过几天，所以是认识的。炉子旁边的墙角，堆了一些煤砖和沫煤，紧挨着，还立着一把铁锹和扫帚。地上铺着一层厚厚的尘土，冷冷清清，显然，已经有一段时间没人住了。

我背着沉沉的背囊，里面是母亲亲手缝制的被褥，还散发着母亲手心里的温度，还有些喜爱的书籍和生活用品。

我站在门口，细细地打量着陌生空旷的房间，毫无缘由地，双眼浸满泪水，是悲伤？是失落？还是什么？我无法去分辨，只是任由它缓缓滑落。

过了许久，我艰难地抬起脚踏进房门，推开了套间的门，套间里也是空荡荡的，只有一张空空的木板床落满了灰尘，床上有两个铁脸盆，新的，可能是单位配的洗脸盆和洗脚盆，盆里还有两条毛巾，除此就没有什么了。

脸盆和毛巾的出现，让我感到了一丝温暖，也有些欣喜，不然我都不知道如何着手去清理屋内的卫生了。

房间里，朝东有扇窗。但是，拉着窗帘，光线很暗。我拉开窗帘，打开窗户，外面的阳光照进这毫无生气的房间，屋子里瞬间明亮了许多，灿烂的阳光里清晰可见飘荡的灰尘。

我没有取下背囊，从外间拿了扫帚，大致地清扫了一下房间的灰尘，然后取了个脸盆，用多年未曾见过和使用过的"马勺"取了一盆水，有些可惜的是用条新毛巾充当抹布，这对我来说是一种奢侈的浪费，但也是无奈之举。

套间很小，很快，也就收拾好了。我打开背囊，铺好床，书籍、洗漱工具，散乱地堆在床上，我也静静地坐在床上。眼前，灿烂的阳光里飘荡的灰尘，也显得比刚开始更多了。

"这里，就是我今后工作生活的地方了，也许有些简陋，甚至有些陈旧的破败，但至少也算得上安身之所，知足吧！"

我看着眼前阳光里杂乱无章的飘荡的灰尘，有些无奈地安慰着自己失落的心。

没多久，这份失落，随着领导和同事们的探望和到来，被冲散了。

老书记来了，笑呵呵地背着双手溜达了一圈，让我到他办公室搬了把藤圈椅。这把藤圈椅成为以后的工作里，我以最舒适的姿态，看书、阅读、写作时的不二之选，安放着我自由狂放的灵魂和散漫不羁的肉体。

段长叫人从他办公室搬了一张新办公桌，安放我凌乱的书籍和杂物，就放在窗前。坐在桌前，迎着朝阳能望见不远处的雪山，夜幕深沉时能仰望夜晚的星空。

　　副段长搬来了小茶几，于是，在以后的日子里，这间属于我的小屋子里，不仅仅只有我一个孤独的读书人，孤独地摇曳在暗淡的烛光里。在风雪之夜，飘雨的季节里，又多了一伙儿脾性相合、志趣相投、不甘平庸的好酒之徒。在朦胧的烛光里畅谈理想，狂妄地规划着虚无缥缈的人生。

　　随着到访人员的增多，洗脸盆架子、台灯、小凳子……大大小小的生活用品也就丰富了起来。甚至，管理员拿过来一沓厚厚的花花绿绿的饭票，告诉我，哪个是早餐票，哪个是午饭票……临走，还不忘告诉疑惑的我，新人报到，先借支，待发工资后再扣款。在不断的嘘寒问暖声里，还有人已经在筹划着，等我适应环境后，私下里给我这个新职工贺个房啥的，顺便摸摸底，看看酒量如何。

　　我默默地感受着他们关怀，窃窃地思量着：

　　"过两天，买点酒肉，感谢一下他们，也顺便摸摸他们的酒量和酒品。"

　　没用多长时间，我的宿舍就不复之前的清冷，逐渐充满了生活的气息，就连阳光里飘荡的灰尘也悄然地消失无踪。明媚的阳光更显明媚，似乎还多了一些温度。

　　我被一股无形的温暖包裹着，那是花石峡人的温暖，是那片高原上，质朴温暖的公路人骨子里散发的淳朴性格的温暖。而这份温暖，除了自己的家人，在以往和以后的许多年里，我也鲜少再次的体味过。

　　我强忍着激动和欣喜的泪水，送走了一张张真诚的笑脸。然后，趴在床上，把脸埋进母亲缝制的松软温暖的羊毛被子里，痛痛快快地大哭了一场。那时的我，很感性，往往为了微不足道的悲伤或喜悦而哭泣。但是，那天的哭泣让我铭记，无法忘却，也不敢忘却。

　　那天晚上，我在荒芜的花石峡，头枕母亲的关怀，身边围绕着一张张陌生而熟悉的笑脸，我在温暖如春的宿舍里，做了一个甜甜的美梦……

　　直到许多年后，当年，我在花石峡感受到的温暖，依旧激励着我，让我在坎坷的人生路上微笑着前行，也时刻鞭策着我，去传递昔日的温暖，传递时刻不忘关心、爱护和鼓励新同志的花石峡的性格和气质。

  是的，那份温暖，是我初见时所体会的，也是在近两年的时间里感受到的花石峡公路段的性格和气质，而这种温暖，更是一种传承，来自老公路人，来自花石峡公路段的，温暖的传承。

2022 年 1 月 29 日于贵德

花石峡琐记

花石峡是雪的世界，是风的国度。所有的雪好像都洒在了花石峡那方狭小的土地上，所有的风似乎都自花石峡响起。除了风雪，孤独的花石峡也就只有一些人和一些事值得让我念念不忘了，当然也有趣事一二值得我记以叙之了。

一、油印机

刚到花石峡，接到的第一项工作是写一份工作总结。对单位工作性质尚未完全了解清楚的我，便硬着头皮挖空心思、东拼西凑地算是完成了稿子，也勉强得到了领导的认可。欣喜之余，却被告知，需要三份手写稿，还要油印十余份。有些茫然的我只好去问老秘书了。

也是从那时起，我才知道，花石峡不仅仅是苍凉而贫瘠的，花石峡也是落后的。

1999年，许多单位已经有了电脑、复印机、打印机等电子办公用品，虽然尚未普及开来，做不到人手一台电脑，但是每个单位还是有那么几台的，而落后的花石峡，竟然还在用几乎已被完全淘汰的油印机等物品，而且，还不是机械的，是纯手动的。

手写稿，是垫着复写纸，用圆珠笔来写的，一次能写三份，再多了就有些模糊了。手写稿，要下笔很重，直到现在，我写字几乎都是力透纸背，这与当年经常写手写稿件的经历很有关系，当然，每次的手写稿，一般都是给上级主要领导看的，其他一般领导给的都是油印稿。

真的，我是第一次看到油印机这个稀罕物件儿的，我觉得，这个物件儿，应该是待在博物馆里面的，而不是出现在我的面前。直到多年以后，我终于无奈地承认：我的同龄人里只有我见过并使用过它。我不知道，这是我的荣幸，还是我的悲哀。

油印机的印稿，是用特制的铁笔把稿件内容刻到蜡纸上的。刻的时候不能连笔，字可以丑一些，但绝对要一笔一画，这是最累人的事儿。而且，刻的时候还要细心谨慎，不可有错漏，不然就只能整张重来。写完稿子，刻完蜡纸，剩下的就只有印刷了。

花石峡段上的这台油印机，看来应该是有些年头了。长方形的油印机盖子上沾满了油墨和岁月的刻痕，早已看不出原来的漆面颜色，只能从星星点点的残留痕迹中猜测，原来应该是绿色或者墨绿色的。

打开油印机盖子，下面盒子里放上白纸，中间放上刻好的蜡纸，蜡纸上面固定好专用的细纱网板，用沾满油墨的滚轮在蜡纸上滚一下，然后掀开网板和蜡纸，拿出印好的纸张，再合上。然后，持续不断地重复着同样的动作：合上、滚刷、掀开……那是缓慢、单调而无聊的工作，一整晚的时间也最多能印四十余份十来页的文件。本来，这个活儿是不用我干的，我只负责写稿和刻蜡纸，剩下的油印工作是由单位上的招待员来完成的。

可是，当我第一次看到这个复古的玩意儿，便莫名地喜欢上了它。痴迷于它的简陋和简便；痴迷于散发淡淡清香的油墨的味道；痴迷于简单的一开一合、一滚一刷间，我的文字便变成了一张张散发墨香的作品。也是那时候开始，我便更加地痴迷上了一切散发着墨香的东西：购书、阅读、写作、油印……让自己时刻与墨香为伴。

也正是这种痴迷，催生了《雪域情怀》这份单位内刊的诞生，且迅速成了全单位很受欢迎的新生事物。

对我而言，这份内刊的创办，实际上只有更大的工作量，更重的负担。每期至少要印十余份，单位领导人手一份，上级机关要报送几份，每个养护工区也都要分发两三份，工作量简直称得上巨大。只是，我却依然乐此不疲地坚持着，只为了一份深植于心的梦想，只为了那沁人心脾的淡淡墨香……

当我离开花石峡后不久，《雪域情怀》很快的夭折，其实是可以预见的。因为，那实在是吃力不讨好的、烦琐而累人的一项工作。没有执着的爱好和偏执的情怀，是无法坚持下去的。

二、蕴含四季的水

  我喜欢在生活中每个闲暇的时光里喝茶，静静地在午后的斜阳里阅读，静静地沉浸在古琴的悠扬里，静静地倾听风的呼喊、雨的呢喃……只是每次喝茶的时候，总会不由自主地想记花石峡那色彩纷呈的水。

  是的，花石峡的水是有丰富的色彩的，是包含着四季的颜色的。

  其实，对于花石峡，一年四季，对于它而言是过于奢侈了。花石峡，确切地讲，一年只有两季：那就是漫长的冬季和短暂的夏季。而这为期只有月余的夏季，也不时地会下起漫天大雪，所以更应该称之为大约在冬季。

  我刚到单位时，放在我房间门后的废旧油桶改成的大水桶里面储存的，就是生活用水，也是饮用水。那个大水桶不仅储藏着生命之源的水，也储藏着季节的色彩，储藏着几代花石峡公路人的记忆……

  那时，花石峡不通电也没有自来水，电是柴油机发电，限时供应；水是水车拉来的河水，每周一次，一次每人一大桶。

  花石峡的河，据说是岷江的上游，河道地势较低。于是整个花石峡草原上融化的雪、飘落的雨都沿着两边的坡地注入河流之中，不断地壮大着花石峡河的身躯。

  花石峡的草，在漫长的冬季里都是枯黄的，只有七八月份的时候才会绽放嫩绿的色泽。花石峡也没有树，哪怕是一棵低矮的灌木也是没有的。花石峡只有低矮的野草，黄色的或绿色的。

  所有的雪和所有的雨，都从草地上缓缓地流向河的怀抱。于是我的水桶里的水也便有了草原的色彩，呈现着季节的色彩。

  每次大水车停在宿舍门口，用粗大的水管往大水桶里面注水时，我便能清晰地看到倾泻如注的水的色彩：黄色或者绿色。于是，我就能足不出户地欣赏院子外面草原的色彩，看到季节的变化了。

  想来也是可悲，小时候，村子里没有自来水，吃的水要到隔壁村子去挑。直到后来，才知道那口水井的水质不合格，含氟量很高，于是造就了我满口黄黑混杂、污浊不堪的牙齿，医学上称之为氟斑牙。后来，喝上了自来水，其实，也是没有什么净化手段的露天蓄水池里的水。再后来，我也不知道打什么时候起，我开始以挑剔的目光来看待我喝的水，来选择饮用水的品质，甚至，有些奢侈地买矿泉水泡茶。是的，相对于我小时候喝的不合格的井水、自来水和后来喝的花石峡色彩纷呈的水而言，买水喝，确实是奢侈的。

  直到现在，我依然在叹服曾经的我们真的无比强大。强大到喝着对于如今的人而言，不可思议的污水竟然还活着，甚至都没有因此得过什么大的疾病。

  我曾经向很多人讲述过花石峡的水，可是听到的人，要么瞠目结舌，要么半信半疑，更多的人都以为是天方夜谭——只是我讲的一段离奇的故事，而不是真实的生活。日子久了，我也常常以为那只是我曾经梦到的景象，但是，那确实是曾经的花石峡日常生活的真实写照，那就是我刚参加工作之时真实的生活。

  花石峡，是贫瘠而荒凉的，贫瘠到一年只有两个季节，荒凉到见不到一棵灌木；花石峡也是落后而贫穷的，落后的仿佛与山外的世界相差了整整一个世纪，贫穷的就连渴望夜晚的光明和洁净的一滴水都成了奢望。

  只是，当我真正地融入花石峡的世界，我依然固执地认为花石峡还是丰满而富有的，花石峡总是不缺乏那些鲜活的身体力行地践行高原精神的面孔，也不缺乏可歌可泣、苦中作乐的故事……花石峡是个富有的精神世界，是有高度的精神世界。而这高度，就像那花石峡耸立的山崖、花石峡的海拔一样，让我不得不去仰望，让我始终充满敬畏和怀念。

  我总是梦归花石峡那个孤独的小镇，倾听风的怒吼、雪的肆虐，仰望圣洁的雪山，怀念着昔日苍凉的生活……

2022 年 2 月 14 日于贵德

后记

再说习作二三事

2019年4月底的时候，夫人因睡眠障碍，在省城红十字医院住院治疗。

姑且不论医院治疗水平的高低优劣，医院睡眠科的环境是极好极静的，甚至安静得有些瘆人。那时，夫人在封闭治疗室做睡眠监测，不允许家人陪护。

无所事事的我，在百无聊赖之时，忽然有想写点什么的兴致。寻到护士站，向护士讨了几页白纸和一支旧笔，就是在夫人的病床上，我又一次拿起搁下很久的纸笔，开始书写了。

写点什么呢？写什么文体呢？思来想去，似乎又不擅长什么，那就不管什么文体的取舍，想到哪就写到哪吧。写完一篇，看了看，似乎有几分意思，略有些自得的我，立刻在手机上编辑了一下，就发给了相识多年的文友祁万强，本意只是请他提点意见。也许是工作忙还是什么原因，他并未及时回复，两日后，却是发来"青海在线网"的链接，并与我通了电话，告知我，可以坚持以这种叙述的方式，按照自己的思路写一写，并在网络上投稿，等再成熟些，可以进一步试着向省级刊物投稿。

祁万强，出生于海东市的蒙古族汉子，和我一样五大三粗的模样，甚至比我更高更壮实些。但确实是正儿八经的中文系毕业，长期从事记者、报刊编辑工作，文字功底深厚，我是难望其项背的。

初识万强兄弟，是2012年的时候，因工作原因，偶尔需要发一些小豆腐块简讯在报刊上，就和他在QQ上有些联系，他总是尽力完成所托之事，一来二去也就慢慢熟稔了。但真正见得其人，已是一年后的事情了。2013年贵德梨花节开幕式，他到我单位采访，从此便一见如故，联系和见面便愈加勤了。

一直以来，虽爱好写作，但总是浅尝辄止，绝不会如此勤奋地笔耕不辍，加之，同学中人才辈出，如著名诗人、散文家马国福，擅长古典格律诗词的牛文华等专美于前，故不敢班门弄斧、效颦献丑。

我想，我能坚持写下去，敢于有一些写作上的想法，很大程度上，与万强兄的鼓励和帮助是分不开的，我是心存感激的。

陆续在网上发表了几篇之后，得到一些人的欣赏和提点。于是，便有了继续坚持写下去的念头，毕竟，写作，除了孤芳自赏外，最终还是希望被更多的人看到并欣赏的。这是写作本身的价值之一，也是实现自我和突破自我的途径和方式。

年过四十，人生已是逾半。虽生性懒惰，但是思维尚未僵死，还算是勤快地活着，也经常会对生活、人生，对自然、社会有些想法。人生虽短，也是有一些类似的或异于他人的经历，可以去记述的。

写作的过程，确切地说，应该是学习写作的过程，对我而言是轻松愉悦的。是对单调生活的调剂，是对疲惫身心的释放，是对繁杂工作的缓冲。

在不断的习作过程中，我也时常在思索，我写作的源泉在哪里？我写作的意义又何在？我写作的目的又是什么？

思来想去，也想不透彻。源泉应该还是在那片生养我的土地上，但这片土地，不仅仅是"马家西"这个小小的村庄，还是我求学、成长、游历所经的一切地方。是对所有这些地方的感激和缅怀，说好听些，也算是简单的乡土情怀、爱国之情吧。

写作之缘由，已在《自序：给夫人的一封信》一文中有大致叙述，不再赘述，不外纪念往事、感恩村庄、以己之事引百家共鸣此类。需要补充一点，就是关于叙多议少的疑问，我觉得我不擅长深邃的哲思和精细的推理，活了这么多年，也没活太明白，勉强称得上清醒，又岂敢大讲道理，大放厥词，以己之昏昏，焉能使人昭昭？还是我写我的，把思考留给哲学家或读者们。

目前，写作的思路还算是清晰的。我之写作，不是想哗众取宠，也并不是一心想成为专业作家。我始终认为作家应是博古通今，学贯中西的大家，是我心存敬仰的。

但是，既然要写，就有目的，是什么呢？

其实就想给自己一个交代。工作二十余年，文字工作十五年，却从未给自己、给家人写点什么，真是惭愧。那就随心所欲地写点什么吧，以证明我曾经活过。那么活着，干些什么呢？那就继续欣赏生活的美好、期待社会大同和合，随儿子快乐成长，在和夫人的琴瑟和鸣中继续写下去吧。

反映一个地区、一个村庄的大致面貌和人文，只能从以往的日子里的一些片段入手，并从生活、文化、人物、民俗等方面系统地去描述，才能比较全面地展现和深入其内在的乡土情怀及人文文化。我自认是做不到的。所以，只有从记忆中日常的劳作、嬉戏、人情世故等细微处入手，尝试着诠释或演绎质朴乡村以及生活其中的人们对自然、对生命、对情感的态度，还有自己的一些生活日常和所见所感。

唯一让人困惑的事情，是自己写的不是回忆录或者纪实小说，只是一些勉强称之为散文或随笔的文字，无论是抒情还是叙事，都与自己的情感和成长经历有关，难免掺杂回忆。

许多人和事，可能因写作需要，会与事实有所出入；也难免碰触到一些隐秘之事或触碰一些人所谓的禁忌、逆鳞。尤其是《村庄烟火寄春秋》系列，更担心身边的亲朋好友和村里人"对号入座"，从而在不知不觉中得罪什么人，或招人非议，或无端树敌，或被人怨恨，这有违我写作的本意和初衷。

我是怀着对马家西村这片土地浓浓的感情，始终以一个农民的儿子的身份去写作的，只是想用文字记住这片最终将消失在城市化进程里的土地。所以，我不想去虚构一个理想化的村庄，一方面是太累，另一方面是失去了纪念缅怀的意义。所以，我还是继续写下去吧，有些事情是难以圆满的，那么就不去管它了，任人评说吧！

后续的写作，我也会更严谨一些，尽显避免出现常识性的错漏。但真诚地希望，所有看到我习作的人，特别是身边之人，切莫"对号入座"。毕竟，写作，对我而言是并不擅专的事情。习作只是寄情抒怀，其中的某些片段或细节，可能因描写角度或文章构思的需要，会有删减或适当修正，绝无针对某人某事之意，特此申明，万望理解和包容，免得伤了和气和情分。

最后，再俗套地说一句：感谢在工作、生活和写作上给我帮助的人们，感谢爱我的家人，感谢生养我的这片热土，感谢让我衣食无忧的单位，感谢所有在写作和出版过程中给予我帮助和支持的人们！

2022年2月5日于贵德